10|18
12, avenue d'Italie — Paris XIIIe

LA TÊTE DE LA REINE

PAR

EDWARD MARSTON

Traduit de l'anglais
par Corine Derblum

10|18

INÉDIT

« Grands Détectives »
dirigé par Jean-Claude Zylberstein

Si vous désirez être régulièrement tenu au courant de nos publications, écrivez-nous :

Éditions 10/18
c/o 10 Mailing (titre n° 3144)
35, rue du Sergent Bauchat
75012 Paris

Titre original :
The Queen's Head

ISBN 2-264-02812-2

Au seul père de ces chroniques MR. M.C. souhaite toute la félicité à l'aventurier au seuil de son voyage.

« On aurait dû lui couper la tête voici des années. »

Élisabeth Ire.

PROLOGUE

Château de Fotheringhay
Février 1587

La Mort l'avait suivie patiemment tout au long de sa captivité. Pas un jour ne passait sans que Marie entendît ou imaginât son pas furtif derrière elle, pourtant la Faucheuse retint sa main pendant près de vingt ans. Quand finalement elle frappa, ce fut avec une hâte indécente.

— Demain matin, à huit heures.

Le comte de Shrewsbury avait précisé le jour et l'heure de l'exécution d'une voix tremblante. Il faisait partie de la délégation qui s'était présentée après dîner dans les appartements sordides situés au cœur de la sinistre forteresse. Marie fut forcée de quitter son lit, de se vêtir et de recevoir ces hommes dans sa chambre. Bien qu'elle fût reine douairière de France, reine d'Écosse en exil et héritière de la Couronne d'Angleterre, aucune humiliation ne lui était épargnée.

Shrewsbury énonça la sentence, après quoi Beale, le greffier du Conseil, donna lecture de l'ordre d'exécution, sur lequel le cachet de cire jaune marqué du grand sceau d'Angleterre se balançait au bout de son ruban. Tout fut accompli en stricte conformité avec l'Acte d'Association.

La Mort s'était assuré le concours des plus hautes instances juridiques.

Les geôliers n'accordèrent pas une once de réconfort à Marie pour la soutenir durant ses dernières heures.

Quand elle demanda qu'on autorisât la venue de son aumônier personnel, afin qu'elle pût fortifier son âme, cette requête lui fut sommairement refusée. Lorsqu'elle réclama ses papiers et ses livres de comptes, elle se heurta à une résistance identique. Les membres de la délégation restèrent sourds à toutes ses prières.

Leur autorité s'étendait même outre-tombe. Marie ayant exprimé le vœu de reposer en France, soit à Saint-Denis, soit à Reims, ils refusèrent d'accéder à ce désir. La reine Élisabeth s'y était expressément opposée. Dans la mort comme dans la vie, la prisonnière ne jouirait d'aucune liberté de mouvement.

Toutes ses autres demandes furent repoussées. L'entrevue toucha à son terme et la délégation se retira. Il ne resta plus à Marie qu'à consoler ses servantes et à contempler l'horreur de sa situation.

Le lendemain, à huit heures !

En un laps de temps d'une incroyable brièveté, elle devait mettre un point final à quarante-quatre années d'une vie illuminée par des instants de passion fulgurante et assombrie par des tragédies répétées. Douze jours ne lui eussent pas suffi pour se préparer, or on lui accordait moins de douze heures. Ce départ avait une cruelle soudaineté.

Le souper fut servi rapidement afin que Marie pût commencer à régler ses affaires. Elle inventoria le contenu de sa garde-robe, qu'elle partagea entre ses amies, ses parentes et les quelques domestiques qu'on lui avait laissées. Elle rédigea un testament minutieux, où elle demanda que des requiem fussent célébrés en France pour le repos de son âme. Elle pourvut généreusement à l'avenir de ses serviteurs et, alors que ses instants lui étaient terriblement comptés, elle trouva le temps de faire des legs charitables aux enfants pauvres et aux moines de Reims.

Son salut spirituel prenant alors entièrement le pas, elle écrivit un message d'adieu à son aumônier, de Préau, lui demandant de passer la nuit à prier pour elle.

La foi qui l'avait soutenue si longtemps connaîtrait bientôt son ultime épreuve.

Il était deux heures du matin quand elle termina. Sa dernière missive, adressée à son beau-frère, le roi Henri de France, fut donc datée du mercredi 8 février 1587, jour de son exécution.

Marie s'allongea sur son lit sans se dévêtir tandis que ses dames d'honneur, déjà en toilette de deuil, s'assemblaient autour d'elle avec tristesse. L'une d'elles lut tout haut dans une Bible catholique. La reine écouta l'histoire du bon larron, et, lorsque le récit atteignit son paroxysme, sur la croix, elle formula une seule observation désabusée :

— En vérité, ce fut un grand pécheur. Cependant, pas autant que moi.

Elle ferma les paupières, quoiqu'elle n'eût aucun espoir de dormir. Les lourdes bottes des soldats allaient et venaient devant sa porte afin qu'elle sût bien qu'on la gardait avec le soin le plus extrême, et les maillets résonnaient dans le grand hall où les charpentiers s'affairaient à dresser l'échafaud. Les secondes s'égrenaient lentement, exacerbant son tourment.

A six heures, bien avant l'aube, la reine se leva et se rendit dans le petit oratoire pour s'y recueillir. Elle s'agenouilla devant le crucifix et, pendant ce qui lui sembla une éternité, elle tâcha de se préparer à son sort, méprisant la douleur de ses articulations. Le bailli de Northampton vint enfin la mander et mettre un terme à sa pénible attente. A la plus longue nuit de son existence allait succéder le plus court de ses jours.

Six servantes furent autorisées à l'accompagner. Soucieuses de lui obéir en se comportant bien, elles puisèrent des forces dans le courage et le sang-froid de leur maîtresse. Quoiqu'elle eût commis bien des erreurs dans sa vie, Marie était résolue à finir avec dignité.

Près de trois cents spectateurs s'étaient assemblés dans le grand hall. Ils tendirent le cou pour l'apercevoir à son entrée et la fixèrent avec une hostilité où entrait aussi une part de respect. Ils avaient conscience d'être en présence d'une légende — Marie, reine d'Écosse, fantasque, impérieuse, impulsive, qui avait perdu deux couronnes et trois époux, héritière catholique d'un pays protestant, capable, par sa simple existence, d'inspirer la rébellion du fond de son donjon.

Sans doute son charme juvénile s'était-il évanoui et sa beauté s'était-elle fanée. Son visage et son corps étaient amaigris, ses épaules s'étaient voûtées et ses rhumatismes l'obligeaient à s'appuyer sur le bras d'un officier. Toutefois, sa haute silhouette avait conservé une grâce, une aura de majesté qui ne manquèrent pas d'impressionner l'assistance.

Marie était de noir vêtue. Sa robe de satin, brodée de velours, fermait par des glands de jais ornés de perles. Par l'ouverture de ses manches crevées apparaissait un bouillonnement d'étoffe violette, et au-dessus de ses souliers, noirs également, on apercevait des bas à baguettes d'argent. Sa coiffe en pointe, blanche et empesée, était bordée de dentelle, comme le long voile blanc qui flottait dans son dos avec une opulence nuptiale.

Elle tenait à la main un crucifix et un livre de prières. Deux rosaires étaient accrochés à sa taille ; à son cou, une pomme d'ambre et un *agnus dei*. Loin de trahir le trouble, sa contenance indiquait une sereine résignation.

Au milieu du grand hall se dressait, toute tendue de noir, l'estrade bâtie durant la nuit. Elle mesurait trente-cinq mètres carrés et soixante centimètres de haut. Lorsqu'on fit gravir les trois marches à Marie, son regard tomba sur le tas de paille où reposait l'instrument du bourreau. Son rang lui conférait le droit d'être exécutée avec la rapidité clémente d'une épée effilée, pourtant elle ne vit qu'une hache. Ce fut une cuisante humiliation.

Avec un calme imperturbable, elle écouta Beale, de plus en plus nerveux, procéder à la lecture de l'ordre d'exécution. Ce fut seulement quand le doyen de Peterborough s'avança pour l'admonester selon les rites du protestantisme qu'elle montra son premier signe d'émoi.

— Monsieur le doyen, dit-elle d'un ton sans réplique, je crois fermement à l'ancienne religion catholique romaine et je donnerai volontiers mon sang pour la défendre.

Rebelle à toute adjuration à renier sa foi, elle défia ses juges et, brandissant son crucifix, pria tout haut en latin, puis en anglais. Ayant ainsi témoigné de sa dévotion pour le catholicisme, elle fut prête à se soumettre à son destin.

Les exécuteurs et deux dames d'honneur l'aidèrent à se déshabiller. Au-dessus d'un jupon rouge, elle portait un corsage écarlate à dentelle, profondément échancré dans le dos. Quand elle eut enfilé une paire de manches rouges, elle fut entièrement vêtue de la couleur du sang.

On plaça sur ses yeux un foulard blanc brodé d'or qui remontait sur son front et recouvrait ses cheveux tel un turban. Seul son cou resta nu. Elle récita un psaume en latin, puis chercha le billot à tâtons et y posa doucement la tête. L'assistant du bourreau l'immobilisa dans l'attente du coup.

Un froissement de paille, et la hache soulevée par des mains vigoureuses décrivit un arc meurtrier à travers les airs. Elle manqua la nuque, entamant profondément le crâne et arrachant des cris involontaires à l'assistance qui observa avec une fascination macabre le foulard blanc s'imprégner de sang. A nouveau, la lame brilla dans les airs et cette fois sectionna le cou, mais sans le détacher. Avec une froide détermination, le bourreau acheva sa tâche.

Toutefois, la cérémonie n'était pas encore terminée. S'étant penché pour empoigner son trophée et l'exhiber, le bourreau se redressa et lança d'une voix sonore sous sa cagoule :

— Vive la reine !

Des exclamations d'horreur se mêlèrent à des cris de surprise. Dans sa main, il n'y avait qu'une perruque acajou.

La tête, séparée de son couvre-chef, roula jusqu'au bord de l'estrade. Un chien de manchon terrorisé jaillit de sous le jupon rouge et pataugea dans la mare de sang qui entourait sa maîtresse, poussant des glapissements pitoyables dans le silence de mort.

Tout le monde restait muet de stupeur. Ceux qui contemplaient le petit crâne brillant, aux cheveux gris coupés court, furent témoins d'un fait qui les glaça d'effroi : les lèvres remuaient encore.

1

La tête de la reine oscillait doucement d'avant en arrière sous la brise légère. Le regard restait captivé à sa vue. Portant perles et diadème dans sa chevelure rousse relevée en une masse de boucles drues, elle avait un visage pâle et distingué, au front altier, au nez fin et aux lèvres pleines. Son impérissable beauté tenait également à ses yeux remarquables. Sombres, avisés, vigilants, ils conciliaient autorité et féminité et, éclairés par le soleil sous un certain angle, ils prenaient même une lueur insolente. A ce regard impérieux, nul ne pouvait manquer de reconnaître Élisabeth Tudor, souveraine d'Angleterre.

L'enseigne de l'auberge, peinte de couleurs vives, montrait suffisamment le cou et les épaules de son modèle pour indiquer que la reine était vêtue à l'espagnole. Une fraise en dentelle raide surmontait le corsage foncé, dont les manches de satin étaient richement parées de rubans et de pierres précieuses. Les perles cascadant à son cou semblaient prêtes à ruisseler du bois sur lequel elles étaient peintes. La même opulence éclatait sur l'envers de l'enseigne : la royauté, dans toute sa splendeur.

Londres était la plus grande, la plus active et la plus tumultueuse des villes d'Europe, une communauté prospère poussée entre les méandres sinueux de la Tamise et qui déjà s'échappait de ses murs d'enceinte. Pauvreté et richesse, puanteur et parfums, anarchie et ordre, misère et magnificence composaient l'ordinaire de la cité. De son éminente situation dans Gracechurch Street, la tête de la reine voyait et entendait tout ce qui se passait dans sa capitale bien-aimée.

— Ned, cette robe aura besoin d'un ou deux points.

— Oui, messire.

— A présent, Thomas, vous pouvez passer un coup de balai sur scène.

— C'est comme si c'était fait, messire Bracewell.

— George, apportez les roseaux.

— Où sont-ils ?

— A leur place habituelle, mon garçon.

— Tout de suite, messire.

— Peter ! Causons un peu de cette marche funèbre.

— Ce n'était pas notre faute, Nicholas. On nous a donné le signal trop tôt.

— S'il n'y avait que cela ! Vous vous êtes trompés de morceau !

Dans la cour de *La Tête de la Reine*, les préparatifs allaient bon train sous la supervision de Nicholas Bracewell. La répétition du matin s'était achevée sur le coup de midi. La représentation de l'après-midi approchait et plongeait la troupe dans l'état de panique habituel. Pendant que les autres se querellaient, se lamentaient, tâchaient de discipliner leur mémoire récalcitrante, achevaient des réparations de dernière minute ou s'agitaient en vain, Nicholas se concentrait sur les multiples tâches à accomplir avant de présenter la pièce au public. Il était un îlot de calme dans un océan d'hystérie.

— Je me dois de protester des plus vigoureusement !

— Ce n'était qu'une répétition, messire Bartholomew.

— Mais, Nicholas, on a mutilé mon œuvre !

— Je suis sûr que tout ira bien mieux lors de la représentation.

— On a gâché mes vers, coupé ma plus belle scène.

— Voilà qui n'est pas tout à fait exact, messire Bartholomew.

— C'est un outrage !

Le régisseur occupait en général une place importante dans une compagnie théâtrale mais, chez les Hommes de Lord Westfield, il était au centre de tout. Nicholas Bracewell se montrait si capable et si ingénieux que ses attributions ne cessaient d'englober de nouvelles responsabilités. Non content d'organiser la mise en scène à partir de l'unique exemplaire complet d'une pièce, il assurait le rôle de souffleur, supervisait les répétitions, contribuait à former les apprentis, s'occupait des musiciens, amadouait les machinistes, conseillait en matière de costumes et d'accessoires, et négociait les licences des nouvelles pièces auprès de l'Intendant des menus plaisirs de la Reine.

Sa politesse et sa diplomatie lui avaient valu une autre fonction : mettre du baume au cœur des auteurs furibonds. Aucun n'avait été plus ulcéré que messire Roger Bartholomew.

— Entendez-vous, Nicholas ?

— J'entends, messire.

— Un véritable outrage !

— Vous avez consenti à vendre votre pièce à la compagnie.

— Cela ne donne pas aux Hommes de Westfield le droit de défigurer mon œuvre ! s'insurgea le jeune homme, tremblant d'indignation. Au dernier acte, on n'entendait que vous ! Je n'ai pas composé ces tirades pour qu'elles soient prononcées par un vulgaire souffleur !

Nicholas lui pardonna l'affront et répondit avec un sourire indulgent. Les insultes proférées sous le coup de la colère étaient monnaie courante, dans le monde du théâtre, et il n'y accordait nulle attention. Posant une main amicale sur l'épaule de l'auteur, il adopta un ton lénifiant :

— C'est une excellente pièce, messire Bartholomew.

— On se demande comment les spectateurs pourront le deviner !

— Tout sera très différent cet après-midi.

— Ha !

— Soyez patient.

— J'ai été la Patience même ! répliqua le poète d'un air blessé. Mais je refuse de me taire davantage. J'ai commis l'erreur de croire que Lawrence Firethorn était un bon acteur.

— C'est un grand acteur, affirma loyalement Nicholas. Il a plus de cinquante rôles en tête.

— Dommage que celui du roi Richard ne soit pas du nombre !

— Messire Bartholomew !

— Je m'en vais lui parler de ce pas.

— Impossible.

— Conduisez-moi à lui, Nicholas.

— Pas question.

— Je désire démêler cette affaire avec lui.

— Plus tard.

— Je l'exige !

Toutes ces vociférations demeurèrent sans effet. Conscient que l'auteur semait la perturbation dans la cour, Nicholas décida de l'en éloigner. Avant d'avoir compris ce qui lui arrivait, Roger Bartholomew fut conduit avec fermeté dans un salon privé et installé dans un bon fauteuil, devant une pinte de vin. Pendant ce temps, Nicholas prodiguait à son oreille louanges et consolations, l'incitant peu à peu à se radoucir et le détournant de son projet.

Lawrence Firethorn était le directeur, le principal associé et l'acteur-vedette de la compagnie. Son régisseur ne cherchait pas à lui éviter une rencontre avec un auteur déçu. Il protégeait plutôt celui-ci d'une expérience qui laisserait à jamais une cicatrice sur son âme et mettrait un terme prématuré à sa carrière dramatique. Roger Bartholomew bouillait d'un juste courroux, néanmoins il n'était pas de taille face à Lawrence Firethorn qui, lui, était l'incarnation de la tempête. On devait lui épargner cette épreuve à tout prix. Nicholas avait vu des caractères bien mieux trempés brisés par un homme capable d'exploser comme un baril de poudre à la plus timide réserve sur son talent. C'était un spectacle désolant.

Il fallait faire la part de la jeunesse. Bartholomew était un novice, frais émoulu d'Oxford où ses tuteurs le tenaient en haute estime et où sa poésie lui avait valu bien des lauriers. Il était intelligent, malgré son arrogance, et suffisamment versé dans l'art dramatique pour écrire une pièce avec quelque compétence. *La Tragique Histoire de Richard Cœur de Lion* n'était dénuée ni de promesses ni même de qualités techniques. Ce qui lui manquait en finesse était compensé par son intégrité. Certains passages étaient trop développés et d'autres pas assez, toutefois elle était parcourue d'un souffle patriotique qui lui donnait une cohésion.

Londres était friande de nouvelles pièces et les compagnies en recherchaient sans cesse. Lawrence Firethorn avait accepté cette première œuvre, car elle lui offrait un superbe rôle qu'il pourrait tailler sur mesure pour son incomparable talent. Peut-être n'était-elle pas de celles qui enflamment les foules, néanmoins elle distrairait le public l'espace d'une heure ou deux, sans ternir la réputation montante des Hommes de Westfield.

— Je m'attendais à tellement mieux... confia l'auteur, la fureur cédant la place à la tristesse. Que d'espoirs j'avais conçus, Nicholas !

— Ils ne seront pas anéantis.

— Ce matin, dans la cour, j'ai eu la sensation d'une trahison.

— Il ne faut pas se fier aux répétitions.

— Qu'est devenue ma pièce ?

Nicholas fut touché par ce cri du cœur. Comme d'autres avant lui, Roger Bartholomew découvrait une dure réalité : l'état de dramaturge n'était pas aussi exaltant qu'on se l'imaginait. La compagnie de Lord Westfield le confinait en somme à une assez humble position. Le jeune érudit d'Oxford avait reçu cinq livres pour sa peine et avait vu le roi Richard faire son entrée vêtu d'un manteau coûtant dix fois plus. Son amertume était bien légitime.

Nicholas adoucit cette blessure par de bonnes paroles, mais il ne pouvait dissimuler le fait à l'auteur désabusé. Lawrence Firethorn ne considérait jamais une pièce comme l'expression d'un quelconque génie poétique. Il y voyait simplement une tribune sur laquelle tonitruer, parader et éblouir son public. Il avait la conviction que l'assistance venait uniquement le voir jouer, et non pour découvrir la création d'un jeune talent.

— Que vais-je faire, Nicholas ?

— Nous marquer votre indulgence.

— Je serai la risée de Londres...

— Gardez confiance.

L'ayant réconforté de son mieux, le régisseur s'en retourna vaquer à ses occupations et Roger Bartholomew resta à contempler la lie au fond de son verre. Bien mal lui avait pris de quitter l'université. Là-bas, on croyait en lui. Les bocages de l'académie avaient nourri une tendre pousse qui ne pouvait survivre dans la chaleur ardente des salles de théâtre.

De son côté, Nicholas se hâta de regagner la cour où les préparatifs progressaient à grands pas. La scène rectangulaire, formée de tréteaux, était accolée à un mur et s'avançait jusqu'au milieu de la cour. On l'avait jonchée de roseaux fraîchement coupés mêlés d'herbes aromatiques afin de lutter contre la violente odeur de crottin montant des écuries voisines. Quand le public se presserait alentour, d'autres effluves viendraient s'y adjoindre : haleines douteuses, relents de bière, d'ail et de tabac, de suif et de sueur âcre. Nicholas vit les serviteurs parfumer de larges bassines disposées dans l'ombre, afin que les spectateurs pussent se soulager pendant la représentation.

Dès qu'il apparut, tout le monde convergea vers lui pour demander qui un conseil, qui des instructions — Thomas Skillen, le machiniste, Hugh Wegges, le costumier, Will Fowler, l'un des comédiens, John Tallis, un apprenti, Matthew Lipton, le copiste, et l'infortuné Peter Digby, le chef d'orchestre, encore mortifié d'avoir envoyé Richard Cœur de Lion au tombeau sur la mauvaise marche funèbre. Questions, plaintes et requêtes assaillirent le régisseur, qui répondit à tous avec son calme habituel.

Grand, les épaules carrées, portant cheveux longs et barbe blonde, Nicholas Bracewell restait d'humeur égale alors que la tension commençait à monter parmi ses collègues. Il était écouté sans avoir à élever le ton et son doux accent du sud-ouest de l'Angleterre était plaisant à leurs oreilles. Les sensibilités furent apaisées, les difficultés vite aplanies. Ce fut alors qu'une voix familière retentit :

— Nick, cher cœur ! Venez par ici !

Lawrence Firethorn avait gratifié la troupe d'une de ses entrées fracassantes avant de prendre sa position accoutumée, au centre de la scène. Après presque trois ans dans la compagnie, il arrivait encore à Nicholas d'en rester pantois. Firethorn avait infiniment de présence. De taille moyenne, mais solidement charpenté et le tronc en forme de tonneau, il gagnait en stature dès qu'il montait sur les planches. Son visage, encadré de cheveux noirs ondulés, avait une beauté tapageuse que mettait en relief une toute petite barbiche pointue. A voir la noblesse de son maintien, personne n'eût pu croire qu'il fût le fils d'un modeste forgeron.

— Où étiez-vous passé, Nick ?

— Je parlais avec messire Bartholomew.

— Ce faquin !

— Il s'agit de sa pièce, après tout, lui rappela Nicholas.

— Quel rustre, quel goujat ! persista l'acteur. Je lui passerais volontiers l'épée au travers du corps.

— Pourquoi ?

— Pourquoi ? Pourquoi, messire ? Parce que ce chien a eu le front de me regarder de travers pendant toute la répétition. Je ne le supporterai pas, Nick. Je ne permettrai pas que l'on me regarde jouer d'un œil noir et le sourcil froncé. Qu'il ne s'approche pas de moi !

— Il vous adresse ses excuses, prétendit Nicholas avec tact.

— Il peut aller se faire pendre !

La rage de Firethorn fut détournée par l'appel soudain du bourdon de l'église voisine. La capitale comptant plus d'une centaine d'églises, il semblait toujours qu'une cloche retentissait ici ou là, occasionnant une gêne constante pour les représentations en plein air. Les hautes galeries de la cour d'auberge pouvaient étouffer le vacarme infernal de Gracechurch Street, mais pas les carillons d'un beffroi adjacent. Firethorn pointa vigoureusement sa rapière vers les cieux.

— Qu'on me donne une lame assez solide, déclama-t-il, et je trancherai les cordes de tous les clochers de Londres !

Prenant soudain conscience de l'absurdité de son geste, il éclata d'un rire communicatif. Nicholas se sentit gagné par sa bonne humeur. Travailler pour Lawrence Firethorn était quelquefois éprouvant, mais il émanait du personnage une chaleur sympathique qui faisait oublier nombre de ses défauts. Au fil de leur relation, Nicholas s'était pris pour lui d'une affection prudente. L'acteur en revint aux questions pratiques et jeta un coup d'œil vers les nuages.

— Alors, quel verdict ?

— Il se peut qu'on ait de la chance, il se peut qu'on n'en ait pas.

— Soyez plus précis, le pressa Firethorn. En ancien marin que vous êtes, vous vous entendez à interpréter les caprices du temps. Que vous apprend le ciel ?

Nicholas leva les yeux vers le rectangle bleu et gris, au-dessus des toits de chaume des galeries. La matinée ensoleillée de mai avait cédé la place à un après-midi indécis. Des nuées poussées par un vent frais filaient à travers l'azur. Le beau temps était un facteur vital pour le succès du spectacle, comme Firethorn l'avait appris à ses dépens.

— J'ai joué sous des trombes d'eau, expliqua-t-il, et je suis prêt à livrer cet après-midi la bataille d'Acre dans le blizzard. Je ne me soucie pas de moi-même, mais de notre public et de nos costumes.

Nicholas opina du chef. La cour de l'auberge n'étant pas pavée, une forte ondée la transformerait en bourbier et provoquerait toutes sortes de désagréments. Il était aussi anxieux de donner de bonnes nouvelles que Firethorn d'en recevoir. Après avoir scruté le ciel deux ou trois minutes, il énonça ses prévisions :

— Il ne pleuvra pas avant que nous ayons fini.

— Pardieu, c'est merveilleux ! s'exclama l'acteur en s'appliquant une grande claque sur la cuisse. Je savais que j'avais choisi un bon régisseur !

La Tragique Histoire de Richard Cœur de Lion connut un succès modéré. Les affiches placardées dans toute la ville par les machinistes attirèrent un vaste public à *La Tête de la Reine*. Les caissiers postés devant le portail principal prélevaient un penny pour l'admission. Bien des gens jouaient des coudes pour accéder aux places debout entourant la scène elle-même, mais la majorité s'acquitta d'un penny supplémentaire, voire de deux pence, pour avoir accès aux galeries qui s'élevaient autour de la cour sur trois étages et la transformaient en amphithéâtre. Celles-ci offraient plus de confort, une meilleure vue et une protection contre les éléments. Des petits salons privés étaient disponibles à l'arrière pour qui souhaitait se délasser, jouer ou rester en galante compagnie.

Des hommes de toutes sortes et de toutes conditions

entrèrent à flots — clercs, avocats, étameurs, tailleurs, fermiers, soldats, marins, commissionnaires, apprentis, marchands, bouchers, boulangers, colporteurs, tisserands, étudiants en droit, auteurs en herbe, acteurs sans emploi, paysans béats, visiteurs étrangers, bellâtres, vieux, jeunes, seigneurs et roturiers. Les vide-goussets, les tire-laine et les escrocs se mêlaient à la foule pour exercer leur métier.

Les dames, matrones et jouvencelles étaient moins nombreuses et, pour la plupart, masquées ou voilées. Les gentilshommes de la ville se pressaient et se bousculaient dans les galeries pour obtenir un siège auprès d'elles, ou frayer avec les prostituées venues des bordels des quais à la recherche de clients. La pièce ne constituait qu'une partie du spectacle ; une centaine de drames individuels se jouaient parmi la foule.

Certains hommes portaient chemise et culotte, d'autres flânaient en pourpoint de cuir épais, d'autres encore arboraient des soubrevestes et des hauts-de-chausses en velours gaufré, des collerettes blanches, des épaulettes rembourrées en forme de croissant, des bas de soie, des gants de cuir, des chapeaux à plumes et des mantelets brochés. Les tenues féminines allaient de même du simple à l'extravagant, la tendance, dans les galeries, étant à la dernière mode. Là, les corsages empesés, les jupes bouffantes, les vertugadins, les cols de batiste ou de linon, les longues robes à manches pendantes, les gants délicats montant haut, les chapeaux élégants ou les capuchons français étaient à l'ordre du jour.

On servit tout l'après-midi du vin, de la bière, du pain, des fruits et des noix, dans un joyeux brouhaha qui s'apaisait rarement. La trompette retentit à deux heures trente pour annoncer le début de la pièce, puis le Prologue apparut dans son grand manteau noir. La première et dernière représentation de *La Tragique Histoire de Richard Cœur de Lion* avait commencé.

Coincé entre deux élégants dans la galerie du milieu,

Roger Bartholomew se démanchait le cou pour voir au-dessus des chapeaux à panache. La pinte de vin l'avait échauffé tout en le réduisant à l'impuissance. Il était au supplice. Ceci n'était pas sa pièce, mais une grotesque caricature. Des vers avaient été supprimés, des scènes redécoupées, des batailles, des duels, des sièges et des morts atroces ajoutés. On n'avait pas hésité à introduire une gigue, pour fournir un élément comique ! Ce qui affligeait le plus l'infortuné auteur, c'est que ces changements semblaient au goût du public.

Lawrence Firethorn portait toute la pièce à bout de bras. Il captivait l'attention dès qu'il entrait sur scène et insufflait au vers le plus banal une poésie sublime :

Mon nom fait fuir les traîtres et trembler les félons,
Car je suis le roi, Richard Cœur de Lion !

Si ses gestes et ses attitudes exerçaient une véritable fascination sur les spectateurs, son arme principale était sa voix, capable de les subjuguer en un murmure ou de les faire frémir en tonnant comme un canon. Avec un art consommé, l'acteur marquait cette nouvelle pièce de son empreinte inimitable.

Son grand moment survint à l'apogée du drame. Le roi Richard assiégeait le château de Châlus, vers les murailles duquel il avançait pour en découvrir les points faibles. Un arbalétrier apparut sur les créneaux — le balcon situé au fond de la scène — et banda son arme. Le carreau toucha Richard à la naissance du cou, par l'ouverture de sa cotte de mailles.

Pour cette partie vitale de l'action, Firethorn utilisa un trucage suggéré par Nicholas. Le carreau était en fait dissimulé dans la manche de l'acteur. Dès que résonna le claquement sec de l'arbalète, il poussa un hurlement en portant à son cou ses deux mains serrées sur la flèche, et tituba de douleur à travers la scène. Tout cela fut si bien coordonné que l'assistance aurait juré voir la flèche voler dans les airs.

Richard se mit en devoir d'expirer en une vingtaine de vers boiteux. Après s'être tordu de souffrance sur le sol, il mourut en soldat et fut emporté par ses hommes, sur les accents de la marche funèbre adéquate.

Un tonnerre d'applaudissements accueillit les acteurs quand ils revinrent saluer, et des acclamations fusèrent lorsque Lawrence Firethorn reparut. Il savoura pleinement son triomphe pendant plusieurs minutes, puis s'inclina une dernière fois, très bas, devant son public avant de prendre congé. De nouveau, une pièce assez quelconque lui avait donné matière à une interprétation extraordinaire.

Chacun s'en retourna chez soi heureux, sauf Roger Bartholomew.

Nicholas n'eut pas le loisir de se détendre. Ayant supervisé la pièce de son poste dans les coulisses, il devait désormais s'occuper de l'intendance. Il fallait rassembler les costumes, ranger les accessoires, débarrasser la scène et démonter les tréteaux. Les Hommes de Westfield ne joueraient pas à *La Tête de la Reine* avant la semaine suivante, et la cour devait être rendue à son trafic habituel de charrettes et de carrosses, débarrassée des détritus abandonnés par près d'un millier de spectateurs. La pluie corsait encore la difficulté. Les ayant épargnés jusqu'au départ du public, elle commençait à tomber pour de bon.

Des heures s'écoulèrent avant que Nicholas vît enfin le bout de sa longue journée de travail. Il entra dans l'auberge afin de prendre de la bière et du pain. Alexander Marwood accourut à sa table.

— Bonne recette aujourd'hui, messire Bracewell ?

— Nous n'avons pas encore compté.

— C'est que vous me devez mon loyer.

— Vous serez payé.

— Quand ?

— Très prochainement, messire Marwood, assura Nicholas avec une confiance qu'il était loin d'éprouver.

Il connaissait trop bien la réticence de Lawrence Firethorn à desserrer les cordons de sa bourse, et passait une grande part de son temps à tenter de justifier la pingrerie de son employeur.

— Mon épouse pense que je devrais augmenter le loyer, reprit l'aubergiste.

— Ah, les femmes !

Marwood laissa échapper un rire caverneux. Agé d'une cinquantaine d'années, le patron de *La Tête de la Reine* était un petit homme mince au crâne dégarni, affligé d'un tic nerveux. Un pessimisme farouche avait creusé des rides profondes sur son front et cerné ses yeux de poches sombres. L'anxiété pesait sur tous ses actes et ses moindres paroles.

Nicholas avait toujours très à cœur de se montrer aimable envers Marwood. La compagnie tentait d'obtenir de lui l'autorisation d'utiliser l'auberge de manière permanente, et des espèces sonnantes et trébuchantes pouvaient le convaincre de transformer son établissement en salle de théâtre. Mais Marwood voyait quelques obstacles à ce projet, dont, et non des moindres, la réglementation de 1574 prohibant toute représentation dramatique dans les auberges londoniennes. Il était terrifié à l'idée que les autorités pouvaient fondre sur lui à tout moment. Il y avait de plus un autre élément à considérer.

— Des rixes ont encore éclaté dans la cour.

— Oui, mais sans grande méchanceté, juste histoire de se dérouiller les muscles. C'est inévitable, pendant un spectacle.

— Un jour, tout ça finira mal, s'inquiéta Marwood. Je ne veux pas d'échauffourée à *La Tête de la Reine*. Je ne tolérerai aucun trouble de l'ordre public. Ce serait m'ôter mon gagne-pain. Du moins, si j'en ai encore besoin ! ajouta l'aubergiste, la joue déformée par son tic.

— Que voulez-vous dire, messire Marwood ?

— Je pense à l'*Armada* ! Il se peut que, bientôt, c'en soit fini de nous tous.

— Quant à cela, j'en doute, répliqua paisiblement Nicholas.

— La flotte est prête à hisser les voiles.

— Tout comme la flotte anglaise.

— Mais les Espagnols ont de bien meilleurs navires, se lamenta l'aubergiste. Sans parler de leur supériorité numérique. Oui, et ils ont une grande armée aux Pays-Bas, qui attend de nous envahir.

— Nous aussi nous avons une armée.

— Pas assez forte pour endiguer la puissance de l'Espagne.

— Le temps nous le dira.

— Nous mourrons tous égorgés dans nos lits.

La fièvre de l'*Invincible Armada* avait déferlé sur le pays et Marwood y avait succombé de bon gré. Il capitulait avant même le début de la bataille.

— Nous avons eu tort d'exécuter la reine d'Écosse.

— Il est trop tard pour y remédier, le raisonna Nicholas. D'ailleurs, vous en étiez plutôt heureux, à l'époque.

— Moi ? Heureux ?

— Londres est resté en liesse pendant plus d'une semaine. Vous avez gagné une somme rondelette à cette occasion, messire Marwood.

— Je rendrais jusqu'au dernier penny si cela pouvait nous sauver de l'*Armada*. La reine d'Écosse a été traitée cruellement. C'était mal.

— Des intérêts politiques étaient en jeu.

— La politique ! croassa Marwood tandis que le tic nerveux s'étendait à sa paupière, la faisant palpiter irrépressiblement. Vous voulez savoir ce que la politique a valu à ma famille, monsieur ? Elle a failli plus d'une fois nous mettre sur la paille !

Il essuya ses paumes moites sur son tablier.

— Quand mon grand-père construisit cette auberge, elle avait pour nom *La Tête du Pape* et servait de la bonne bière et du bon vin aux voyageurs dans le besoin. Puis le roi Henri se brouilla avec la religion catholique, alors nous descendîmes l'enseigne et nous devînmes *Aux Armes du Roi*. Puis, quand la reine Marie monta sur le trône, ce furent les protestants qui partirent au bûcher et les catholiques qui revinrent au pouvoir. Mon père se hâta de raccrocher le pape dans Gracechurch Street. A peine les gens s'étaient-ils réaccoutumés à notre ancienne enseigne que nous avions une nouvelle reine, et un nouveau nom.

— Cela dure déjà depuis trente ans, dit Nicholas avec un sourire encourageant, et, par la grâce de Dieu, cette stabilité n'est pas près de finir.

— Mais, grâce à la politique, les Espagnols arrivent !...

— Qu'ils essaient ! Ils trouveront à qui parler.

— Contre eux, il ne nous reste aucun espoir, geignit Marwood. Ma femme pense que nous devrions commander une nouvelle enseigne en prévision. Dorénavant, nous ferons commerce sous le nom de *L'Auberge de l'Armada*.

— Économisez votre argent et dites à votre épouse de prendre courage, conseilla Nicholas. Les Espagnols ont peut-être plus de navires, mais nous avons de meilleurs marins. Lord Howard d'Effingham est un amiral de valeur et Sir John Hawkins a tiré parti de toute son expérience pour rebâtir la flotte.

— Mais nous sommes si peu, et eux si nombreux !

— C'est dans l'adversité que l'on donne sa pleine mesure.

Marwood secoua tristement la tête et son front se creusa de sillons plus profonds. Rien ne pouvait atténuer son appréhension. Les astrologues annonçaient depuis longtemps 1588 comme l'année du désastre et, de toutes parts, les présages étaient alarmants. L'aubergiste courait droit à la catastrophe en lui ouvrant les bras.

— *L'Auberge de l'Armada !* C'est irrémédiable.

Nicholas le laissa se complaire dans sa terreur. Comme tout un chacun, le régisseur s'inquiétait à l'idée de l'immense flotte ennemie qui s'apprêtait à attaquer son pays, mais ses craintes étaient tempérées par une confiance innée en la supériorité de la Marine anglaise. Il l'avait constatée par lui-même. Nicholas avait participé au célèbre voyage d'exploration de Drake autour du globe, la décennie passée.

Ces trois années stupéfiantes avaient laissé sur lui une marque inaltérable, et s'il avait débarqué du *Golden Hind* avec de sérieuses réserves sur la personnalité de l'homme que les Espagnols surnommaient le « Maître Brigand du Monde Inconnu », il conservait un immense respect pour les talents de marin de son ancien capitaine. Quelles que fussent les forces en présence, Sir Francis Drake serait à la hauteur de sa réputation.

Le soir tombait quand Nicholas quitta *La Tête de la Reine* pour regagner à pied son logis, dans le quartier de Bankside. Il leva les yeux vers l'enseigne pour voir comment la souveraine réagissait à la menace d'une invasion. Malmenée par le vent et fouettée par la pluie, la reine Élisabeth se balançait en grinçant sur ses gonds. A travers la pénombre qui s'épaississait, Nicholas Bracewell crut voir un sourire de défi sur les lèvres peintes.

2

La Rumeur flottait sur les ailes du vent. Elle survolait le pays tel un gigantesque oiseau de proie fondant à sa guise sur ses victimes. Les estimations concernant la taille de l'*Armada* croissaient de jour en jour. L'armée du duc de Parme, aux Pays-Bas, était aussi amplifiée par les on-dit. Une promesse épiscopale d'un million de couronnes en cas d'invasion réussie vit son montant décuplé. La terreur inventait même une force massive de catholiques anglais prêts à se déverser de leurs cachettes pour grossir les troupes espagnoles et les aider à tailler le protestantisme en pièces. Les traits diaboliques du roi Philippe II venaient grimacer dans bien des cauchemars.

L'Angleterre réagit courageusement. Une armée de vingt mille hommes fut rassemblée à Tilbury, sous le commandement du comte de Leicester. Avec les régiments des comtés adjacents, elle formait une force substantielle chargée de contrer tout débarquement. Une deuxième armée fut constituée à Saint-James afin de défendre la personne de la reine. Cette activité martiale rassurait et effrayait tout à la fois les bonnes gens de Londres. Ils observaient les troupes armées répéter les manœuvres à Mile End et écoutaient les canonniers de la Tour dans Artillery Yard, de l'autre côté de Bishopsgate, se livrer à l'entraînement hebdomadaire avec leur artillerie de cuivre contre une grande butte de terre. L'invasion semblait terriblement imminente.

Quant à la reine Élisabeth, loin de se cacher et de

s'abandonner à la prière, elle passa ses troupes en revue à Tilbury et les galvanisa par un vibrant discours. Mais l'*Armada* ne serait pas vaincue par des mots ; la Rumeur continuait d'exagérer ses rangs et de vanter sa sombre vindicte. Le 12 juillet, la flotte imposante leva l'ancre à La Corogne. La défense de la reine et du pays devint pour de bon un impératif. Le roi Philippe d'Espagne avait entrepris d'étendre son empire.

Une semaine plus tard, le capitaine d'un patrouilleur envoya la nouvelle que des navires espagnols croisaient au large des Sorlingues, leurs voiles calées dans l'attente de retardataires. A la marée descendante, cette nuit-là, le lord amiral Howard et Sir Francis Drake sortirent leurs bâtiments du détroit de Plymouth. Ils s'ancrèrent en haute mer au moyen de grelins et se tinrent prêts à l'action. Howard commandait l'*Ark Royal*, l'imposant vaisseau amiral de la flotte anglaise. Le lendemain à l'aube, il prit cinquante-quatre navires sous le vent de l'île d'Eddystone Rock et fit voile vers le sud afin, en louvoyant, de se replier sur l'ennemi.

Drake se trouvait à bord du *Revenge*. Ce même soir, tandis qu'il disposait ses huit unités en vue d'une attaque à revers, il distingua l'*Armada*. C'était un majestueux spectacle. Cent trente-deux vaisseaux, parmi lesquels plusieurs galions et d'autres navires de première ligne, remontaient la Manche en formation de croissant. Leur amiral, le duc de Medina Sidonia, croyait si totalement en l'invincibilité espagnole qu'il pensait que rien ne l'empêcherait d'opérer la jonction avec ses renforts aux Pays-Bas.

Toutefois, la flotte anglaise était d'un autre avis. Elle talonna l'*Armada* neuf jours durant. Grâce à ses canons à longue portée, elle envoya des salves nourries sur les lourds galions, les harcelant, les tourmentant, leur infligeant de constantes avaries sans laisser grande chance aux Espagnols de répliquer et aucun espoir d'aborder. Drake et ses semblables pouvaient exercer à cœur joie leurs talents acquis dans la flibuste.

Quand le vent tomba, le 23 juillet, les deux flottes restèrent déventées au large de Portland Bill. Un nouvel engagement eut lieu deux jours plus tard près de l'île de Wight, puis Medina Sidonia commit une erreur fatale : il ordonna à sa flotte démoralisée de jeter l'ancre près de Calais.

Les bâtiments de Sa Très Gracieuse Majesté, stationnés à l'extrémité est de la Manche, rallièrent alors la flotte principale dans le détroit où se trouva concentrée toute la puissance maritime d'Angleterre. L'ennemi étant hors de portée de canon, Howard tint un conseil de guerre à bord de l'*Ark Royal*, où un plan d'action fut concerté. Huit navires furent rapidement chargés de poix, de goudron, de bois sec et autres matériaux combustibles. Les canons furent abandonnés à bord, chargés à bloc afin d'exploser sous la chaleur intense.

Avant minuit, les huit navires attachés ensemble furent emportés par le vent et la forte marée vers leur destination. Quand ces brûlots pénétrèrent le cordon de navettes et de grands canots qui gardaient les galions, les Espagnols, pris de panique, larguèrent les amarres. Les vaisseaux fantômes causèrent des ravages et l'*Armada* fut forcée de regagner la haute mer, tombant à la merci des Anglais.

Dès l'aube, la bataille fit rage et se poursuivit pendant près de huit heures en un combat rapproché où les Anglais démontrèrent leur supériorité de navigateurs sur une mer démontée. L'*Armada* était en détresse. Si la flotte anglaise ne s'était trouvée à court de munitions, pas un seul vaisseau espagnol n'en aurait réchappé. La flottille en déroute prit la fuite vers le nord pour affronter les horreurs d'un long périple autour de l'Écosse puis, vers le sud, en contournant l'Irlande.

Plus de cinq mille Espagnols rendirent l'âme au cours du voyage de retour. Tant bien que mal, Medina Sidonia ramena au pays moins de la moitié de la flotte qui avait si fièrement levé les voiles. Les Anglais, de leur côté, n'avaient pas perdu un seul navire et à peine cent hommes. La première tentative d'invasion depuis plus de cinq siècles avait été glorieusement repoussée. Jamais le catholicisme ne viendrait mouiller sur la Tamise.

Des semaines passèrent avant que la nouvelle atteignît l'Angleterre. La Rumeur planait toujours, causant des nuits blanches. Elle traversa également le Continent pour répandre le perfide mensonge d'une victoire espagnole. Les cloches carillonnèrent à travers les cités catholiques d'Europe. Des messes d'actions de grâces furent célébrées à Rome, à Venise et à Paris. Des foules en liesse allumèrent des feux de joie à Madrid et à Séville pour célébrer la défaite d'Élisabeth l'hérétique et la capture de Francis Drake, le diable des mers.

Alors la Vérité rattrapa la Rumeur et lui tordit le cou. Choqués, humiliés, les Espagnols prirent le deuil. Leur roi refusait de parler à quiconque hormis son confesseur. L'Angleterre, au contraire, était en délire. La nouvelle provoqua un grand élan de fierté nationale. Londres se prépara à accueillir ses héros et à porter mille toasts à leur santé.

La Tête de la Reine reçut sa part de libations.

— C'est donc convenu : Edmund s'attellera à la pièce sur-le-champ.

— Je n'ai pas dit oui, objecta Barnaby Gill avec irritation.

— Moi non plus, ajouta Edmund Hoode.

— Messieurs, il faut battre le fer pendant qu'il est chaud ! insista Firethorn.

— Vous ne nous laissez pas le temps de souffler, se plaignit Gill.

— La rapidité est essentielle, Barnaby.

— En ce cas, trouvez quelqu'un d'autre, suggéra Hoode. Je n'aime pas être bousculé. Écrire une pièce exige beaucoup de temps et de réflexion. A vous écouter, Lawrence, il faudrait qu'elle soit prête demain.

— Je consens à patienter jusqu'à dimanche prochain, dit Firethorn avec bonne humeur. Invoquez votre muse, Edmund ! Appliquez-vous !

Les trois hommes étaient assis au rez-de-chaussée de la maison de Firethorn, à Shoreditch. Barnaby Gill fumait sa pipe, Edmund Hoode buvait un verre d'eau, et leur hôte se carrait dans son fauteuil favori, un siège en chêne à dossier haut. Cette réunion avait pour but de définir les futurs projets de la compagnie. Tous trois, acteurs réputés, en étaient les principaux associés, nommés sur la patente royale autorisant l'existence de la troupe, et ils assuraient les rôles majeurs dans toutes les représentations.

Il existait quatre autres associés, mais Lawrence Firethorn avait jugé expédient de limiter les décisions concernant le répertoire à un triumvirat. Barnaby Gill se devait d'être inclus. C'était un petit homme de quarante ans, trapu, d'une laideur sympathique, doté d'un goût insatiable pour le tabac malodorant et les jeunes garçons. Maussade et capricieux, il déployait tout son talent dès qu'il montait sur scène, capable de dérider par ses mimiques le public le plus blasé. C'était à son profit que la gigue comique avait été introduite dans le *Richard Cœur de Lion*.

La jalousie professionnelle compliquait nettement les rapports entre Gill et Firethorn, le premier menaçant régulièrement de claquer la porte. Cependant, les deux hommes savaient qu'ils ne se sépareraient jamais. La dynamique qu'ils créaient sur scène était un ingrédient essentiel au succès de la compagnie. Pour cette raison, Firethorn était prêt à tolérer les éclats de son collègue et à fermer les yeux sur ses incartades.

— L'idée ne me séduit pas, maugréa Gill.

— C'est que vous ne l'avez pas totalement comprise.

— Qu'y a-t-il à comprendre ? L'Angleterre a vaincu l'*Armada*. Vous cherchez une pièce pour célébrer la victoire, comme toutes les autres troupes de Londres.

— D'où l'importance d'être les premiers.
— Je suis contre.
— Comme d'habitude.
— C'est injuste, monsieur !
— Ce n'en est pas moins vrai.
— Pourquoi devrions-nous singer nos concurrents ? se rebiffa Gill. Tâchons plutôt de nous en démarquer !
— Mon interprétation de Drake sera d'un brio incomparable.
— Ah ! Nous y voilà.
— Quoi donc ?
— Il n'y en a que pour vous. En revanche, je ne vois aucun rôle pour moi dans cette nouvelle pièce.

Edmund Hoode écoutait cette discussion avec le demi-sourire philosophe d'un homme qui en a entendu bien d'autres. En tant que poète de la compagnie, il était souvent tiraillé entre les exigences contradictoires de ses compagnons. Chacun souhaitait éclipser l'autre et, habituellement, Hoode finissait par n'en satisfaire aucun.

C'était un grand homme mince tout juste âgé d'une trentaine d'années, dont le visage rond et glabre conservait une innocence juvénile. Ses cheveux bruns bouclés et son teint pâle lui donnaient vaguement l'air d'un chérubin. Lui qui excellait à composer des poèmes pour son dernier amour en date se voyait contraint de produire des pièces à la va-vite, quoique bien faites, à une cadence qui l'amenait un peu plus près chaque fois de la crise de nerfs. Sa seule consolation était d'avoir toujours le talent de dégager pour lui-même un grand rôle romantique.

— Quand aurez-vous au plus tôt quelque chose à nous montrer, Edmund ?
— A Noël.
— Je parlais sérieusement.
— Moi aussi.
— Nous vous le demandons comme une faveur spéciale, ronronna Firethorn.

— Vous présumez trop de moi.

— Seulement parce que vous ne nous décevez jamais, mon cher ami.

— Il vous flatte ! commenta Gill avec cynisme.

— En pure perte, répondit Hoode.

— J'ai votre titre, persévéra Firethorn. Il éclatera sur l'affiche, au-dessus de votre nom : *Gloriana triomphante* !

— Que cela sonne mal ! intervint Gill en faisant la grimace.

— Il suffit, monsieur !

— J'ai le droit d'avoir mon opinion.

— Vous faites le grincheux.

— Je préférerais simplement choisir une autre pièce.

— Moi aussi, approuva Hoode. Une autre pièce, par un autre auteur.

Lawrence Firethorn les considéra, les yeux plissés. Il avait prévu cette opposition et avait le moyen de la faire tomber d'un coup. Son petit rire étouffé les avisa du danger.

— La décision est déjà prise, messieurs.

— Par vous ? lança Gill sur un ton de défi.

— Non. Par Lord Westfield.

Il n'y avait rien à ajouter. La troupe devait son existence à son mécène. Aux termes de la triste loi sur le vagabondage, la profession se voyait proscrite. Seules avaient une existence légale les compagnies autorisées par un noble et deux hauts magistrats du royaume. Tous les autres comédiens étaient regardés comme des escrocs, des vagabonds et des mendiants effrontés, passibles d'arrestation. Lord Westfield préservait Firethorn et ses camarades de cette indignité et, par conséquent, son mot pesait de tout son poids dans la balance.

— Mettez-vous immédiatement au travail, Edmund, ordonna Firethorn.

— Fort bien, soupira Hoode. Rédigez le contrat.

— C'est déjà fait.

— Vous assumez toutes les décisions, l'accusa Gill.

— Il faut bien que quelqu'un s'en charge.

— Nous sommes associés. Nous aussi avons des droits.

— Pas autant que Lord Westfield.

Barnaby Gill produisit sa mimique la plus farouche. Une fois de plus, Firethorn l'avait surpassé en finesse et cela attisait son ressentiment. Avec lassitude, Edmund se prépara à sa nouvelle tâche.

— Je devrai m'entretenir avec Nicholas.

— Faites donc, l'encouragea Firethorn. Grâce à ses connaissances de marin, Nicholas nous sera précieux à tous.

— Nous nous appuyons trop sur lui, grommela Gill, en proie à une vive irritation. Ce Bracewell n'est qu'un employé. Nous devrions le traiter comme tel au lieu de le considérer comme un égal.

— Notre régisseur a de rares talents, rétorqua Firethorn. Admettez-le et sachez en être reconnaissant. Remettez-vous-en totalement à Nicholas, ajouta-t-il à l'adresse de Hoode.

— Je n'y manquerai pas. Il m'arrive souvent de penser que Nicholas Bracewell est le membre le plus important de la troupe.

Firethorn et Gill reniflèrent à l'unisson. La vérité n'avait aucun respect pour la vanité.

Londres était de nuit le même lieu bruyant, puant et bouillonnant que le jour. Tandis que Nicholas et Will Fowler descendaient Gracechurch Street, la vie battait et palpitait autour d'eux. Les deux hommes étaient si accoutumés à cette agitation qu'ils n'y prêtaient pas attention. Indifférents aux constantes bousculades, ils respiraient sans plainte l'odeur nauséabonde du fumier frais et élevaient la voix pour dominer le brouhaha.

— Demande-leur une augmentation, Nick.

— Ils ne me l'accorderaient jamais.

— Mais tu la mérites, mon joyeux compagnon.

— Il est rare d'être récompensé selon son mérite.

— Hélas ! convint son camarade avec vigueur. Vois cette maudite profession que nous exerçons. On nous traite avec ignominie la plupart du temps. On nous raille, on nous redoute, on nous insulte, on nous pourchasse, on va même jusqu'à nous jeter en prison, et quand nous tirons les gens de leur vie assommante en les divertissant deux heures durant, ils nous font l'aumône de leurs applaudissements et de quelques pièces de ferraille avant de recommencer à s'en prendre à nous. Comment supportons-nous une vie pareille ?

— Elle assouvit un besoin en nous.

— Une jolie putain bien grasse y parviendrait tout autant.

— Je parle d'aspirations plus profondes. Réfléchis-y.

Nicholas et Will étaient amis intimes et camarades de travail. Le régisseur portait un respect et une affection immenses au comédien, en dépit de ses frasques. Will était un homme bien bâti, quoique de taille moyenne, dont les nombreuses qualités étaient desservies par un caractère chatouilleux et un désir d'en découdre. Nicholas l'aimait pour son exubérance, son humour acéré et sa générosité. Et parce qu'il admirait ses qualités d'acteur, il le défendait et l'aidait inlassablement. C'était au régisseur que Fowler devait d'avoir conservé un emploi et cela renforçait leurs liens.

— Sans toi, la compagnie Westfield s'écroulerait comme un château de cartes.

— J'en doute, répondit calmement Nicholas.

— Nous dépendons tous entièrement de toi.

— Quel sot je suis de supporter un tel fardeau !

— Réclame plus d'argent. Toute peine mérite salaire.

— Je sais me contenter de ce que j'ai.

— Tu es trop modeste, Nick.

— Je crains de ne pouvoir en dire autant de toi.

Will éclata d'un rire irrépressible qui fit s'écarter les passants alentour. Il assena une grande claque entre les omoplates de son ami et tourna vers lui son visage hilare.

— J'ai bien tenté de cacher ma lumière sous le boisseau, mais je n'ai jamais pu en trouver d'assez grand.

— Tu es né pour la scène, Will. Tu te cherches toujours un public.

— Les applaudissements sont pour moi le boire et le manger. Je mourrais de faim si j'étais un autre Nicholas Bracewell, qui ne vit que dans l'ombre. Le public doit savoir que je suis un bon acteur, c'est pourquoi je le lui clame aussi fort et aussi souvent que je le peux. Pourquoi dissimuler son génie ?

— On se le demande !

Nicholas eut droit à une seconde bourrade.

Ils traversaient le pont et durent ralentir en sa partie la plus étroite, tant la circulation était dense. Le fouillis de maisons et d'échoppes poussées sur London Bridge se prolongeait le long de l'artère principale de la ville. Les bâtiments s'étiraient au-dessus du fleuve, formant à chaque étage une saillie plus prononcée vers la chaussée dont la largeur se trouvait réduite à quatre mètres. Une lourde charrette roulait à travers la presse. Nicholas se pencha pour rattraper un jeune garçon juste avant le passage du véhicule, s'attirant un sourire défait en remerciement.

— Tu vois ? souligna Fowler. Tu ne peux t'empêcher de secourir ton prochain.

— Ce gamin serait passé sous les roues, répondit Nicholas d'un air grave. Trop de gens périssent écrasés dans cette ville. Je suis heureux d'avoir évité qu'il y ait une victime de plus.

— Une ? Tu en sauves des douzaines par jour.

— Moi ?

— Oui ! Et pas seulement de jeunes écervelés sur London Bridge. Combien de fois as-tu soustrait nos apprentis aux griffes de Barnaby Gill, cet abruti à tête de mouton ? La trique qu'il a entre ses petites pattes cause bien plus de dégâts qu'une charrette. Tu as évité une sacrée culbute à Dick Honeydew et aux autres. Tu as sauvé les Hommes de Westfield d'innombrables fois. Et, par-dessus tout, tu m'as sauvé, moi.

— De la trique de messire Gill ? le taquina Nicholas.

— Quoi ! rugit Fowler avec une rage joviale. Que ce faraud ne s'avise pas de me l'agiter sous le nez, ou je la lui scie comme une bûche et je m'en confectionne un gourdin pour lui aplatir son vilain museau. Je lui ferai danser la gigue, je te le garantis !

— Même moi, je ne pourrais te sauver alors.

Quittant le pont, ils entrèrent dans Southwark et tournèrent à droite dans Bankside, bordé par la Tamise murmurante. Nicholas avait été invité par Fowler, qui devait retrouver un vieil ami dans une taverne. Vu les flatteries dont il le couvrait, Nicholas se doutait qu'il attendait une faveur de sa part, et il n'était point difficile de deviner laquelle.

— Comment se nomme ton ami, Will ?

— Samuel Ruff. Un vaillant compagnon comme on n'en fait plus.

— Depuis combien de temps ne l'as-tu pas vu ?

— Trop longtemps, soupira Fowler. Les années passent si vite ! Mais elles ont été plus clémentes envers moi que pour Sam.

— Sait-il que je viens ? demanda Nicholas.

— Pas encore.

— Je m'en voudrais d'imposer ma présence à deux amis de longue date...

— Tu ne t'imposes pas. Tu es là pour sauver Sam.

— De quelle manière ?

— Tu trouveras un moyen, Nick. Tu trouves toujours.

Ils continuèrent à marcher d'un bon pas dans l'obscurité.

Bien qu'assez proche du logis de Nicholas, *L'Ancre de l'espoir* ne comptait pas au nombre des lieux qu'il avait coutume de fréquenter. La taverne avait quelque chose d'irrémédiablement sordide, et ses profondeurs ténébreuses abritaient des criminels, des souteneurs, des vauriens, des voleurs, des vide-goussets, des joueurs, des tricheurs et toutes sortes d'êtres sans feu ni lieu. Mal éclairé par quelques chandelles puant le suif, le décor se résumait à des tables et des bancs de bois brut, un long banc à dossier et un groupe de tabourets bas. Les murs recouverts de torchis étaient sillonnés de traînées de suie et, sur le sol en dalles de pierre, des joncs desséchés dégageaient une odeur repoussante. Dans un coin, un chien reniflait, en quête de rats.

L'Ancre de l'espoir était pleine d'individus à la mine patibulaire. L'air empestait le tabac et le vacarme était assourdissant. Un vieux loup de mer avait entonné une chanson de bord. Une partie de cartes dégénérait en altercation. Deux mariniers ivres frappaient du poing sur la table pour être servis. Des prostituées poussaient des rires stridents en cajolant leurs clients.

Nicholas et Will s'assirent côte à côte sur le banc à dossier et bavardèrent avec Samuel Ruff, perché sur un tabouret en face de la table. Tous trois buvaient de la bière au goût saumâtre.

Nicholas jeta un coup d'œil circulaire avec une légère surprise.

— C'est ici que vous logez, Samuel ?

— Hélas, pour prix de mes péchés.

— Est-ce bien prudent ?

— Je dors la main sur ma dague.

— Garde l'autre sur la poche de ton haut-de-chausses, conseilla Fowler avec un sourire. Ces gueuses te donnent la vérole rien qu'en te soufflant au nez, après quoi elles vident ta bourse pour ce privilège.

— Je n'ai pas d'argent à consacrer au plaisir, Will, répondit Ruff.

— Quel plaisir y a-t-il dans une verge qui brûle ? répliqua Fowler, son sourire se chargeant d'amertume. Des trois plaies que redoute un acteur — la peste, le puritanisme et la vérole —, je n'ai jamais su laquelle était la pire.

— Moi, je peux te le dire.

— Laquelle est-ce, Sam ?

— Il en existe une quatrième.

— Et quelle est-elle ?

— La plus terrible de toutes. Être privé d'emploi.

Il y avait une telle tristesse dans sa voix, un tel désespoir dans ses yeux que, pour une fois, même le volubile Fowler fut réduit au silence. Nicholas ressentit un élan de compassion pour Ruff. Lui-même avait traversé une mauvaise passe et il éprouvait une sollicitude particulière envers les laissés-pour-compte d'une profession nécessairement cruelle. De toute évidence, ce n'était pas tant de travail que Ruff avait besoin ; c'était qu'on l'aide à croire de nouveau en lui-même. Ce fut donc avec un intérêt sincère que Nicholas lui demanda :

— Depuis quand êtes-vous comédien, Samuel ?

— Depuis plus d'années que j'ai envie de me le rappeler, admit Ruff avec un demi-sourire. J'ai commencé chez les Hommes de Leicester, puis j'ai fait des tournées avec de plus petites troupes.

— En Angleterre ou à l'étranger ?

— Les deux.

— Dans quels pays avez-vous voyagé ?

— Ma vocation m'a mené en Allemagne, en Hollande, en Belgique, au Danemark et jusqu'en Pologne. J'ai été sifflé en bien des langues.

— Et applaudi dans beaucoup plus, souligna loyalement Will Fowler. Sam est un très bon acteur, Nick — presque aussi bon que moi, en réalité.

— Aucune recommandation ne saurait être plus haute, dit Nicholas en souriant.

— On est de vieux copains, pas vrai, Sam ?

— C'est vrai, Will.

— Si j'ai bonne mémoire, nous avons joué ensemble pour la première fois dans *Les Trois Sœurs de Mantoue*, à Bristol. C'était le bon temps !

— Pas pour tout le monde, se rappela Ruff.

— Pourquoi ?

— Ne me dis pas que tu as oublié ! Tu as si bien chauffé l'oreille du trompette qu'il a joué faux pendant toute une semaine.

— Ce coquin le méritait !

— S'il n'avait esquivé à temps, tu l'aurais complètement sonné. On aurait eu droit à quinze jours de fausses notes.

— Qu'est-ce qui lui avait valu un tel traitement ? s'étonna Nicholas.

— Il était trop mal embouché ! expliqua Will.

Un fou rire secoua les deux amis à ce souvenir commun. A mesure que l'un évoquait leurs frasques passées, l'autre semblait se détendre et s'épanouir, sûr d'avoir jadis été reconnu pour son talent. Samuel Ruff était plus âgé et plus grisonnant que Fowler, mais ils avaient la même corpulence. Nicholas remarqua son costume usé, son allure négligée. Il examina le grand visage ouvert, aux yeux honnêtes et à la mâchoire résolue. Il y avait en Ruff une intégrité que l'adversité n'avait pas entamée, et sa fierté elle aussi était restée intacte. Il fut franchement blessé quand Will Fowler lui offrit de l'argent.

— Reprends-le. Je suis capable de subvenir à mes besoins.

— Je le considère comme un prêt, non comme une aumône.

— Tous deux sont à mes yeux pareillement insultants.

Will remit promptement les pièces dans sa bourse et recommença à évoquer le passé. Les éclats de rire résonnèrent à nouveau, avec peut-être un peu moins de conviction. Nicholas s'était pris de sympathie pour Samuel Ruff, mais il ne voyait pas comment l'aider dans l'immédiat. Firethorn restreignait le nombre des embauches au minimum afin de limiter les dépenses, et le besoin d'un nouvel acteur ne se faisait pas sentir pour le moment.

D'ailleurs, Ruff ne paraissait pas être à la recherche d'un emploi. Des mois de désœuvrement avaient imposé un lourd tribut à son moral et il parlait carrément de quitter le métier. Will Fowler sursauta en entendant cette nouvelle.

— Que feras-tu ?

— Je retournerai chez moi, à Norwich. Mon frère possède une petite ferme, là-bas. Je travaillerai pour lui.

— Sam Ruff, fermier ! s'exclama Fowler avec une grimace de dégoût. Ces mains-là ne sont pas faites pour nourrir des cochons.

— Mon frère élève des vaches.

— Tu es comédien. Ta place est sur les planches.

— L'art dramatique subsistera sans moi.

— C'est de la trahison, Sam ! insista Fowler. Les vrais acteurs n'abandonnent jamais. Ils continuent à jouer jusqu'à la fin, si amère soit-elle. Pour l'amour de Dieu, mon vieux, tu es des nôtres !

— Plus maintenant, Will.

— Le théâtre vous manquera terriblement, intervint Nicholas.

— S'il lui manquera ? renchérit Fowler. Ce sera comme s'il avait perdu une jambe. Les deux jambes. Oui, et aussi sa virilité. Renonceras-tu si facilement à être un homme, Sam ? Comment pourras-tu vivre loin de la scène ?

— Élever des vaches a ses agréments, raisonna Ruff.

— Oublie ces sottises ! ordonna son ami avec un geste péremptoire. Tu ne déserteras pas. Sais-tu de quoi nous causions en venant ici tout à l'heure, Nick et moi ? Du métier d'acteur. De sa souffrance et de son horreur lancinantes. Pourquoi les supportons-nous ?

— Pourquoi, en vérité ? répéta Ruff d'un ton lugubre.

— Nick a tout compris. Cela répond à un besoin en nous, Sam, et je viens de découvrir lequel.

— Ah bon ?

— Le danger.

— Le danger ?

— Tu l'as ressenti tout autant que moi, dit Fowler, les yeux brillants. Le danger de prouver chaque fois sa valeur devant le public, d'encourir son déplaisir, de prendre des risques, de n'avoir, pour le captiver, rien qu'un costume clinquant et quelques acrostiches. Voilà pourquoi j'aime ce métier, Sam, pour cette peur qui coule dans mes veines, pour cette exaltation, pour ce danger ! C'est ce qui fait que cette vie-là vaut la peine d'être vécue.

— Encore faut-il avoir un rôle, lui objecta Ruff.

— Où trouveras-tu le danger ?

— Une vache peut donner de très méchants coups de corne.

— C'est moi qui vais t'en donner un, tête de mule !

— Ma décision est prise.

Tous les arguments s'avérèrent futiles. En dépit de ses efforts, Fowler ne put détourner son ami de sa résolution. Il en appela à Nicholas, qui usa en vain de toute sa persuasion. Samuel Ruff était déterminé à retourner à Norwich. Une vie rude l'y attendait, mais il serait toujours mieux loti qu'à *L'Ancre de l'espoir*.

Nicholas observait attentivement ses compagnons, des comédiens dans la force de l'âge, épris d'un métier qui traitait ses membres avec une indifférence crasse. Tous deux avaient su répondre à d'impossibles exigences pendant un certain nombre d'années, puis l'un s'était vu écarté. Ce constat aidait à garder la tête froide. L'exubérance de Will formait un contraste saisissant avec le désespoir tranquille de Samuel Ruff. A eux deux, ils semblaient incarner l'essence du théâtre, conjuguant les extrêmes dans une lutte à mort entre amour et haine.

Nicholas fit une autre constatation, qui le désola pour

son ami. Ces retrouvailles que Will avait attendues avec impatience se soldaient par une déception. L'homme qu'il avait connu dans ses beaux jours n'existait plus. L'ami d'antan n'était plus que l'ombre de lui-même, ne rappelant que par de brèves lueurs le vrai Samuel Ruff. L'acteur qui partageait jadis sa foi aveugle dans le théâtre était devenu un hérétique. Will en était blessé et Nicholas le comprenait.

— Rien ne pourra te convaincre de changer d'avis ? plaida Fowler.

— Rien, Will.

— Qu'il en soit ainsi.

Ils terminèrent leur bière en bavardant à bâtons rompus, puis Nicholas se dirigea vers la patronne pour régler l'addition. Le tapage avait augmenté et l'air s'était chargé d'âcres odeurs. Des couples gravissaient à tâtons l'escalier étroit vers des plaisirs incertains, des huées montaient d'une partie de dés et le vieux marin, oscillant comme un mât de misaine dans la tourmente, tentait de chanter une ballade sur la défaite de l'*Armada*. Le chien aboyait et quelqu'un vomissait dans l'âtre.

Nicholas était soulagé de partir. Il avait craint un esclandre. *L'Ancre de l'espoir* était une mèche qui pouvait s'enflammer à tout moment. Bien que fort capable de se tirer d'affaire dans une rixe, il ne cherchait pas la bagarre et s'inquiétait d'être venu dans cette taverne avec un compagnon d'humeur souvent belliqueuse. Un Fowler plein d'entrain était déjà peu contrôlable ; fatigué, il devenait d'une dangereuse susceptibilité. Nicholas paya et se tourna pour partir.

Mais il était déjà trop tard.

— Pas question, monsieur !

— Ne vous avisez pas de me chercher noise !

— Je vais vous éclater le crâne !

— J'ai ici ce qu'il faut pour vous couper en deux !

— Faites, si vous l'osez !

— Gare à vous !

Provoqué par un grand gaillard à barbe rousse, qui avait tiré son épée, Will se leva d'un bond et empoigna sa propre lame. Immédiatement, les tables furent poussées à la hâte afin de dégager un espace au milieu de la salle. Les deux hommes se mirent à tourner l'un autour de l'autre. Avant que Nicholas ait pu faire un geste, Samuel Ruff intervint :

— Pose ton épée, Will ! implora-t-il.

— Ne t'en mêle pas.

— Cette querelle est ridicule.

— Je compte laver l'affront dans le sang.

Ruff fit volte-face pour tenir tête à l'inconnu. Désarmé mais sans peur, il se plaça entre les deux adversaires et écarta les bras, faisant un rempart de son corps à son ami.

— Oublions cela autour d'une bonne pinte de bière, proposa-t-il.

— Non ! grogna le barbu.

— Réglez votre différend.

Rien ne pouvait dissuader l'inconnu qui, soudain, vit une occasion d'atteindre son adversaire à l'improviste et ne la laissa pas passer. Portant une botte fulgurante, il poussa son épée sous le bras de Ruff et l'enfonça violemment dans la poitrine de Fowler. Le duel était terminé.

— Will ! cria Nicholas en s'élançant.

— Je... Je vais le tuer, menaça Fowler d'une voix faible.

Lâchant son arme, il fit quelques pas en titubant avant de s'effondrer par terre. Nicholas lui soutint la tête, pris de court par la rapidité des événements. La patronne hurlait, les joueurs de cartes vociféraient, le vieux marin beuglait et le chien aboyait comme un fou. Profitant de la confusion générale, l'inconnu sortit en courant et disparut dans l'allée.

Tout le monde se pressa autour de l'homme à terre.

— Reculez ! ordonna Nicholas. Laissez-lui de l'air.

— Que s'est-il passé ? marmonna Fowler d'un ton somnolent.

— C'est ma faute, dit Ruff, accablé de remords en s'agenouillant auprès du blessé. J'ai voulu le calmer et il en a profité pour te frapper sous mon bras.

— Le diable l'emporte !

La patronne écarta les clients pour passer et constata l'ampleur du désastre. Les bagarres étaient assez fréquentes dans la taverne, mais, habituellement, elles ne se livraient pas à l'arme blanche et ne finissaient pas dans un bain de sang.

— Emportez-le chez le chirurgien, conseilla-t-elle.

— Il ne faut pas le déplacer, répondit Nicholas, tâchant de son mieux de contenir l'hémorragie. Faites quérir le chirurgien... et qu'il se hâte !

La patronne lança un ordre bref à son garçon de courses. Nicholas, hébété, soutenait toujours son ami au creux de ses bras. Will avait été si vigoureux, si énergique, et pourtant la vie s'écoulait de lui dans le décor sordide d'un bouge de Bankside. Nicholas était accablé par une écrasante sensation de gâchis.

— Qui était-ce ? murmura Will.

— Épargne tes forces, l'exhorta Nicholas.

— Je veux savoir ! insista Will dans un dernier sursaut de volonté. Qui était ce gredin ?

Il porta un regard interrogateur autour de lui, mais personne ne connaissait le meurtrier.

Nicholas était déchiré par l'affliction et la colère. Maintenant seulement, alors qu'il était sur le point de le perdre, il mesurait combien son ami avait compté pour lui. Son enthousiasme et sa vitalité lui manqueraient cruellement. Il serra le comédien plus fort pour l'arracher à la mort, mais il savait que c'était en vain. Will Fowler était condamné.

Samuel Ruff, en larmes, tourmenté à l'idée de la part qu'il avait jouée dans cette issue tragique, chuchotait des excuses sans fin au gisant. Nicholas fut frappé par sa pâleur, puis aperçut des gouttes de sang qui tombaient de sa manche. Ruff lui aussi était blessé. Le coup d'estoc avait percé son bras avant de tuer Will.

Le moribond rassembla ses dernières forces pour dire dans un souffle :

— Nick...

— Je suis là, Will.

— Retrouve-le... je t'en prie... Retrouve ce gredin !

Ses mains se crispèrent sur son estomac. Il fut parcouru par un nouveau spasme de douleur, puis tout son corps devint inerte tandis qu'il exhalait un dernier râle. Will Fowler n'avait plus besoin de médecin.

Samuel Ruff enfouit son visage entre ses mains. Nicholas sentit ses yeux s'embuer de larmes, mais une fureur froide se mêlait à son chagrin. Son ami avait été sauvagement assassiné. Une vie précieuse avait été fauchée dans un simple accès de mauvaise humeur. Will Fowler l'avait supplié de retrouver son meurtrier et Nicholas assumerait ce devoir avec une volonté de fer.

— Je le retrouverai, Will, je t'en fais le serment.

3

Bankside n'était pas entièrement livré aux tripots, aux tavernes, aux bordels et autres lieux de débauche. Échappant à la juridiction londonienne, ce quartier populeux de Southwark avait sa part de terrains de combats de coqs pour satisfaire les foules friandes de ces spectacles, mais il comptait aussi des boutiques, des ateliers et des demeures respectables. Largement bordé de quais et d'entrepôts, il offrait un panorama splendide sur la cathédrale Saint-Paul et la City, de l'autre côté du fleuve.

Anne Hendrik résidait à Bankside depuis bon nombre d'années et connaissait bien son dédale de rues. Issue d'une famille anglaise, elle avait épousé Jacob Hendrik quand elle n'avait pas encore vingt ans. Jacob était un chapelier expérimenté qui, ayant émigré à Londres comme beaucoup de Hollandais, se vit de même que ses compatriotes refuser l'entrée des guildes, jalouses de leurs intérêts commerciaux. Pour gagner sa vie, il dut donc s'installer hors du cœur de la ville. Le choix de Southwark s'imposait de lui-même. Son ardeur à l'ouvrage et sa volonté farouche de s'adapter lui permirent de prospérer. Quand il mourut, après quinze années de bonheur conjugal, il laissait à sa veuve une belle maison, un commerce florissant et une fortune raisonnable.

D'autres auraient déménagé ou se seraient remariées, mais Anne était attachée à cette maison et aux souvenirs qui y étaient associés. N'ayant point d'enfant, elle manquait de compagnie et décida de prendre un locataire. Celui-ci devint rapidement beaucoup plus.

— Est-ce vous, Nicholas ? appela-t-elle.

— Oui.

— Vous êtes en retard, mon ami.

— Il était inutile de veiller pour m'attendre.

— Je m'inquiétais pour vous.

Anne vint le rejoindre près de la porte d'entrée, qu'il fermait derrière lui. Aussitôt qu'elle le vit à la lumière des chandelles, elle courut vers lui, ses traits avenants déformés par l'anxiété.

— Vous êtes blessé !

— Non, Anne.

— Mais ce sang sur vos mains et sur vos vêtements ?

— Ce n'est pas le mien, dit-il d'un ton apaisant.

— Vous avez eu des ennuis ?

— Pas moi, mais Will Fowler...

— Que s'est-il passé ?

Ils entrèrent dans la chambre de Nicholas. Anne lui apporta une cuvette d'eau afin qu'il pût se laver, et il lui relata les événements survenus à *L'Ancre de l'espoir*. Il était encore sous le coup de l'émotion. Anne fut profondément peinée. Bien qu'elle n'eût rencontré Fowler qu'en de rares occasions, elle en avait gardé le souvenir d'un homme gai et loquace, possédant un fonds inépuisable d'anecdotes amusantes sur le monde du théâtre. Il semblait injuste qu'il se fût éteint si précocement et de manière si misérable.

— Avez-vous une idée sur l'identité de cet homme ? interrogea-t-elle.

— Aucune. Mais, tôt ou tard, je lui mettrai la main dessus.

— Et messire Ruff ?

— Il était aussi affligé que moi. Je l'ai aidé à trouver un autre gîte pour la nuit. Il ne supportait pas de rester dans la taverne où Will avait été assassiné.

— Vous auriez dû l'amener ici.

Nicholas leva les yeux vers Anne et la contempla avec affection. Son visage ovale, charmant et heureux au repos, était marqué de plis soucieux. Elle était la bonté et la compassion mêmes. Dans une situation de crise, son premier instinct la poussait toujours à proposer une aide concrète. C'était un trait de caractère que Nicholas avait en partage et l'un des liens qui les unissaient.

— Merci, Anne, dit-il tout bas.

— Nous aurions pu lui trouver un meilleur abri qu'une chambre dans une taverne sordide. N'avez-vous pas pensé à l'inviter ?

— Il aurait refusé. Samuel Ruff est un homme fier et indépendant. Son amitié avec Will remontait à de très longues années et leur était précieuse à tous deux. Samuel n'a pas envie de parler. Il préfère rester seul pour le pleurer. Et cela, Anne, c'est un sentiment que je respecte.

Pendant qu'il se séchait les mains, elle emporta l'eau rougie. Nicholas était exténué. Minuit était passé depuis longtemps et les événements de la soirée avaient mis sa résistance à rude épreuve. On avait appelé les sergents de ville et l'affaire était désormais du ressort de la loi. La dépouille avait été emportée, et Nicholas ne pouvait agir avant le matin. Pourtant son esprit ne trouvait pas le repos.

Anne revint. Il éprouvait toujours le même plaisir à observer sa silhouette élancée, son apparence soignée, ses gestes empreints de grâce et de délicatesse. Lorsqu'elle s'adressa à lui, ce fut d'une voix douce et préoccupée.

— Vous avez besoin de dormir, mon ami. Cela ira-t-il ?

— Je pense que oui.

— S'il vous manque quoi que ce soit, il vous suffit de m'appeler.

— Je sais.

Elle le regarda, puis, impulsivement, le serra contre

son cœur. Au bout de quelques secondes elle le lâcha et lui caressa les cheveux de ses longs doigts fins.

— Je suis navrée pour Will Fowler, murmura-t-elle. Mais cela aurait pu être vous... Je ne l'aurais pas supporté.

Elle l'embrassa tendrement sur le front avant de le laisser se reposer.

D'une façon qui lui était bien familière, Lawrence Firethorn prit cette tragédie comme un affront personnel. Sans que sa conscience le chatouillât le moins du monde, il transforma la mort d'un comédien en une attaque directe contre sa réputation. L'après-midi suivant, la troupe devait donner à *La Tête de la Reine* une toute nouvelle pièce, où Will tenait le plus important des seconds rôles. Chacun des autres acteurs interprétant déjà plusieurs personnages, il était impossible de le remplacer. La représentation semblait fort compromise et Firethorn était fou furieux à cette perspective.

— Une honte ! tempêtait-il. Une honte inqualifiable !

— C'est en effet très fâcheux, convint Nicholas.

— Les Hommes de Westfield n'ont encore jamais annulé. Ce serait un terrible précédent. Le public serait privé d'une chance de m'admirer ! Vous portez là-dedans une certaine part de responsabilité, Nicholas.

— Pourquoi, messire ?

— C'est vous qui m'avez convaincu de garder Will Fowler.

— C'était un bon acteur.

— Vous m'avez empêché de déchirer son contrat une bonne dizaine de fois.

— Will nous était précieux dans la troupe.

— Il était trop querelleur. Tôt ou tard, il devait fatalement trouver plus fort que lui. Palsambleu ! Si seulement je m'étais fié à mon instinct au lieu de vous écouter !

Ils se trouvaient dans la chambre à coucher de Firethorn. L'acteur, en longue chemise blanche, ne décolérait pas. Après une nuit sans sommeil, Nicholas s'était rendu à Shoreditch peu après l'aube pour annoncer la triste nouvelle, qui n'avait pas été des mieux accueillies.

— Je suis frappé par un sort injuste ! déclara Firethorn avec emphase.

— Toutes mes pensées vont à Will, répondit franchement le régisseur.

— Un de mes comédiens occis au cours d'une querelle d'ivrognes... Belle histoire, qui éclaboussera toute la compagnie. N'y avez-vous point pensé, la nuit dernière, en l'entraînant dans ce lieu abject ?

— C'est lui qui m'y a conduit.

— Peu importe, c'est moi qui en subis le contrecoup. Nick, le Ciel m'est témoin que nous prenons assez de risques en bafouant les lois de la cité. La dernière chose dont nous ayons besoin est de nous mettre à dos les autorités.

— J'ai paré à toute éventualité, lui assura Nicholas. Vous ne serez en rien compromis dans cette affaire.

— Je suis impliqué dans tout ce qui concerne les Hommes de Westfield, affirma Firethorn en prenant une de ses poses favorites. De plus, comment tiendrez-vous le livre de régie si vous êtes convoqué en justice ? Voyez-vous enfin que cela rejaillira forcément sur moi, et nuira sérieusement à ma réputation d'acteur génial ?

Nicholas poussa un lourd soupir. Alors qu'il pleurait un ami, Firethorn foulait ses sentiments aux pieds. Quelquefois, même lui avait grand-peine à tolérer les caprices de son maître. Il décida de se concentrer sur le plus pressé.

— Tâchons de régler le problème d'*Amour et Hasard,* suggéra-t-il.

— Bonne idée, monsieur. Le public s'attend à voir la pièce cet après-midi. Elle a toujours rencontré sa faveur.

— Et il en ira de même cette fois-ci.

— Sans Will Fowler ?

— J'ai une solution.

— Pas le temps de tout réécrire ! coupa Firethorn. Nous ne pourrons jamais remanier l'intrigue à la répétition de ce matin. En tout cas, Edmund n'est pas en état de s'attaquer à pareille tâche. Son projet sur l'*Armada* lui met les nerfs en pelote.

— L'intervention d'Edmund ne sera pas nécessaire.

— Mais vous parliez d'une solution ?

— Oui, messire.

— Comptez-vous relever Will Fowler d'entre les morts ?

— En un sens.

— Cessez de parler par énigmes et expliquez-vous. Quelle est cette solution ?

— Samuel Ruff.

— Ruff ! aboya Firethorn. Ce misérable qui vous a attirés à *L'Ancre de l'espoir* ?

— C'est un acteur chevronné, argumenta Nicholas. En tout point l'égal de Samuel.

— Il n'apprendra jamais le rôle en quelques heures.

— Samuel s'en croit capable. En ce moment même, il est en train de l'étudier. J'ai recopié moi-même ses répliques à partir du livre de régie.

— Vous prenez bien des libertés, reprocha Firethorn. *Amour et Hasard* est notre propriété et n'est pas destinée à tous les regards.

— Voulez-vous que la représentation d'aujourd'hui ait lieu ?

— Assurément !

— Alors c'est le seul moyen.

— Je n'emploierai pas un homme que je n'ai jamais vu.

— Avec votre permission, je l'inviterai à la générale. Vous jugerez bien vite par vous-même s'il peut se charger du rôle. Nous ne trouverons pas de meilleur acteur à si brève échéance.

— N'a-t-il pas été blessé la nuit dernière ?

— Une éraflure sans gravité au bras gauche, que le chirurgien a pansée. Lorenzo est vêtu d'une cape dans toutes ses scènes. La blessure passera inaperçue. Quant au reste, Samuel est de la même carrure que Will, si bien qu'aucune retouche ne sera nécessaire.

— Arrêtez de m'imposer cet homme ! protesta Firethorn.

— Il aspire à nous aider.

— Sans lui, nous n'aurions pas besoin d'aide.

— Samuel le sait. Il se sent coupable de ce qui est arrivé. C'est pourquoi il souhaite réparer, dans sa modeste mesure. Reprendre le rôle de son ami signifierait beaucoup pour lui.

— L'idée ne m'agrée pas.

— Will l'aurait approuvée.

— C'est moi qui décide dans cette compagnie. Pas Will Fowler.

— Peut-être devrais-je exposer le problème aux autres associés, dit ingénument Nicholas. Ils pourraient avoir un point de vue différent.

— Le mien est le seul qui importe ! gronda l'acteur.

Lawrence Firethorn allait de long en large comme un fauve en cage. Quand des éclats de rire juvéniles se firent entendre de l'autre côté de la porte, où les apprentis partageaient une chambre, il donna un coup de poing sur le mur et rugit pour les réduire au silence. Quand son épouse lui fit dire que le petit déjeuner était servi, il terrorisa la servante en lui montrant les dents. Enfin il reprit ses esprits.

— Chevronné, disiez-vous ?

— Plusieurs années d'expérience dans de bonnes compagnies, parmi lesquelles celle de Leicester.

— Il peut tenir un rôle au pied levé ?

— C'était l'une de ses principales qualités.

— Est-il querelleur comme Will ? s'inquiéta Firethorn.

— Non, messire. C'est un paisible citoyen.

— Et pourquoi ce paisible citoyen se trouve-t-il sans travail ? Il doit avoir quelque défaut !

— Aucun que j'aie pu voir. Will s'en portait garant.

— Où Ruff a-t-il joué pour la dernière fois ?

— Chez les Hommes de Banbury.

— Banbury !

L'exclamation de Firethorn résonna dans toute la maison. Son intérêt pour Samuel Ruff venait d'atteindre sa limite. Le comte de Banbury et Lord Westfield étaient ennemis jurés et ne rataient aucune occasion de se damer le pion. Dans cette guerre acharnée, leurs compagnies respectives étaient des armes majeures et se détestaient cordialement. La troupe de Banbury avait pris l'ascendant au début, puis avait été supplantée par les Hommes de Westfield. Dans le monde mouvant du théâtre londonien, c'était Lawrence Firethorn et sa troupe qui tenaient le haut du pavé, et ils n'étaient pas prêts à le lâcher.

— Au moins, rencontrez-le, pressa Nicholas.

— Ce n'est pas l'homme qu'il nous faut.

— Mais il s'est brouillé avec les Hommes de Banbury. Il a été forcé de partir.

— Je ne l'embaucherai pas, Nick. C'est impensable.

— Alors nous devons annuler la représentation au plus vite.

— Attendez ! Pas de hâte intempestive.

— Les autres seront choqués par votre décision.

— Elle n'est pas encore prise.

— Accordez une chance à Samuel, dit doucement Nicholas. Il est l'homme de la situation.

— Pas avec ses antécédents.

— Savez-vous pourquoi il a quitté Banbury ?

— Peu me chaut.

— Vous dirai-je quel fut son crime ?

— Oubliez-le.

— Il a osé parler de vous en termes élogieux.

Il y eut un silence, juste assez long pour que germât

la première graine d'intérêt. Nicholas l'arrosa soigneusement à l'aide de quelques détails.

— Giles Randolph a grandement pris ombrage de ses propos.

— Randolph ? Cet amateur ?

— Il est si imbu de lui-même qu'il ne lui suffit pas d'être l'acteur-vedette de sa troupe. Les autres doivent ramper devant lui, le flatter à tout bout de champ pour le contenter, et Samuel ne pouvait s'y résoudre. Ils jouaient *Scipion l'Africain*.

— Une calamité ! renifla Firethorn. Des vers ampoulés et des répliques verbeuses. Moi, je ne me serais pas abaissé à l'interpréter.

— Giles Randolph incarnait le héros. Il avait une scène avec Samuel, dans le rôle d'un tribun. Et c'est alors que... Enfin, tant pis ! s'interrompit brusquement Nicholas en haussant les épaules. Vous n'avez que faire de tout cela.

— Continuez, continuez. Que s'est-il passé ?

Firethorn grillait d'en savoir plus. Giles Randolph et lui étaient des rivaux acharnés, des artistes de talent qui luttaient l'un contre l'autre chaque fois qu'ils montaient sur scène. Tout ce qui s'exerçait au détriment de Randolph était pain bénit. Aiguillonné par la curiosité, Firethorn tapa de l'index son régisseur sur la poitrine.

— Ainsi, monsieur, ils avaient une scène ensemble ?

— A un moment crucial de l'intrigue.

— Eh bien ?

Nicholas travaillait depuis assez longtemps avec des comédiens pour avoir appris certaines de leurs ficelles. Il prolongea l'attente pendant quelques secondes, puis lâcha :

— Randolph se plaignait que Samuel en faisait trop et ôtait toute aura au héros.

— Ha ! Vous parlez d'une aura ! Vous parlez d'un héros !

— Samuel est franc. Il lui a dit ses quatre vérités.

— Ce Randolph, quel cabot !

— Il a répliqué qu'un acteur de premier plan devait tenir sa place sans s'entourer de médiocres pour s'en servir comme faire-valoir.

— Et sur moi ? interrogea Firethorn, intrigué. Qu'a-t-il dit sur moi ?

— Samuel vous a cité en exemple, messire. Vous seriez l'étoile de n'importe quelle compagnie. Plus les acteurs qui vous entourent excellent, plus vous les surpassez. Ils exaltent votre inspiration.

Firethorn rayonnait. Aucune louange n'était plus douce que celle de ses pairs. Il jugea que Samuel Ruff possédait un remarquable discernement et commença à lui pardonner de s'être acoquiné avec la troupe de Banbury. Nicholas profita de ces bonnes dispositions :

— Samuel tient désespérément à se joindre à nous. Il le considère comme un devoir envers Will Fowler, au point qu'il a proposé de jouer sans rétribution d'aucune sorte...

— Vraiment ? s'extasia Firethorn, dont les yeux s'allumèrent.

— Cependant, je lui ai assuré que vous étiez un homme d'honneur, qui ne concevait pas d'employer qui que ce fût sans lui payer son dû.

— Évidemment, acquiesça l'acteur, cachant sa déconvenue.

— C'est donc d'accord ?

Firethorn s'assit au bord du lit à colonnes. Même en chemise de nuit, il conservait un semblant de dignité. Il ressemblait à un sénateur romain ruminant quelque affaire d'État.

— Qu'il soit à la répétition, dans une heure.

Nicholas hocha la tête puis se retira. Son plan avait opéré à merveille. Sûr de ses pouvoirs de persuasion, il avait déjà indiqué à Ruff l'heure où il devait se présenter à *La Tête de la Reine*. A franchement parler, l'acteur n'avait pas claqué la porte de son ancienne compagnie dans ces circonstances précises, mais Nicholas n'avait eu aucun scrupule à farder la vérité. Un homme aussi prétentieux que Lawrence Firethorn aimait voir la vanité des autres exposée au grand jour. L'essentiel était qu'une crise eût été évitée. La représentation ne serait pas annulée.

C'était toujours une petite consolation, après cette nuit de cauchemar.

Samuel Ruff ne leur fit pas faux bond. Malgré la fatigue et l'affliction, il montra lors de la répétition une solide maîtrise de ses répliques et une réelle compréhension de son personnage. Il assimila rapidement les indications scéniques et marqua à l'égard de Firethorn un respect qui fut un autre facteur déterminant. Il était à coup sûr l'homme de la situation.

La représentation de cet après-midi-là enchanta le public. *Amour et Hasard* était une comédie romantique sur les périls d'une passion hâtive, et son recours aux quiproquos et aux confusions d'identité la rendait particulièrement attachante. Firethorn menait sa troupe avec sa verve habituelle, Edmund Hoode étincelait dans son rôle de gentilhomme amoureux, et Barnaby Gill donnait la pleine mesure de son talent pour faire rire toute la cour à gorge déployée. Parés de costumes et de perruques splendides, les apprentis campaient avec vivacité les personnages féminins.

Pour sa part, Ruff se révéla excellent dans le rôle de Lorenzo. Non seulement il se souvint à la perfection de ses répliques, mais il improvisa avec finesse quand, d'abord, un des acteurs rata son entrée, puis quand un autre eut un trou au beau milieu d'une tirade. Samuel Ruff était un vieux de la vieille, aguerri par de longues années d'expérience. Dans son interprétation étourdissante, rien ne laissait deviner le chagrin qui assombrissait son cœur.

Amour et Hasard s'avéra être la pièce idéale pour la circonstance. La mort de Will Fowler avait bouleversé toute la troupe et la répétition avait pris un ton funèbre. Une fois lancés, toutefois, les acteurs se laissèrent emporter par les joyeuses péripéties de l'intrigue et n'eurent plus le temps de remâcher leur tristesse. Sortant d'une tragédie, ils obtinrent un véritable triomphe comique.

Nicholas était à la barre, réglant l'apparition des comédiens, dirigeant la mise en scène, veillant à ce que le rythme ne s'essoufflât pas. Son travail consistait entre autres à préparer un plan commenté de la pièce, détaillant, scène par scène, ce qui arrivait à qui, et qui faisait son entrée ou sa sortie. Les acteurs ne travaillaient que sur les parties les concernant, rédigées à leur intention par un copiste, et s'en remettaient totalement au plan exposé dans la loge. Ils avaient de bonnes raisons d'être reconnaissants que l'écriture de Nicholas fût si lisible, et lui si méticuleux. Aucun élément n'y manquait.

Le régisseur était ravi par le brio avec lequel Ruff remplaçait son vieil ami, et par l'animation qu'on lisait sur ses traits chaque fois qu'il quittait les planches. Il n'avait rien d'un fermier, satisfait de couler des jours paisibles dans l'anonymat des campagnes. Le théâtre était son vrai foyer. Tout comme Will, il ne serait jamais heureux loin de la scène. Nicholas résolut d'avoir une discussion avec Firethorn.

L'acteur-vedette, d'humeur affable, dispensait ses sourires à la ronde chaque fois qu'il regagnait la loge, un tonnerre d'applaudissements résonnant sur ses talons. Avant de retourner sur scène, il s'examinait avec soin dans un miroir, caressait sa barbe et les boucles de ses cheveux, rectifiait légèrement l'inclinaison de son chapeau ou l'ordonnance de ses vêtements. Ce n'était pas seulement le succès de la pièce qui le réjouissait, ni même le fait que Lord Westfield en personne, présent dans l'assistance, en fût témoin. Une autre raison l'incitait à se pavaner. Barnaby Gill ne s'y trompa pas.

— Au milieu de la galerie du bas, souffla-t-il.

— Je me disais aussi ! remarqua Nicholas tout en

survolant une page du livre de régie. Il y a des signes qui ne trompent pas.

— Il ne joue que pour elle.

— Obtient-il une réaction ?

— Une réaction ! répéta Gill avec une délectation méprisante. Elle ne cesse de baisser son loup pour lui adresser des œillades brûlantes. Encore un peu, et il carbonise les planches. Rappelez-vous mes paroles, Nicholas : elle sait taquiner son épididyme.

— Qui est-ce ?

— Tenez-vous bien.

— Pourquoi ?

— C'est Lady Rosamund Varley.

— Oh !

Nicholas fit signe à quelques acteurs de se préparer à faire lcur entrée. Il n'osait songer à ce qu'il venait d'apprendre. La possibilité d'une liaison entre Firethorn et Lady Varley était des plus contrariantes. Il sc concentra sur sa tâche et avertit le luthiste de se tenir prêt. Le ton de Gill restait malicieux.

— *Amour et Hasard*, en vérité !

— N'oubliez pas le changement de costumes.

— Dites plutôt *Luxure et Manigances* !

— Ben ! appela Nicholas. Ça va être à vous.

— Bon, répondit un comédien court et trapu.

— Sa femme devrait le châtrer, décida Gill. C'est le seul moyen de calmer un tel étalon. Margery devrait le châtrer... avec les dents.

Benjamin Creech les dépassa, portant des gobelets sur un plateau.

— Rappelez-vous de le présenter d'abord à Lorenzo, recommanda Nicholas.

— Bon.

— Et ne vous servez pas au passage, le taquina Gill, sardonique.

Quand vint son tour, Creech redressa les épaules et fit son entrée. Nicholas tourna une nouvelle page. Barnaby continuait à épancher sa bile lorsque son regard tomba sur un des apprentis. Richard Honeydew, debout de profil, secouait ses jupons pour leur donner du volume. Gill s'émerveilla devant son petit visage aux traits fins, son teint de pêche et sa peau qui semblait douce comme de la soie.

— Lawrence est bien sot, murmura-t-il. Pourquoi s'embêter avec les femmes quand il y a tellement mieux ?

L'après-midi avait été un succès retentissant pour Lawrence Firethorn. Non content de subjuguer son public et de charmer son mécène, il était tombé amoureux. Grisante sensation ! Il était si transporté de joie qu'il régla à Marwood le loyer qu'il restait à lui devoir. Ayant échappé aux horreurs d'une occupation espagnole et recevant une pluie d'argent, l'aubergiste faillit presque sourire. Firethorn le renvoya après lui avoir assené une claque amicale dans le dos. Sa tâche suivante consista à prendre Samuel Ruff à part afin de lui exposer son offre. Comme il se devait, l'acteur fut impressionné.

— Je le considère comme un immense compliment.

— Alors vous acceptez ?

— Malheureusement non. Je m'en vais vivre dans une ferme, à Norwich.

— Une ferme ! répéta Firethorn avec un profond dégoût. Mais pourquoi ?

— Parce que je suis déterminé à abandonner complètement la scène.

— Un acteur reste un acteur, décréta Firethorn avec grandiloquence. Il continue à jouer jusqu'à son dernier souffle.

— Pas moi.

— Préférez-vous courir après des moutons, là-bas, à Norwich ?

— Mon frère élève des vaches.

— Nous devons vous en sauver à tout prix, mon cher ami. Vous vous retrouveriez de la bouse jusqu'à la taille, au milieu d'une nuée de mouches. Cet environnement sied mal à un acteur. Quand comptiez-vous prendre la route ? demanda-t-il, passant familièrement son bras autour de l'épaule de l'autre.

— Aujourd'hui même, monsieur. Sans les événements de cette nuit, j'aurais déjà parcouru un bon bout de chemin, à l'heure qu'il est. Vu les circonstances, je resterai à Londres pour assister aux obsèques. Je dois bien cela à Will.

— Vous lui devez aussi de relever le flambeau, affirma Firethorn. Le trahiriez-vous ?

— J'ai déjà adressé un message à mon frère.

— Envoyez-en un autre. Faites-lui savoir qu'il devra traire ses vaches lui-même.

Peu à peu, Samuel Ruff se laissait tenter. Firethorn l'entraîna vers une fenêtre surplombant la cour où, dans une activité fiévreuse, les machinistes et les journaliers démontaient les tréteaux. Cette scène évocatrice ne manqua pas de produire son effet. Ruff s'écarta de la fenêtre.

— Nicholas Bracewell insiste pour que vous restiez, continua Firethorn, et je suis toujours ses conseils. Nous avons besoin de vous.

— Je ne puis rester, monsieur.

— Ce serait comme si Will était encore un peu des nôtres.

Hésitant, Ruff passa ses doigts dans ses cheveux gris. Ce n'était pas une décision facile à prendre. Visiblement, il s'était fixé une ligne de conduite et n'était pas homme à changer d'avis à la légère. Il jeta un nouveau coup d'œil vers la fenêtre. Au-dehors, le bruyant remue-ménage continuait. Son ancienne vie lui faisait signe pour le séduire.

— Combien vous payait-on, chez Banbury ?

— Huit shillings par semaine.

— Ah !

Firethorn hésita. Lui-même s'était fixé sur un salaire

de sept shillings, mais quelque chose lui disait que cet homme-là valait peut-être un supplément.

— Fort bien. Je vous en donne autant.

— Londres ne s'est pas montré tendre envers moi, remarqua doucement Ruff.

— Accordez-lui une autre chance.

— J'y réfléchirai, monsieur.

Firethorn sourit. Il s'était trouvé un nouveau comédien.

Le meurtre ne causa qu'une interruption temporaire dans le quotidien de *L'Ancre de l'espoir*. Tout était rentré dans l'ordre dès le lendemain soir. Des joncs frais dissimulaient ceux qu'avait rougis le sang de Will Fowler. La bière et le vin avaient déjà effacé ce souvenir de l'esprit des habitués, retournés à leurs jeux, à leurs plaisanteries salaces et à leurs vices. Sous le plafond bas résonnait une véritable cacophonie.

Nicholas toussa en pénétrant dans la salle enfumée. Lorsque son regard tomba sur l'endroit où Will avait rendu l'âme, le cœur faillit lui manquer. Il traversa rapidement la salle vers la patronne, qui tirait une pinte de xérès d'un tonneau. C'était une petite femme dodue d'une quarantaine d'années, dont le visage mat, marqué par la vérole, était abondamment poudré. Ses grands yeux mobiles étaient injectés de sang. Sa robe très décolletée laissait voir des seins opulents, sur l'un desquels un gros grain de beauté faisait office de mouche.

Elle servit un client puis se tourna vers Nicholas.

— Qu'y a-t-il pour vous plaire, monsieur ?

Alors elle le reconnut et se rembrunit aussitôt.

— Vous n'êtes pas le bienvenu ici.

— J'ai besoin d'aide.

— Je vous ai dit tout ce que je savais, et mes clients aussi.

— Un homme a été tué ici la nuit dernière, insista Nicholas.

— Vous croyez que nous ne le savons pas ? répliqua-t-elle avec véhémence. Quand la garde et Dieu sait qui encore accourent ici ? Chez nous, on n'aime pas les ennuis. On ne veut pas que les sergents de ville viennent fourrer leur nez dans nos affaires.

— Juste une question, s'obstina Nicholas.

— Laissez-nous tranquilles, monsieur.

— Je vous paierai.

Il déposa sur le comptoir des pièces qui furent rapidement empochées.

— Cet homme à barbe rousse... D'après Samuel Ruff, il venait de l'étage.

— Il ne logeait pas ici. C'était un inconnu.

— Alors il est monté pour une autre raison.

Les yeux injectés de sang le fixèrent sans ciller. Nicholas sortit encore quelques pièces de sa poche et les lui remit. Elle se pencha pour rapprocher son visage du régisseur.

— Vous aurez vidé les lieux dans cinq minutes.

— Je vous en donne ma parole.

— Pour de bon ?

— Pour de bon. Alors, comment s'appelle-t-elle ?

— Joan. Premier étage, la chambre du fond.

Nicholas ne perdit pas le peu de temps qui lui était imparti. Il monta les marches quatre à quatre et se retrouva dans un couloir si étroit que ses épaules rasaient les murs. Des grognements provenaient des chambres où les prostituées s'employaient à gagner leur vie. L'odeur nauséabonde le fit encore tousser. La fortune avait dû tourner le dos à Samuel Ruff pour qu'il eût fini dans un lieu si malsain.

Il parvint à la chambre du fond et tendit l'oreille. Aucun bruit ne filtrait de l'intérieur. Il frappa à la porte et, n'obtenant pas de réponse, recommença avec plus de force.

— Entrez, dit une voix frêle.

Il ouvrit et scruta la pièce minuscule, chichement éclairée par une chandelle ruisselante de suif. Dans la pénombre, sur le matelas qui occupait presque tout le sol, il distingua la silhouette d'une jeune femme en chemise et à demi couverte par un drap crasseux.

— Joan ? s'enquit-il.

— C'est moi que vous vouliez ? murmura-t-elle.

— Oui.

— Entrez donc et fermez la porte, l'invita-t-elle d'une voix de petite fille, en se redressant sur son lit. J'aime avoir de la visite.

Il s'avança d'un pas et tira la porte derrière lui. Joan leva la chandelle afin de diriger sur lui le faible halo et soupira d'aise.

— Comment vous appelez-vous, monsieur ?

— Nicholas.

— Vous avez belle allure, Nicholas. Asseyez-vous près de moi.

— Je suis venu pour parler.

— Bien sûr, dit-elle d'un ton apaisant. Nous parlerons autant que vous voudrez.

— Un homme est monté ici avec vous la nuit dernière, Joan.

— Trois ou quatre, peut-être cinq. Je ne me rappelle plus.

— Celui-là était grand, et portait une barbe rousse.

Joan se crispa et ne put retenir un cri. Posant la chandelle, elle croisa les bras sur son torse pour se protéger et se recroquevilla contre le mur.

— Allez-vous-en ! supplia-t-elle d'une voix tremblante. Sortez d'ici !

— Vous a-t-il dit son nom ?

— Je ne sais rien.

— C'est très important.

— Allez-vous-en, gémit-elle.

Elle éclata en sanglots frénétiques. Quand Nicholas se pencha pour la rassurer, elle le repoussa et se blottit dans son coin. Elle lui faisait penser à une enfant abandonnée. Il attendit et, voyant que sa peur s'estompait un peu, il expliqua avec douceur :

— J'ai besoin de le retrouver, Joan.

— Laissez-moi tranquille, monsieur.

— Il a tué un de mes amis.

Toute pelotonnée sur elle-même et frémissante de peur, elle secoua vigoureusement la tête. Nicholas lui tendit sa bourse.

— Gardez votre argent !

— Écoutez-moi, insista-t-il. Mon ami a été assassiné la nuit dernière par cet homme à barbe rousse. Je le retrouverai, quel que soit le temps que cela me prendra. Je vous en prie, aidez-moi.

Dans l'ombre, elle le jaugea du regard, puis se détendit et se rassit. Il s'accroupit à côté d'elle et tenta une fois encore de s'assurer son aide.

— Il y a bien quelque chose que vous pouvez m'apprendre.

— Oh, oui ! dit-elle pitoyablement.

— L'aviez-vous déjà vu auparavant ?

— Jamais ! Et je ne veux jamais le revoir !

— Vous a-t-il donné son nom ?

— Il n'a ouvert la bouche que pour m'insulter. Mais ce dont je me souviendrai toujours, ajouta-t-elle avec un frisson, c'est de son dos.

— Pourquoi ?

— Il m'avait ordonné de ne pas y toucher, et j'ai obéi, au début. Mais j'aime passer mes bras autour d'un homme et je n'ai pas pu m'en empêcher. Dès que mes doigts ont effleuré son dos...

— Qu'avait-il de si effrayant ? demanda Nicholas avec douceur.

— Des cicatrices. Des dizaines de cicatrices récentes... Il en était couvert. Longues, profondes, à vif... J'en ai eu la chair de poule.

Elle se plia en deux, reprise de frissons.

— Il m'avait prévenue, c'est vrai, il m'avait prévenue...

— Que vous a-t-il fait, Joan ?

— Ça.

Elle ôta sa chemise par-dessus sa tête et la jeta par

terre, puis elle leva la chandelle dont la pâle lumière tomba sur elle. Nicholas blêmit comme s'il avait reçu un coup de pied au creux de l'estomac. Le petit corps mince était couvert de violentes ecchymoses. Une couche épaisse de poudre ne parvenait pas à masquer le visage tuméfié, la lèvre fendue, les yeux cernés de noir, la bosse sur l'arête du nez.

Il ne comprenait que trop bien sa terreur. Elle ne devait pas avoir plus de seize ans. De rage, son client l'avait rouée de coups et l'avait fait vieillir prématurément. Joan, elle aussi, porterait des cicatrices tout le reste de sa vie.

Nicholas lui mit la bourse entre les mains et referma dessus les doigts hésitants avant de quitter la pièce. Il avait appris un fait nouveau et révoltant au sujet de l'assassin. Pas grand-chose, certes, mais un début tout de même. Il y avait eu deux victimes la nuit précédente. Will avait été tué, et Joan avait été battue avec brutalité. L'un et l'autre méritaient d'être vengés.

4

Comme le découvrait Richard Honeydew, le talent s'avérait parfois être un désavantage dans le milieu du théâtre. Il suscitait l'envie. Depuis son entrée chez les Hommes de Westfield quelques mois plus tôt, il avait fait montre de progrès exceptionnels, ce qu'il payait chèrement. Les trois autres apprentis s'étaient ligués contre lui. Voyant en lui une menace, ils le soumettaient à toutes sortes de mauvais tours, de railleries et de brimades. Cela devenait de pire en pire.

— Aaaah !

— Voilà qui te rafraîchira, Dicky ! lança John Tallis.

— Ne nous dénonce pas, ou ça ne sera pas de l'eau la prochaine fois, menaça Stephen Judd.

— A moins que ce ne soit la tienne, ricana Tallis.

Les deux garçons décampèrent, laissant Richard tremblant de peur. Alors qu'il revenait des lieux d'aisances, ils lui avaient balancé un seau d'eau. Ses cheveux blonds collaient contre son front, sa chemise ruisselait. Il tâcha de son mieux de refouler ses larmes.

Richard n'avait que onze ans. Petit, mince, il possédait le genre de beauté délicate qui faisait de lui un choix idéal pour les rôles féminins. John Tallis et Stephen Judd étaient plus âgés, plus grands, plus forts et beaucoup mieux versés dans l'art de la persécution. Jusqu'alors, toutefois, Richard s'en était sorti indemne pendant les répétitions, car Nicholas veillait au grain. Le régisseur était son seul véritable ami au sein de la troupe, le seul qui rendît la vie tolérable pour le jeune garçon.

Le premier instinct de l'apprenti le poussait à courir directement se confier à lui, mais l'avertissement de Stephen Judd résonnait encore à ses oreilles. Il décida de se changer et de ne rien dire. Tout au fond de la loge se trouvait une pièce servant en partie d'entrepôt, en partie de salle de repos où les acteurs pouvaient s'asseoir pendant leurs longs temps morts au cours des représentations. Richard fila s'y réfugier, soulagé de la trouver déserte. Il retira sa chemise et dénicha un bout de toile de jute, avec lequel il se frotta les cheveux et le corps.

Il n'entendit pas Barnaby Gill. L'acteur, debout sur le seuil, contemplait avec admiration le torse pâle délicatement veiné de bleu sur la poitrine. Ce spectacle avait quelque chose de si naturel, de si beau, que son cœur s'enflamma. Il pénétra dans la pièce et ferma la porte derrière lui. Richard, effrayé, se retourna vivement.

— Oh, c'est vous, messire Gill.

— N'aie pas peur, Dick. Je ne te veux pas de mal.

— J'étais en train de me sécher.

— J'ai vu.

L'innocence est en soi une protection efficace. Alors que l'acteur s'approchait de lui à pas de loup, Richard n'avait aucune compréhension du danger qui le guettait. Il continuait à s'étriller avec la toile de jute.

— Cette étoffe est trop rude, remarqua Gill. Il faut quelque chose de plus doux à un corps comme le tien.

— J'ai terminé, maintenant.

— Mais ton haut-de-chausses est encore tout mouillé ! Baisse-le pour te sécher convenablement.

Voyant Richard hésiter, l'acteur l'encouragea d'une voix enjôleuse :

— Il n'y a personne... Allons, baisse-le ! Je vais t'aider à te frictionner.

Le garçon restait indécis, mais il n'était pas en position de force. Barnaby Gill était un membre éminent de la troupe, capable d'influer sur sa composition. Il eût été maladroit de le mécontenter. De plus, le comédien s'était toujours montré bon et attentif envers lui, et Richard ne discernait pas le sens des plaisanteries que les autres garçons lançaient sur son compte. Tandis que Gill s'approchait, un sourire paterne aux lèvres, il fut prêt à se laisser faire en toute confiance. Mais au moment où celui-ci s'apprêtait à le toucher, la porte s'ouvrit et une voix s'écria :

— Ah, Dick, te voilà !

— Bonjour, messire Ruff.

— Que voulez-vous ? grogna Barnaby Gill.

— Je cherchais ce jeune homme, répondit Ruff d'un air dégagé. Viens, Dick. Mieux vaut sortir te sécher au grand soleil. La cour vous a des allures de *piazza* italienne, aujourd'hui. On va te suspendre sur la corde à linge !

Avant que Gill ait pu protester, Samuel Ruff ramassa prestement la chemise mouillée et fit sortir le jeune garçon. Abandonné à sa rancœur, Gill caressa le bout de jute que Richard avait utilisé, puis il le jeta violemment et retourna à grands pas dans la loge.

Entre-temps, Ruff avait accompagné le garçon dans la cour, où l'on répétait quelques scènes. Sans trop savoir pourquoi, Richard sentait qu'il l'avait échappé belle.

— Si jamais cela se reproduisait, viens me le raconter, lui recommanda Ruff.

Richard hocha joyeusement la tête. Il avait trouvé un nouvel ami.

Le patriotisme est une drogue puissante. Dans le sillage de la victoire, il étourdissait presque tous les esprits. Un regain de confiance et un flot de fierté coulaient dans les veines de la nation entière. Roger Bartholomew ressentit également la palpitation insistante de ce sursaut patriotique. Il s'imprégna des détails de la défaite espagnole, il écouta les sermons à Saint-Paul et assista à de nombreux services d'actions de grâces. Sur tous les visages se lisaient une nouvelle ardeur, un plus grand optimisme, une légitime arrogance. Plus que jamais auparavant, être anglais revêtait un sens.

Cette drogue enivrante aida Bartholomew à oublier ses déconvenues passées et les promesses qu'il s'était faites. L'inspiration le poussa à reprendre sa plume, et une pièce naquit de son imagination fertile comme si elle s'y trouvait déjà prête. Cette célébration de l'heure la plus glorieuse de l'Angleterre comportait des tirades qui, croyait-il en toute modestie, retentiraient tel un coup de tonnerre à travers les siècles. Les vers jaillissaient de la page blanche, les personnages étaient de taille à revendiquer l'immortalité.

Il passa le buvard sur sa dernière ligne et s'abandonna contre son fauteuil, s'autorisant un sourire de satisfaction. Sa première pièce n'était qu'une œuvre de jeunesse. Avec *Un ennemi en déroute*, il avait proprement atteint la maturité. Le triomphe de cette pièce effacerait les derniers souvenirs de sa désillusion. Restait un seul problème — une décision cruciale : à quelle compagnie dramatique accorderait-il la faveur de ce chef-d'œuvre ? Il considéra avec délices les différentes possibilités.

Deux semaines avaient apporté bien des changements chez les Hommes de Westfield. Sitôt passé l'enterrement de Will Fowler, la mélancolie générale commença à s'estomper. Samuel Ruff remplaçait son ami avec talent et, hormis quelques remarques occasionnelles sur un proche départ pour Norwich, il s'adapta fort bien. Richard Honeydew était ravi d'avoir un nouveau protecteur qui lui prodiguait une attention quasi paternelle. Quant à Lawrence Firethorn, il flottait sur un nuage. Chaque jour, il en était convaincu, le rapprochait d'un rendez-vous avec Lady Rosamund ; chaque représentation lui offrait l'occasion de la courtiser depuis la scène. Il restait sourd aux commentaires acides de Barnaby Gill. La troupe était reconnaissante envers la dame : quand Firethorn était amoureux, tout le monde y trouvait son compte.

Le train-train quotidien laissait au régisseur moins de temps qu'il l'eût souhaité pour continuer son enquête, toutefois sa détermination ne faiblissait pas. Quinze jours après, la brutalité de l'incident le consternait encore. Il passait inlassablement en revue les événements qui s'étaient succédé à *L'Ancre de l'espoir* en cette nuit fatidique.

— Et Barberousse avait une bouteille à la main ?

— Oui, répondit Samuel Ruff.

— Vous en êtes bien sûr ?

— Absolument. Quand il s'est approché, son haleine empestait la bière. Il était trop ivre pour se contrôler.

— Et ensuite, que s'est-il passé ?

Ruff était revenu vingt fois sur les détails, cependant il ne se plaignit pas. Il était aussi résolu que Nicholas à retrouver l'assassin de son vieil ami.

— Barberousse, en titubant, a heurté le banc où Will était assis et l'a repoussé en arrière. Une partie de sa bière s'est répandue sur Will...

— Et celui-ci s'en est offusqué ?

— La querelle a dégénéré en quelques secondes.

Le régisseur soupira. Le tempérament coléreux de Will avait fini par causer sa perte. Nicholas revit l'image familière de son ami lors d'une dispute, le regard noir, les joues en feu, la voix furieuse et les bras prêts à étriller quiconque s'opposait à lui. Dans cet état-là, Will n'était pas facile à calmer. Il avait fallu un coup d'épée sournois pour le vider de toute sa rage, en même temps que s'épanchait son sang.

— Je ne me pardonnerai jamais, dit Ruff avec tristesse.

— Vous tentiez de le protéger.

— J'ai fourni à ce bandit l'occasion rêvée. J'aurais

préféré qu'il me transperçât le cœur, à moi et non à Will.

— En un sens, je crois que c'est ce qu'il a fait, observa Nicholas.

Les deux hommes venaient de quitter *La Tête de la Reine* au terme d'une journée bien remplie. Barberousse occupait toutes leurs pensées. Nicholas songeait qu'un homme s'adonnant à la compagnie des prostituées ne pouvait rester loin des bordels bien longtemps, aussi en faisait-il régulièrement le tour. Il gardait sur lui un portrait rudimentaire de l'inconnu, que Ruff l'avait aidé à esquisser. Ils lui trouvaient une bonne ressemblance avec celui qu'ils recherchaient, mais jusqu'alors cela n'avait éveillé aucun souvenir dans les mémoires.

Désireux d'assumer sa part dans cette besogne, Samuel avait montré ce portrait dans les bouges d'Eastcheap. Nicholas se concentrait sur Bankside, où les bordels étaient plus nombreux, certain que leur gibier referait surface tôt ou tard.

— On dirait que Barberousse se terre dans sa cachette, dit Samuel.

— Une nuit, il sortira de sa tanière, répondit Nicholas. L'atmosphère des tavernes exerce sur lui trop d'attrait.

— J'ai réfléchi à ces blessures.

— Les cicatrices qu'il a sur le dos ?

— Au fond, c'est peut-être elles qui ont coûté la vie à Will.

— De quelle manière ?

— Barberousse avait reçu des coups terribles, et sa chair était encore à vif. Il cherchait vengeance. D'abord, il s'en est pris à cette pauvre fille et l'a fait payer pour sa souffrance, puis il a déboulé dans la salle, aveuglé par les vapeurs de l'alcool.

— Will lui a-t-il touché le dos ?

— Oui, il l'a frappé tout en l'invectivant. Ce n'est pas étonnant que Barberousse ait dégainé.

— Ce n'était pas une excuse pour tuer, Sam.

— Certes non, mais voyez-vous où je veux en venir ? Si ce forban n'avait pas été battu, Will serait peut-être en vie, à l'heure qu'il est.

Nicholas réfléchit longuement avant de répondre :

— Il y a du vrai dans ce que vous dites, mais j'ai ma petite idée concernant ces cicatrices. Il n'avait pas reçu n'importe quel genre de coups.

— Comment cela ?

— Je crois qu'il a été fouetté sur la place publique.

— Pour un délit ? demanda Samuel.

— Comptez sur moi pour lui poser la question quand je mettrai enfin le grappin dessus.

Ruff lui proposa de l'accompagner dans ses recherches, mais Nicholas refusa et se mit en route dans la nuit. Son esprit explorait interminablement les hypothèses tandis qu'il traversait le pont et bifurquait dans Bankside. Malgré l'heure tardive, il s'était promis de se rendre dans trois tavernes. Ses deux premières visites furent vaines, mais il ne se laissa pas décourager. Il passa au troisième nom sur sa liste.

Le Chapeau du cardinal était situé dans une venelle étroite et tortueuse, parcourue au milieu de la chaussée par un caniveau d'où montait une odeur fétide. Le nom de la taverne n'était pas un signe d'allégeance à la papauté. Pour vanter la marchandise de la maison, la barrette cardinalice de l'enseigne avait été peinte avec paillardise de manière à représenter, tant par la forme que par la couleur, l'extrémité ridée d'un sexe masculin.

Comme Nicholas tournait dans la ruelle obscure, une silhouette sortit de l'ombre et buta contre lui. L'homme marmonna une excuse et voulut passer son chemin, mais Nicholas le saisit fermement à la gorge. Glissant la main dans le pourpoint de l'inconnu, il en repêcha sa bourse dont celui-ci venait de le délester, puis projeta le vide-gousset contre un mur. Non sans maugréer force jurons, l'homme s'éloigna en boitant.

Le Chapeau du cardinal était si sale, si sordide,

qu'en comparaison *L'Ancre de l'espoir* évoquait une salle de patronage. Des prostituées flânaient, les seins nus, dans une atmosphère de tapage et d'énervement entretenue par l'alcool et le tabac. Toute la lie des rues londoniennes semblait s'être concentrée là. Les tables étaient si serrées qu'il était presque impossible de circuler. L'air nauséabond fit grimacer Nicholas.

Il baissait la tête pour éviter la poutre maîtresse quand une des prostituées lui sauta au cou et lui planta un baiser goulu sur les lèvres. Il l'écarta et chercha le patron, un petit homme nerveux aux allures de fouine prête à griffer. Celui-ci se montra peu coopératif jusqu'au moment où Nicholas sortit l'esquisse. Alors il la tourna vers la chandelle, l'examina les yeux plissés, puis poussa un cri de rage :

— C'est lui ! C'est ce vaurien ! Je le reconnais !

— Il est venu ici ?

— La semaine passée. Lundi... ou mardi, peut-être.

— Vous êtes certain que c'est le même homme ?

— Ça, un homme ? C'est une brute immonde que vous avez là, grogna le cabaretier en lui rendant le portrait d'un geste brusque.

— Qu'a-t-il fait ?

— Alice vous le dirait, si elle était ici. Que Dieu l'ait en sa sainte garde !

— Alice ?

— Oui. Quand elle l'a emmené en haut, dans sa chambre, il était doux comme un agneau. Cinq minutes plus tard, elle hurle et appelle au secours. Ce scélérat s'était mis à la bourrer de coups. La malheureuse est à l'hôpital, avec les deux bras cassés. Mais ce n'est pas tout, monsieur !

— Non ?

— Ce chien a fracassé une fenêtre de l'étage, et il a tenté de démolir notre enseigne à coups d'épée.

— Le chapeau du cardinal ?

— Il l'aurait disloquée si nous ne l'avions mis en fuite.

Le patron se racla la gorge et cracha par terre.

— C'est bien l'homme du portrait. Si jamais il a le front de revenir ici, il en ressortira les pieds devant.

La compassion et la jubilation rivalisaient en Nicholas. Il était navré qu'une autre fille eût été grièvement blessée, mais il se réjouissait de tenir enfin une piste.

Barberousse était sorti de sa retraite. Nicholas ne le lâcherait pas.

Assise dans son fauteuil préféré, Anne Hendrik travaillait à son ouvrage sous la lumière d'une grosse chandelle. Son aiguille montait et descendait à un rythme souple. Elle ne s'arrêta pas une seconde quand la porte d'entrée s'ouvrit, annonçant le retour du locataire. Anne garda les yeux et l'esprit fixés sur sa besogne, à ceci près que son aiguille parut soudain s'enfoncer dans le tissu avec animosité.

Nicholas resta perplexe. Il était habitué à trouver un sourire chaleureux chaque fois qu'il rentrait à la maison, mais ce soir, on ne daignait même pas s'enquérir si sa journée avait été bonne. Anne continuait à coudre.

— Vous avez de la visite, dit-elle sèchement.

— A cette heure de la nuit ?

— La jeune femme insistait pour vous voir.

— Une jeune femme ? répéta-t-il, non sans surprise. A-t-elle dit son nom ?

— Pas le moins du monde, répliqua Anne d'un ton acerbe. Elle n'a pas non plus voulu me dire pour quel motif elle désirait vous voir. C'est personnel, paraît-il. Je l'ai fait monter dans votre chambre.

Sa voix se durcit lorsqu'il fit un pas vers elle d'un air conciliant :

— Ne laissez pas attendre votre visiteuse, monsieur.

Déconcerté, il monta dans sa chambre à coucher et frappa avant d'entrer. La jeune femme bondit de sa chaise et s'approcha de lui.

— Nicholas Bracewell ?

— Mais oui.

— Dieu soit loué, je vous ai trouvé !

Elle joignit les mains et des larmes perlèrent dans ses yeux bleus qui semblaient en avoir versé beaucoup d'autres. La femme était petite, fraîche, séduisante. Elle n'avait pas plus de vingt ans et portait une robe toute simple sous son manteau. Nicholas crut sentir l'air de la campagne. Un coup d'œil lui apprit pourquoi sa logeuse s'était montrée si distante. La visiteuse était enceinte. Anne avait vu une jeune femme en détresse à la recherche de Nicholas et en avait déduit qu'il était le père de l'enfant.

Avec douceur, il la conduisit jusqu'à une chaise et s'agenouilla devant elle. La chambre était petite mais confortablement meublée et d'une propreté méticuleuse. La visiteuse ne semblait pas à sa place dans un cadre aussi douillet.

— Qui êtes-vous ? demanda-t-il.

— Susan Fowler.

— Fowler ?... Vous ne pouvez sûrement pas être sa fille ?

— Non, répondit-elle d'un ton blessé. Will était mon époux.

De nouvelles larmes ruisselèrent le long de ses joues empourprées. Il la prit dans ses bras pour la réconforter, la laissant pleurer tout son soûl avant de s'expliquer. Il hocha la tête d'un air d'excuse.

— Je suis confus. J'ignorais qu'il fût marié.

— Cela faisait presque deux ans.

— Pourquoi n'en avait-il rien dit ?

— Il préférait garder le secret, murmura-t-elle. Will répétait que le théâtre est un monde à part. Il tenait à avoir un endroit où aller quand il devrait le quitter.

Si Nicholas comprenait ce désir, il ne parvenait pas à associer cette charmante jeune épouse avec Fowler, franc et carré. Il y avait en elle une candeur, une naïveté qui avaient peu de chance de captiver un comédien habitué, comme ses confrères, à trouver son plaisir auprès de créatures beaucoup plus expérimentées.

— Où habitez-vous ? demanda-t-il.
— A Saint-Albans, avec mes parents.
— Cela faisait deux ans ?
— Oui, presque, monsieur.

Tout commençait à prendre forme. Deux ans plus tôt, la troupe avait fait une tournée dans le Hertfordshire, et avait donné quelques représentations à la résidence de campagne que Lord Westfield possédait à Saint-Albans. La relation avait donc débuté là et avait, inexplicablement, abouti au mariage. Nicholas fut assailli de honte et de culpabilité. Ils avaient mis Fowler en terre sans songer qu'il laissait peut-être une famille.

— Comment avez-vous su ? demanda-t-il.
— Je me suis doutée de quelque chose car je ne recevais plus aucune nouvelle.
— Quand êtes-vous arrivée à Londres ?
— Aujourd'hui. Will avait parlé de *La Tête de la Reine*.
— Vous y êtes allée ?
— Oui. C'est le patron qui m'a appris.

Nicholas fut atterré. De toutes les personnes imaginables pour apprendre à une jeune épouse vulnérable la mort de son mari, Alexander Marwood était la pire. Avec lui, même une bonne nouvelle paraissait déprimante. Ayant une véritable tragédie à relater, il avait dû se trouver dans son élément. Mû par la pitié et par l'embarras, Nicholas serra Susan Fowler contre lui. Il se sentait coupable de l'épreuve supplémentaire qu'elle avait dû subir. Le comprenant, elle lui pressa doucement le bras.

— Vous ne pouviez pas savoir.
— Nous le pensions seul au monde.
— Nous serons deux à porter son nom en septembre.

Il la lâcha et s'agenouilla à nouveau. On avait dit à Susan qu'il saurait mieux que quiconque lui expliquer les funestes circonstances de la mort de son mari. Nicholas fit montre de discernement, atténuant certains aspects de l'histoire et soulignant que Will avait été la victime d'un forcené. Elle l'écouta jusqu'au bout avec un calme remarquable, puis elle perdit connaissance et tomba dans ses bras.

Il la porta sur le lit où il l'installa confortablement, ouvrant le manteau sur son cou et dégrafant son col. Il versa dans un verre un peu d'eau de la carafe posée sur sa table de chevet et y trempa un doigt pour lui rafraîchir le front. Quand elle commença à s'agiter, il l'aida à avaler quelques gorgées. Elle reprit ses esprits.

— Monsieur, je suis confuse.

— Il n'y a pas de quoi. Vous venez de traverser une pénible épreuve.

— Will me manquera tellement !

— A nous tous aussi.

— Cet homme... à la taverne...

— Il ne restera pas impuni, promit Nicholas.

Susan se sentit bientôt suffisamment remise pour se redresser, le dos calé par un oreiller. Maintenant que son secret était révélé, elle avait envie de tout raconter. Nicholas se sentit honoré qu'elle lui accordât sa confiance. L'histoire était touchante. L'amour improbable entre un acteur sur le retour et une jeune campagnarde avait débuté par une rencontre accidentelle à Saint-Albans, et depuis lors n'avait fait que croître.

Le portrait qui se dessinait de Will contrastait très fortement avec l'homme que Nicholas avait connu. Sa veuve vantait sa bonté, sa douceur et sa tendresse. Elle ne fit aucune allusion au caractère ombrageux qui lui avait valu cette fin tragique. Susan avait eu pour époux un parangon de vertu. Malgré le temps si bref qu'ils avaient pu passer ensemble, ils avaient connu la félicité. Et elle avait en réserve une autre surprise pour Nicholas.

— Nous nous sommes mariés au temple du village. De la part de Will, c'était une immense preuve d'amour.

— Comme dans tout mariage, remarqua-t-il.

— Vous ne comprenez pas, poursuivit-elle. Will

avait fait vœu de ne jamais mettre les pieds dans un temple protestant. Il était catholique.

Nicholas recula comme sous l'effet d'un coup. L'homme qu'il croyait si bien connaître apparaissait sous un jour totalement nouveau. La religion était un domaine où le comédien avait toujours affiché une joyeuse indifférence. Elle ne s'accordait pas des mieux avec la vie sans entraves qu'il menait.

— Il y a renoncé, déclara Susan avec fierté. Pour moi.

— Vous êtes bien certaine de tout cela ?

— Oh, oui.

— Will était catholique ?

— Et très dévot de surcroît.

— Vous arrivait-il d'en discuter ?

— Constamment. Il m'avait montré sa Bible et son crucifix.

— Était-il depuis longtemps un adepte de la papauté ?

— Depuis des années.

L'étonnement céda la place à la réflexion. Nicholas commençait à se demander si l'exubérance de l'acteur n'était pas une feinte, une façade derrière laquelle il se dissimulait et tenait les autres à distance. S'il avait tellement bien su cacher sa religion et son mariage, il avait pu avoir d'autres secrets.

Susan était épuisée. L'émotion avait eu raison de ses forces et ses paupières se fermaient. Il lui recommanda de ne pas bouger et descendit rapidement l'escalier. Anne l'attendait, s'astreignant au calme, mais de toute évidence contrariée par la situation. Elle continuait à tirer l'aiguille en évitant de le regarder.

— Je vous dois des excuses, commença-t-il.

— Ne vous donnez pas cette peine, monsieur.

— La jeune femme devra passer la nuit dans ma chambre.

— Ça non ! Je m'y oppose, dit Anne, levant enfin la tête vers lui. Cette maison n'est pas une taverne avec des chambres à louer pour n'importe quelle catin de passage.

— Susan Fowler n'est pas une catin.

— Faites-la sortir d'ici, je vous prie.

— Avez-vous entendu ce que j'ai dit ?

— Le nom de cette personne m'est indifférent.

— Susan Fowler, répéta-t-il.

— Elle ne passera pas la nuit sous mon toit.

— Cette jeune femme est la veuve de Will Fowler.

Elle resta bouche bée en comprenant. C'était la dernière chose à laquelle elle s'attendait, et elle fut immédiatement accablée de remords. Elle tourna les yeux vers l'escalier, puis posa son ouvrage et quitta son fauteuil, donnant libre cours à sa compassion naturelle.

— Oh, pauvre petite ! Bien sûr, elle restera, et aussi longtemps qu'elle le désire. Quelle imprudence de voyager seule dans son état ! Pourquoi ne m'avez-vous jamais dit que Will Fowler était marié ?

— Parce que je viens moi-même de le découvrir.

Il lui adressa un bon sourire.

— Cet élément permet-il de reconsidérer le verdict ?

Un bref sourire éclaira les traits d'Anne et elle se pencha pour embrasser Nicholas sur la joue. Mais le sens du devoir s'interposait entre eux.

— Je monte changer les draps. Il se peut aussi qu'elle ait besoin d'aide pour se déshabiller. Oh, mon Dieu ! s'exclama-t-elle en portant la main à sa bouche. Que doit-elle penser de moi ? Je l'ai accueillie si froidement quand elle a frappé à ma porte !

— Elle ne s'en est pas seulement rendu compte.

— C'était impardonnable.

— Susan a des soucis autrement plus sérieux.

— Quand l'a-t-elle appris ?

— Aujourd'hui.

— Je m'explique son désarroi. Je ferais mieux de la rejoindre tout de suite pour voir en quoi je puis l'aider.

— Elle vous en sera très reconnaissante.

Anne traversa la pièce d'un air affairé puis s'arrêta

net, frappée par une idée. Elle se retourna vers Nicholas :

— Si cette jeune femme occupe votre lit...

— Oui ?

— Où dormirez-vous ?

Le sourire de Nicholas s'élargit, et elle lui lança un regard complice.

Anne aurait l'occasion de lui montrer combien elle regrettait de l'avoir soupçonné injustement.

5

Edmund Hoode travailla longuement à sa *Gloriana triomphante*, qui subit maintes et maintes altérations. Sa première mesure consista à situer l'action dans un passé lointain. La censure frappait avec sévérité les nouvelles pièces et Sir Edmund Tilney, l'Intendant des menus plaisirs de la Reine, montrait une vigilance particulière concernant les allusions politiques. Une pièce représentant des personnalités authentiques et des questions d'État liées à la défaite de l'*Armada* serait d'une actualité trop brûlante pour être autorisée, même si c'était un véritable hymne de louanges.

L'identité des principaux personnages devant être déguisée, un changement d'époque était la solution la plus aisée. Élisabeth devint donc la légendaire Gloriana, reine d'une ancienne contrée appelée Albion. Drake, Hawkins, Howard, Frobisher et les autres apparaissaient tous sous des noms d'emprunt. L'Espagne était transformée en puissance impériale, l'Ibéria.

La création était facile à certains auteurs, cependant Edmund Hoode n'en faisait pas partie. Lui avait besoin de corriger, de peaufiner et de ciseler son ouvrage, ce qui le poussait à exiger des délais et augmentait sa frustration.

— Quand la pièce sera-t-elle prête ? s'irrita Firethorn.

— Donnez-moi le temps.

— Vous me serinez cette phrase depuis des semaines.

— Cela commence peu à peu à prendre tournure.

— Il nous faudra bientôt commencer les répétitions, lui rappela l'acteur. La première a lieu le mois prochain, au *Rideau*.

— C'est justement ce qui m'inquiète, Lawrence.

— Bah !

Le Rideau comptait parmi les très rares théâtres en plein air de Londres et Firethorn se réjouissait que *Gloriana triomphante* débutât là-bas. Hormis la proximité du lieu avec son domicile de Shoreditch, il offrait de bien meilleures commodités et accueillait un public beaucoup plus large que *La Tête de la Reine*. Il était en outre très fréquenté par la noblesse — dont Lady Rosamund, pour ne citer qu'elle —, ce qui ajoutait à son éclat. Mais Edmund Hoode conservait des inquiétudes.

— Je n'aime pas *Le Rideau*.

— Il servira idéalement notre propos.

— Le public est trop turbulent.

— Pas lorsque moi, je suis sur scène, plastronna Firethorn.

— Ils ne veulent que des danses et des scènes de combat.

— En ce cas, monsieur, ils seront servis. Vous leur donnez une gigue, deux gaillardes et une courante. Que demande le peuple ! Quant au combat, ils assisteront à la plus grande bataille navale de tous les temps.

— Néanmoins, je ne suis pas sûr que cela marchera.

— Fiez-vous à Nicholas. Il fera en sorte que tout aille bien.

— Mais je n'ai encore jamais mis de navire sur scène...

— C'est une idée brillante. Quand les canons tonneront, le public croira voir l'*Armada* elle-même s'enfoncer sous les flots. Juste une toute petite chose, Edmund ! ajouta Firethorn en se caressant la barbe.

— Quoi encore ? soupira le dramaturge. Vos « toutes petites choses » m'obligent toujours à réécrire la pièce de bout en bout.

— Pas cette fois. Quelques vers çà et là suffiront.
— A quelle fin ?
— Tout cela manque un peu d'amour.
— D'amour ?
— Oui, expliqua Firethorn, frappant sur la table pour produire un effet. Je suis, à juste titre, décrit comme un héros, néanmoins il manque une dimension à mon personnage. Présentez-moi comme un grand séducteur !
— En pleine bataille navale ?
— Insérez une scène à terre. Peut-être deux.
C'était encore un nouvel exemple de l'influence que Lady Varley exerçait sur lui. Depuis qu'elle s'était prise d'intérêt pour Firethorn, il s'ingéniait à se montrer sous le jour le plus flatteur. Interpréter une scène d'amour, c'était le moyen de répéter un rendez-vous galant avec la dame de ses pensées. Il était prêt à truffer l'intrigue d'éléments incongrus afin de transmettre un message à une seule personne de l'assistance.
— De l'amour, nous en avons déjà, lui opposa Hoode.
— Où ça ?
— Entre les marins et leur navire. Les sujets et leur reine. Le peuple et le pays. C'est toujours de l'amour, sous une forme ou une autre.
— Je veux de la passion ! insista Firethorn.
— De la passion ?
— Oui, entre un homme et une femme.
— Mais rien ne le justifie.
— Trouvez un motif.
Ils étaient assis chez Hoode, dans la chambre où l'auteur avait passé tant d'interminables nuits aux prises avec sa pièce. Il contempla la liasse épaisse qui composait *Gloriana triomphante*. Insérer une histoire d'amour imposait de modifier radicalement la construction, cependant il devrait s'exécuter. Firethorn était d'une impitoyable opiniâtreté.

L'esprit d'Edmund Hoode revint sur une ancienne humiliation.

— J'ai joué mon premier grand rôle au *Rideau*.

— Avez-vous eu du succès ?

— On m'a jeté des trognons de pomme.

— Masses incultes et ingrates !

— C'était un présage, dit l'auteur lugubrement. Ce théâtre ne m'a jamais porté bonheur.

— Nous changerons tout cela avec *Gloriana* !

Edmund Hoode ne partageait pas son optimisme. Comme la plupart de ceux dont l'existence précaire dépendait du théâtre, il était extrêmement superstitieux. La blessure infligée par ces trognons de pomme n'était pas encore cicatrisée.

Être mariée à l'un des plus grands acteurs d'Angleterre était une expérience qui aurait intimidé la plupart des épouses, toutefois Margery Firethorn relevait ce défi avec superbe. Cette maîtresse femme, dotée d'une silhouette de Junon, d'une beauté agressive et d'un charme belliqueux, veillait sur quatre apprentis outre ses deux jeunes enfants, sans compter les locataires occasionnels de la troupe, tout en dirigeant sa maisonnée d'une poigne de fer.

Elle savourait ses rapports tempétueux avec son époux, oscillant entre haine et amour au point que les deux extrêmes devenaient parfois interchangeables. Cela faisait de la demeure de Shoreditch un lieu fort animé.

— Qui est-ce, Barnaby ?

— Je n'ai aucune idée de ce dont vous parlez.

— Lawrence est à nouveau éperdu d'amour.

— Seulement pour vous, Margery, dit Gill avec une feinte innocence.

— Je le sens dans tous mes os.

— Ce sont les joies du mariage.

— Qu'y connaissez-vous ?

Il roula des yeux et lui adressa un sourire désarmant.

Ce dimanche-là, Barnaby Gill était venu en visite, officiellement pour présenter ses respects, mais surtout pour alimenter les soupçons de Margery sur l'existence d'un nouvel amour dans la vie de son époux. Quand elle le pressa d'en dire plus, il mania le sous-entendu et la dénégation avec tant d'adresse qu'il confirma tout ce qu'elle subodorait. Une satisfaction béate l'envahit. C'était toujours un plaisir de semer la zizanie dans un couple.

Les représentations théâtrales étaient interdites pendant le repos dominical, et pas même le téméraire Firethorn n'était prêt à enfreindre cette loi à l'intérieur de Londres. Les Hommes de Westfield jouissaient donc en théorie d'un jour de congé, mais cela se passait rarement ainsi.

Gill jeta un coup d'œil à la ronde et s'enquit d'un ton qu'il voulait naturel :

— Le jeune Dick Honeydew est-il là ?

— Pourquoi ?

— J'avais un mot à dire à ce petit.

— Vraiment !

Margery avait pris la mesure de Barnaby Gill dès leur toute première rencontre. Quoiqu'elle l'appréciât et trouvât parfois sa compagnie amusante, elle n'oubliait jamais l'aspect plus sinistre de sa personnalité, qui fit surgir tous ses instincts protecteurs.

— Est-il ici ? reprit l'acteur.

— Je ne crois pas. Il devait aller à une leçon d'escrime.

— Ah !

— Nicholas lui avait promis de lui apprendre.

— Il aurait dû s'adresser à moi. Je lui aurais enseigné à parer et tirer. Où cette leçon a-t-elle lieu ?

— Je serais incapable de vous le dire.

— L'un des autres garçons le saurait-il ?

— Ils ne sont pas là, Barnaby.

— Je vois, dit le comédien, furieux d'être contrarié dans ses desseins. Nicholas Bracewell a la folie des grandeurs. Dick est l'apprenti d'Edmund ; c'est à celui-ci qu'il incombe de le former. Cette responsabilité ne devrait pas être confiée à un simple employé.

— Nicholas est beaucoup plus que cela, riposta-t-elle avec ardeur. Vous lui faites une grave injustice. Pour ce qui est d'Edmund, il est si absorbé par sa pièce en cours qu'il n'a pas une minute à consacrer à cet enfant. Il est reconnaissant de toute l'assistance qu'on veut bien lui donner.

Quoique restant très en marge de la vie de la troupe, Margery voyait combien le régisseur contribuait à son succès. Néanmoins, ce n'était pas uniquement pour cette raison qu'elle s'empressait de prendre sa défense. Elle lui portait une affection particulière. Dans une profession comportant plus que sa part de vanité et d'affectation, il était une âme modeste et noble.

— Je m'en vais prendre congé, dit Gill.

— Bonne journée, Barnaby.

— En tout cas, rappelez-vous bien ce que je vous ai dit.

— Au sujet de Lawrence ?

— Il n'a pas d'autre femme dans sa vie.

Son ton donnait tout à fait clairement à entendre le contraire. Ayant assuré à Firethorn un accueil orageux à son retour, Barnaby Gill s'en fut. Tout en parcourant les rues de Shoreditch, il songea aux plaisirs d'enseigner à Richard l'art d'utiliser une dague et une épée. L'occasion se présenterait un jour, à n'en pas douter.

Pendant ce temps, Margery retourna à ses devoirs de maîtresse de maison. Elle était en train de sermonner la petite servante quand des coups sonores ébranlèrent la porte d'entrée. On fit entrer George Dart, hors d'haleine. Margery le foudroya des yeux et, devant elle, le minuscule machiniste parut encore rapetisser.

— Pourquoi faites-vous un tel vacarme à ma porte ? voulut-elle savoir.

— Messire Bracewell m'envoie, articula-t-il en reprenant son souffle.

— Dans quel but ?
— Pour ramener Dick Honeydew.
— Il est déjà parti.
— En êtes-vous sûre, madame ? Il ne s'est pas présenté à sa leçon d'escrime. Messire Bracewell l'attend depuis plus d'une heure.
— Le petit a quitté la maison vers dix heures.
— L'avez-vous vu partir ?
— Non, mais je l'ai entendu aller avec les autres.

Des plis barrèrent son front tandis qu'elle essayait d'élucider ce mystère. Soudain, elle agrippa George Dart par le bras et l'entraîna vers l'escalier.

— Nous allons en avoir le cœur net.
— Dick n'est jamais en retard, d'habitude...
— Il y a forcément une explication.

Sur le palier du premier étage, elle emprunta une petite volée de marches. A son arrivée dans la maison, Richard avait commencé par partager la chambre des autres apprentis, ce qui lui avait valu bien des tourments nocturnes. Margery l'avait donc installé dans le grenier, où il avait une chambre pour lui seul vers laquelle elle se hâtait à présent.

— Dicky !

Elle ouvrit vivement la porte, mais la pièce était déserte.

— Dicky ! appela-t-elle encore.
— Où peut-il être, madame ?
— Pas ici, comme vous le voyez. Dicky !

Son troisième appel obtint une réponse — un coup assourdi à proximité. Dart plissa son visage de lutin.

— Vous avez entendu ?
— Taisez-vous !
— Il y a eu un...
— Chut !

Ils attendirent en silence et un autre coup sourd se fit entendre. Margery sortit dans le couloir et en trouva bien vite la provenance. C'était un cagibi aménagé sous l'avant-toit, dont la porte en bois brut vibrait à chaque coup. Dart était terrifié, mais, sans hésiter, Margery tourna la poignée et ouvrit la porte en grand.

— Dick ! s'écria-t-elle.

— Dieu du Ciel ! s'exclama le machiniste.

Richard Honeydew n'était pas à même de leur répondre. Bâillonné et nu comme un ver, il était ligoté sur un des sommiers entreposés dans le cagibi. Ses yeux semblaient des gouffres d'horreur et ses joues étaient cramoisies de honte. Il s'était meurtri les talons à force de frapper la porte en bois.

Margery le serra maternellement contre son cœur. Tandis qu'elle commençait à imaginer une punition adéquate pour ce dernier tour pendable des apprentis, une autre idée effleura son esprit, qui lui fit réprimer un cri.

Et si Barnaby Gill avait découvert Dick dans cet état ?

Alexander Marwood n'éprouvait pas l'ombre d'un remords. En tant que patron d'une auberge très fréquentée, il devait assumer d'innombrables responsabilités et soutenir une extrême tension nerveuse, sans parler des exigences d'une épouse acariâtre. De son point de vue, il ne lui incombait nullement de faire preuve de tact en annonçant de mauvaises nouvelles. Quand Susan Fowler était venue le trouver, il s'était borné à lui donner une réponse claire et sans ambages.

— Quel mal y a-t-il à ça ?

— Vous le sauriez si vous aviez une once de décence, riposta Nicholas.

— Cet homme est mort, pas vrai ? Pas moyen de le faire revenir.

— Sans doute, mais il y en avait un d'épargner sa veuve.

— Je lui ai dit la vérité.

— Dites plutôt que vous la lui avez assenée.

— Qui le prétend ?

— Moi, accusa Nicholas.

Le visage de Marwood était comme à son habitude sillonné de plis anxieux, mais sans une trace de regret dans ses rides et ses contractions convulsives. Il était vain de lui reprocher son attitude envers Susan. C'était là un homme sur lequel le chagrin exerçait une forte attraction et qui se réjouissait d'être un messager de malheur.

Nicholas tourna les talons et traversa la salle. Il n'alla pas très loin. Une silhouette familière lui barrait le chemin.

— Bonjour, messire Bartholomew.

— Bonjour, Nicholas.

— Je ne pensais pas vous revoir à *La Tête de la Reine*.

— Les temps changent, admit le poète. J'ai une faveur à requérir de vous. Je sais que vous m'obligerez.

— Je tâcherai de mon mieux, monsieur.

Roger Bartholomew sortit le manuscrit coincé sous son bras en le maniant avec le respect qu'il n'accordait qu'aux Saintes Écritures. La fierté et la douleur dominaient tour à tour sa physionomie, et Nicholas devina combien il lui coûtait de revenir sur les lieux de sa désillusion. Le jeune érudit respira un bon coup avant d'exposer sa requête avec maladresse :

— Je voudrais que vous montriez ceci à messire Firethorn.

— Une nouvelle pièce ?

— Elle est infiniment meilleure que la dernière.

— Néanmoins...

— Si vous pouviez le persuader de la lire, je suis sûr qu'il en discernerait la qualité.

— Nous ne cherchons pas de nouvelle pièce pour le moment.

— Vous ne pourrez refuser *Un ennemi en déroute*.

— Mais nous n'achetons pas beaucoup d'œuvres, expliqua Nicholas. La plupart de nos pièces proviennent de notre fonds. Les Hommes de Westfield ne montent que six ou sept nouveautés par an.

— Demandez-lui de la lire, insista Bartholomew en lui remettant le précieux manuscrit. Elle a pour toile de fond la défaite de l'*Invincible Armada*.

— Ah !

— C'est une célébration suprêmement réussie.

Nicholas chercha à le décourager en douceur :

— Sans doute, messire Bartholomew, sans doute. Cependant... le thème est populaire, ces jours-ci. Maints auteurs ont été inspirés par nos triomphes en mer. Il se trouve qu'Edmund Hoode nous prépare actuellement une pièce sur ce sujet même.

— La mienne est meilleure, affirma Bartholomew.

— Peut-être, monsieur, mais *Gloriana triomphante* a fait l'objet d'un contrat.

— Ce titre est ridicule.

— Avez-vous pensé à proposer votre œuvre à d'autres compagnies ?

— Je vous en accorde la primeur.

— Elle sera peut-être examinée plus équitablement ailleurs.

— Le personnage principal a été créé pour Lawrence Firethorn, s'obstina le poète. C'est le rôle de sa vie.

— Pourquoi ne pas essayer auprès des Hommes de la Reine ? suggéra Nicholas. Ils commandent plus de nouvelles pièces que nous n'en avons les moyens. Ou chez Worcester ? Bien sûr, la compagnie la plus adéquate serait celle de l'amiral.

Le visage de Roger Bartholomew était défait. Il avait appris à Oxford quantité de choses sur le grec, le latin, la prosodie et la rhétorique, mais absolument rien sur l'art de la dissimulation. Son visage était un livre ouvert où Nicholas lut la pathétique vérité. *Un ennemi en déroute* avait fait le tour des compagnies londoniennes, qui toutes l'avaient rejetée, y compris celles pour enfants. Loin de figurer au sommet de la liste, les Hommes de Westfield étaient son dernier recours, et cette démarche marquait l'ultime tentative, en désespoir de cause, d'un jeune poète animé d'une confiance ardente en la valeur de son œuvre.

Nicholas savait qu'il n'existait pas la plus petite chance que la compagnie acceptât la pièce, mais il avait trop de compassion pour briser les espérances de l'auteur.

— Je verrai ce que je peux faire, messire Bartholomew.

— Merci ! Merci !

— Remarquez bien, je ne vous promets rien.

— Je le comprends. Remettez-lui simplement ma pièce.

— Il ne la lira peut-être pas avant un certain temps.

— J'attendrai.

Bartholomew lui serra le bras avec gratitude puis se dirigea rapidement vers la sortie. Nicholas jeta un coup d'œil sur le manuscrit et tomba sur la liste des personnages. Leurs noms suffirent à le convaincre que, sous sa forme présente, la pièce n'était pas jouable. La bonté l'avait poussé à éviter au jeune homme les commentaires dévastateurs que l'on pouvait attendre de Firethorn, cependant il avait donné sa parole et il la tiendrait.

Il sortit dans la cour pour s'assurer que tout était en ordre avant la répétition du matin. Les machinistes cessèrent immédiatement de bavarder en l'apercevant et recommencèrent à s'affairer. Dans un coin, Samuel discutait avec Benjamin Creech. Nicholas lui fit signe de le rejoindre. Depuis la visite de Susan, il n'avait pas eu l'occasion de lui parler. Quand il lui eut narré ce qui était arrivé, Ruff fut aussi stupéfait que lui et dit, un flot de tristesse dans la voix :

— Will, marié ? Je n'arrive pas à le croire.

— Moi aussi, j'ai eu du mal.

— Il n'en avait rien dit.

— Pas même une allusion, entre vieux amis ?

— Mais non. D'autant que nous avons longtemps suivi des chemins différents. Will ! Je ne l'aurais jamais cru assez sérieux pour prendre une épouse, surtout aussi jeune et inexpérimentée.

— Cela a été une pénible épreuve, pour elle.

— Loge-t-elle encore chez vous ?

— Elle retourne à Saint-Albans aujourd'hui. Susan est en de bonnes mains. Une personne de toute confiance veillera à ce qu'elle se mette bien en route.

Anne avait traité la jeune femme comme elle l'eût fait de sa propre fille et l'avait aidée à endurer ces premiers jours de deuil. Veuve elle-même, elle était bien placée pour comprendre la douleur et le sentiment d'hébétude qu'éprouvait Susan, si, toutefois, elle pouvait seulement deviner la souffrance de savoir son mari assassiné au cours d'une rixe. Nicholas avait été touché de voir Anne ouvrir son cœur à leur jeune invitée, et cela n'avait rendu son affection que plus profonde. Susan avait également éveillé en lui des sentiments paternels dont il était le premier surpris.

— Savez-vous où habite cette jeune femme ? s'enquit Samuel.

— Pourquoi ?

— J'aimerais le savoir. Il se peut qu'un jour je passe dans sa région. Si je reste dans cette profession de misère, tout peut arriver.

Un sourire triste effleura ses lèvres.

— La vérité, c'est que je suis curieux de la rencontrer. Quiconque est capable d'accepter Will pour époux doit posséder de rares qualités.

— Oh, elle en a.

— Il n'était pas des plus faciles à vivre.

— Non. Will vous parlait-il de religion ?

— Seulement pour la maudire de temps en temps dans ses libations.

— Il appartenait à l'Église romaine.

— Quoi ! s'écria Ruff, abasourdi. C'est impossible !

— Son mariage aussi nous paraissait inimaginable.

— Mais il n'avait jamais montré d'inclination pour cette foi.

— Il était acteur, Sam. Je pense qu'il a donné là sa plus belle représentation.

— Un papiste...

Il secoua la tête, stupéfait. Le milieu théâtral pouvait pousser un homme à n'importe quoi, sauf à la religion, et encore moins à une foi proscrite pour laquelle des martyrs subissaient encore la mort réservée aux traîtres. Samuel Ruff découvrait que cette amitié vieille de nombreuses années avait été fondée sur la tromperie. Il était peiné à l'idée que Will lui eût ainsi donné le change.

— Nicholas... Qui était-il, en réalité ?

— Je vous le dirai quand je l'aurai découvert.

Une chose seulement était pire que les longues affres endurées pendant l'écriture de *Gloriana :* attendre que Lawrence Firethorn la lût et rendît son verdict. Il ne mâchait pas ses mots lorsqu'il émettait une critique et Edmund Hoode en avait souffert à maintes reprises. Juste avant de dîner avec son confrère à *La Tête de la Reine*, il sirotait un verre de malvoisie pour s'armer de courage. Roger Bartholomew et lui n'étaient pas du même acabit. Le premier était un novice convaincu de la splendeur de tout ce qu'il écrivait ; Hoode, dont la valeur n'était plus à prouver, doutait un peu plus de son talent à chacune de ses pièces.

Firethorn fit son entrée et prit la pose sur le seuil, le front sombre et le regard mauvais. Craignant l'inévitable, Hoode vida son verre d'un trait.

— Désolé de vous avoir fait attendre, Edmund, marmonna Firethorn en prenant place à table. J'ai été retardé.

— Je ne suis pas ici depuis longtemps.

— Après cette rude journée, j'ai grand besoin d'un verre.

Hoode garda le silence pendant que le vin était commandé, servi et consommé. Son compagnon paraissait d'une humeur massacrante, au point qu'il se demanda si le moindre détail de sa pièce avait trouvé grâce à ses yeux. Bien qu'il eût été forcé de développer une histoire d'amour, cela avait enrichi l'intrigue dont elle faisait désormais partie intégrante. Il avait cru que cela, au moins, Firethorn l'approuverait.

— Êtes-vous amoureux, Edmund ? grommela celui-ci.

— Amoureux ? Je l'ai été plus souvent qu'à mon tour.

— Avez-vous déjà envisagé le mariage ?

— Souvent.

— Gardez-vous-en bien ! l'avertit Firethorn, serrant le poignet du poète. C'est pour un homme un état de lente dégradation. Le lit conjugal n'est rien d'autre qu'un purgatoire, les oreillers en plus !

Ainsi, comprit Hoode, Margery avait découvert le pot aux roses.

— Qu'a dit votre épouse, Lawrence ?

— Que n'a-t-elle pas dit ! Elle m'a couvert d'insultes à faire rougir un marin jusqu'aux oreilles et m'a lancé des menaces à intimider un régiment. Pardieu ! s'écria-t-il en plaquant ses mains sur ses joues. Plutôt coucher avec une tigresse !

Une nouvelle fiasque de vin aida Firethorn à se remettre des accusations de son épouse. Ironiquement, rien ne s'était passé entre lui et Lady Rosamund, hormis des échanges de regards pendant qu'il était sur scène. Le comédien était éviscéré et écartelé pour un crime qu'il n'avait pas commis. Ulcéré par les attaques venimeuses de Margery, il comptait y remédier au plus vite.

— J'aurai besoin que vous m'écriviez des vers, Edmund.

— Des vers ?

— Une douzaine environ. Peut-être un sonnet.

— Vous le destinez à votre épouse ? le taquina Hoode.

— A cette mégère ? Composez-lui plutôt une oraison funèbre !

Firethorn commanda à manger et se prépara à parler travail. Son épouse avait été la cause de la fureur noire qu'il montrait à son arrivée. Soulagé, Hoode décida d'empoigner le taureau par les cornes.

— Avez-vous lu la pièce, Lawrence ?

— Dans ses grandes lignes, grogna l'autre.

— Oh !

— Quelques scènes, monsieur, c'est tout ce que j'ai pu digérer.

— Vous ne l'avez pas aimée ? conclut Hoode avec hésitation.

— Jamais pièce plus exécrable n'est sortie de la plume d'un dramaturge ! Terne, plate, décousue, sans une once d'esprit ou de poésie pour racheter le tout. Je vous le dis tout net, Edmund, si j'avais eu une chandelle sous la main, j'aurais brûlé cette calamité !

— Elle ne me semblait pas dénuée de quelques qualités.

— Celles-ci m'ont échappé, monsieur. C'est bien beau de chanter notre victoire sur l'*Armada*. Encore faut-il franchir l'étroit goulet du Bureau des Divertissements. Cette pièce échouerait sur les rochers. Elle ne serait jamais autorisée.

— Elle était vraiment si mauvaise que ça ? demanda l'auteur démoralisé.

— Que peut-on attendre d'un scribouillard comme Bartholomew ?

— Bartholomew ?

— Qui, sinon lui, choisirait un titre pareil ? *Un ennemi en déroute !* L'ennemi, monsieur, c'est ce petit plumitif — l'ennemi du bon théâtre. Qu'on le mette en déroute ! Je ne sais pourquoi Nicholas m'a transmis sa malheureuse pièce, une abomination en distiques rimés !

Edmund Hoode était sauvé pour la seconde fois. Margery Firethorn et Roger Bartholomew avaient supporté le plus fort d'une attaque qu'il croyait dirigée contre lui. Il ne souhaitait pas retenter la chance. La patience étant son fort, il attendit que Firethorn eût fini de déverser sa bile sur l'étudiant d'Oxford.

Le dîner fut servi et ils commencèrent à manger, puis le verdict fut enfin prononcé. Rayonnant d'une condescendance royale, Firethorn leva sa fourchette à l'instar d'un sceptre.

— Votre pièce est magnifique, Edmund !

— Vous le pensez sincèrement ? bredouilla Hoode.

— Votre meilleure œuvre, sans conteste.

— Voilà qui m'encourage beaucoup, Lawrence.

— L'action a du rythme, la poésie s'envole, les scènes d'amour sont divines. Si Nicholas invente une machinerie pour faire entrer et sortir ces navires sur scène, tout Londres ne parlera plus que de nous !

Ils se mirent à discuter de détails de l'intrigue et une heure passa sans qu'ils le remarquent. Firethorn suggéra quelques modifications si minimes que Hoode y consentit avec joie. De longues journées, et de plus longues nuits encore, étaient passées tout entières dans la création de *Gloriana triomphante*, mais les éloges qu'elle recevait valaient bien tant de souffrance.

— Juste une toute petite chose...

Edmund Hoode se crispa en entendant l'expression familière. Allait-on, après tout, lui imposer une complète réécriture de son œuvre ? Ses craintes s'avérèrent sans fondement.

— Qui interprétera Gloriana ?

— Je supposais que ce serait Martin Yeo.

— Moi aussi, jusqu'à ce que je lise la pièce.

— Martin a la maturité nécessaire pour le rôle.

— Je me demande si cela suffit, Edmund. Il est l'aîné de nos apprentis, certes, et il possède une solide expérience, mais... eh bien, la dureté de ses traits siérait mieux à une femme d'un certain âge.

— Gloriana a plus de cinquante ans, rappela Hoode.

— Celle de votre pièce, mais pas celle qui occupe

le trône d'Angleterre, remarqua Firethorn, faisant entendre un petit rire affectueux. Toutes les femmes sont les mêmes, elles essaient de défier le temps. Dans son cœur, Élisabeth reste la très jeune femme qu'elle était à son couronnement.

— Où voulez-vous en venir ?

— Je crois que nous devrions la rajeunir. Délestons-la de vingt ou trente ans. Une Reine Vierge, encore dans l'éclat radieux de sa beauté, donnera beaucoup plus de densité au rôle et plus de crédibilité aux scènes d'amour avec moi.

— Vous avez raison, cela pourrait être à notre avantage.

— Sans aucun doute.

— En ce cas, nous devons donner le rôle à John Tallis.

— Certainement pas.

— Mais il a beaucoup de présence...

— De même que sa mâchoire protubérante, répliqua Firethorn avec un soupir. Le talent de John s'exprime le mieux lorsqu'il joue les sorcières ou les soubrettes. Pas question d'une reine affligée d'un menton en galoche.

— Cela nous laisse Stephen Judd. C'est lui que je choisirais.

— Vous oubliez quelqu'un, Edmund.

— Dick Honeydew ? s'étonna le poète, se redressant sur son siège.

— Et pourquoi pas ?

— Ce garçon n'est pas avec nous depuis assez longtemps. Il lui reste beaucoup à apprendre. Et il est si jeune !

— Je le choisirais précisément pour cette raison. Il a une innocence fragile qui convient à merveille et conquiert aussitôt la sympathie du public. Les gens ne verront pas une sorte de virago jetant le gant à ses ennemis, mais une jeune femme vulnérable qui touchera leur cœur.

Firethorn laissa échapper un bref éclat de rire.

— Vous imaginez John Tallis, s'adressant aux troupes à Tilbury avec son menton en galoche ? Il aurait l'air d'un sergent recruteur en jupon !

— Et Stephen Judd ?

— Son petit air fripon était idéal pour *Amour et Hasard*, mais pas pour cette pièce-ci. Je suis partisan d'opter pour Dick.

— Vous croyez vraiment qu'il s'en tirerait ?

— Oui. Bien qu'il s'agisse du rôle-vedette, il n'impose pas de nombreuses répliques. Gloriana est essentiellement un symbole. Ce sont ses capitaines grisonnants, comme moi-même, qui portent le poids du dialogue.

Edmund Hoode tambourina pensivement sur la table.

— Ça ne plaira pas aux trois autres.

— Peu me chaut ! répliqua Firethorn. Cela les remettra à leur place. Ils s'acharnent sournoisement contre ce pauvre Dick depuis son arrivée. S'il décroche ce rôle-là à leur place, ils n'auront que la leçon qu'ils méritent.

Il repoussa sa chaise afin d'allonger ses jambes.

— Alors ? Qu'en pensez-vous, Edmund ?

— Je ne suis pas entièrement convaincu.

— Il ne nous décevra pas, j'en suis certain.

— Il faudra le faire beaucoup travailler.

— Autant que vous voulez. Vous êtes d'accord, donc ?

— Je le suis.

— A Dick Honeydew en Gloriana !

Les deux hommes levèrent leur verre pour trinquer.

6

Quand Nicholas rentra chez lui, tard cette nuit-là, Anne qui l'attendait l'accueillit par un sourire. A son plaisir de le revoir se mêlait le soulagement de le savoir sain et sauf. Nicholas avait à nouveau fait le tour des cabarets de Bankside et elle craignait pour sa sécurité dans ce quartier où grouillait la canaille. La tâche périlleuse qu'il s'était fixée l'entraînait dans les lieux les plus mal famés de Londres.

— Avez-vous obtenu des résultats ? lui demanda-t-elle.

— Pas vraiment, admit-il. Quelqu'un à *L'Antilope* se rappelle un grand gaillard à barbe rousse, mais sans pouvoir garantir qu'il ressemblait à notre portrait. La tenancière du *Chien en pourpoint* croit le connaître, mais affirme qu'il a la barbe noire.

— Êtes-vous passé au *Chapeau du cardinal* ?

— Oui, dit-il, reprenant courage. De ce côté, les nouvelles sont meilleures. Alice sortira bientôt de l'hôpital. Elle est rétablie et, au dire de tous, parfaitement lucide. J'ai bon espoir qu'elle sera à même de me fournir de plus amples détails sur Barberousse.

— Et Samuel Ruff ?

— Il poursuit diligemment ses recherches. Nous débusquerons notre homme, à la fin.

Le front assombri par l'appréhension, Anne s'approcha de lui pour le serrer dans ses bras. Sa hâte de voir le tueur sous les verrous était tempérée par une anxiété bien naturelle.

— Si vous le trouvez, Nicholas...

— Oh ! Nous le trouverons, cela ne fait aucun doute.

— Vous prendrez bien garde à vous ? supplia-t-elle.

— N'ayez crainte, Anne. Je ne me sépare pas de mon arme. Barberousse n'aura pas l'occasion de me poignarder par surprise.

Il l'enlaça pour la rassurer et lui donna un baiser.

Susan Fowler n'occupait plus sa chambre, néanmoins il n'y retourna pas. Ils montèrent ensemble dans celle d'Anne, située à l'avant de la maison. C'était une pièce spacieuse, au plafond bas, dotée de meubles en bois massif, de tapisseries de bon goût et d'un petit tapis sur le plancher de chêne soigneusement ciré. Aux murs, des tableaux représentant des intérieurs flamands évoquaient le pays natal du défunt maître de céans. Comme toutes les autres parties de la maison, la pièce était d'une propreté impeccable.

Dans le lit à baldaquin, confortable et douillet, ils firent l'amour avec une tendresse languide sous les draps. Ensuite, ils restèrent allongés dans le noir, les bras entrelacés. Nicholas et Anne ne partageaient pas souvent le même lit. Ni l'un ni l'autre n'étaient prêts à s'engager dans une relation permanente. Lui était beaucoup trop indépendant, elle restait encore mariée à ses souvenirs de bonheur conjugal avec Jacob Hendrik. Cela leur convenait de goûter cette intimité de façon passagère et de considérer leurs moments ensemble comme des bonheurs occasionnels plutôt que comme une routine. Ils conservaient ainsi leur magie.

— Nick ?

— Mm ?

— Tu dors ?

— Oui.

Ils rirent tous les deux. Elle fit mine de lui donner un coup de coude dans les côtes.

— Je pensais à Will Fowler, reprit-elle.

— Moi aussi.

— C'est peut-être pour cette raison qu'il a été attiré par le théâtre.

— Quelle raison ?

— La scène est une sorte de refuge, argua-t-elle. Au vu de tous, les acteurs se font passer pour d'autres. Comprends-tu ? Will Fowler s'est lancé dans le théâtre pour se cacher. Exactement comme toi.

— C'est ce que j'ai fait ? interrogea-t-il avec amusement.

— A vous de me le dire, monsieur.

Elle savait qu'il s'en garderait bien. Anne l'avait maintes fois questionné sur sa vie passée, mais il n'avait voulu lui livrer que d'infimes détails. Né dans le sud-ouest de l'Angleterre, il était le fils d'un marchand aisé qui l'avait pourvu d'une solide instruction, puis l'avait pris dans son affaire. Le jeune homme avait ainsi eu la chance de voyager et de se rendre en Europe à de nombreuses reprises.

Brusquement, il avait coupé les ponts avec sa famille et s'était enrôlé pour l'expédition autour du monde entreprise par Drake. Cette expérience avait transformé tout son point de vue sur l'existence et l'avait rendu plus philosophe. En revenant en Angleterre, il tira un trait sur sa vie de marin, s'établit à Londres et commença à travailler dans le théâtre.

— Qu'as-tu fait au juste, Nick ? demanda-t-elle, pensive.

— Quand ?

— Pendant les années entre ton retour dans ta patrie et ton entrée chez les Hommes de Westfield.

— J'ai survécu.

— Comment ?

Il lui donna un baiser en guise de réponse. Ces années secrètes l'avaient marqué de leur empreinte, mais il n'en révélerait jamais la raison. Anne devrait l'accepter comme il était, un homme laconique, doté d'une forte volonté qui se masquait sous une attitude effacée. Elle ne savait sans doute pas tout de lui, mais suffisamment pour le trouver très digne d'être aimé.

— Dis-moi, murmura-t-elle.

— Quoi donc ?

— Es-tu d'accord avec moi, à propos de Will Fowler ?

— Peut-être.

— Et à propos de Nicholas Bracewell ?

— Peut-être pas.

— Oh, Nick ! soupira-t-elle en le serrant plus fort. J'aime cette complicité, mais parfois je me demande qui est en réalité l'homme que je tiens entre mes bras.

— Je me le demande aussi, confessa-t-il.

Il l'embrassa doucement sur les lèvres et caressa ses cheveux sombres et lustrés. Blottie contre son épaule, elle se sentit à la fois apaisée et mise au défi. Plusieurs minutes s'écoulèrent avant qu'elle rompît le silence.

— A quoi penses-tu ?

— A rien qui importe, Anne, éluda-t-il d'un ton qui aurait pu s'accompagner d'un haussement d'épaules.

— S'il te plaît, dis-le-moi.

— Ce n'était pas très gai.

— Néanmoins, je veux le savoir.

— Très bien. Je pensais à l'échec.

— A l'échec ?

— Aux hautes espérances qui s'achèvent dans le chaos. Aux nobles ambitions qui s'envolent en poussière.

— Est-ce donc ce qu'il est advenu de tes espérances et de tes ambitions ?

— Tu ne lâches pas prise, hein ! constata-t-il avec un petit rire avant de redevenir grave. Non, je pensais à cette pauvre Susan. Tous ses projets sont anéantis. Et prenons Samuel Ruff. L'échec l'a fait tomber bien bas. Maintenant encore, je sens chez cet homme une tristesse que je ne parviens pas à sonder.

Un long silence s'installa. La voix d'Anne n'était plus qu'un murmure au fond de l'oreiller.

— Nick...

— Je sais ce que tu vas dire.

— Tu pourrais peut-être retourner dans ta chambre, demain.

— C'est d'accord, Anne.

Mais elle était encore sienne pour quelques heures délicieuses. Son désir le poussa à la serrer plus fort, et son étreinte ne se relâcha pas jusqu'à ce que, enfin, il s'endorme, envahi par la fatigue.

En apprenant qu'il allait interpréter le grand rôle de la nouvelle pièce, Richard Honeydew resta confondu. Jouer pour la première fois au *Rideau* avait déjà de quoi l'émouvoir, mais y faire ses débuts comme Gloriana, reine d'Albion, l'emplissait d'un mélange d'exaltation et de terreur. A l'évidence, les comédiens de la troupe avaient grande confiance en lui. Cette idée l'aida à se calmer et à taire ses propres doutes.

Les autres apprentis furent outrés et Firethorn dut les rembarrer vertement. Martin Yeo était le plus blessé. Grand, mince, montrant toute l'assurance de ses quatorze ans, il jouait la plupart des principaux rôles féminins depuis deux ans et avait fini par croire qu'ils lui revenaient de droit. Être privé d'un rôle exceptionnel par un novice était un camouflet insupportable pour sa fierté, et il se retrancha dans un silence morose et jaloux.

John Tallis et Stephen Judd en firent autant. Si auparavant ils détestaient Richard, ils se mirent à le haïr avec une ardeur vengeresse. Chaque matin, à la table du petit déjeuner, ils lui jetaient des regards mauvais et seule la vigilance de Margery refrénait leur envie de l'attaquer. Pour les punir d'avoir ligoté leur victime, elle les avait réduits à la portion congrue, si bien qu'ils restaient le ventre à moitié vide alors que le plus jeune d'entre eux savourait une pleine assiette. A tous les sens du terme, il n'y en avait que pour Richard Honeydew.

— Je l'étranglerais avec plaisir ! déclara John Tallis.

— Moi aussi, convint Stephen Judd. Le pire, c'est qu'il essaie de nous amadouer. Comme si en plus nous allions devenir ses amis !

— Ce n'est pas juste, se plaignit simplement Martin Yeo.

Ils étaient retournés dans leur chambre, où ils discutaient avec des mines de conspirateurs. Oubliant leurs fréquents différends, les trois garçons s'étaient ligués contre l'ennemi commun. Tallis était livide, Judd vert de jalousie et Yeo prenait la chose comme un affront personnel. Ils avaient accumulé un solide ressentiment.

Certaines compagnies versaient un salaire à leurs apprentis, mais ce n'était pas le cas chez Lord Westfield. En retour pour leur engagement dans la troupe, les garçons recevaient le gîte et le couvert, des vêtements et une bonne formation dans tous les arts du théâtre. Cet arrangement avait donné satisfaction jusqu'à l'apparition de Richard Honeydew. Involontairement, il avait perturbé l'équilibre des pouvoirs au sein de la maison Firethorn et de la troupe, et il le leur paierait.

— Qu'allons-nous faire ? interrogea Tallis.

— Pas grand-chose, maintenant qu'il a Ruff et Bracewell de son côté, dit Judd.

— Il lui faudra plus que ça pour s'en tirer, menaça Yeo.

— C'est toi qui devrais avoir ce rôle, Martin, dit Tallis.

— Je sais, et je l'aurai.

— Comment ? demanda Judd, avide de savoir.

— Nous allons échafauder un plan.

— Il y aurait moyen de nous débarrasser de lui une fois pour toutes ? insista Tallis.

— Pourquoi pas ? répondit Yeo.

Les conspirateurs rirent sous cape. Richard Honeydew planait dans les hauteurs, mais ils l'en feraient dégringoler au moment où il s'y attendrait le moins. Il ne leur restait qu'à trouver comment.

De retour dans sa propre chambre, Nicholas tira de sous le lit un gros coffre de cuir tout bosselé. Non content de tenir le livre de régie, il était littéralement le gardien des manuscrits. En effet, il était chargé de conserver tout le répertoire de la troupe, qu'il s'agît d'œuvres anciennes, nouvelles ou remises au goût du jour. Ce coffre était donc d'une valeur inestimable et devait toujours être préservé en lieu sûr. Vu le pillage de pièces qui sévissait, il incombait à chaque compagnie de veiller sur sa propriété avec le plus grand soin.

Nicholas tourna la clef dans la serrure et souleva le couvercle, qui révéla une masse confuse de rouleaux et de parchemins. L'histoire de sa vie chez les Hommes de Westfield était là tout entière, inscrite de diverses écritures puis annotée par lui-même. Il lui suffisait de parcourir des yeux ces innombrables exemplaires pour que des souvenirs par centaines resurgissent de son passé. Il prit rapidement les deux manuscrits du haut, puis rabattit énergiquement le couvercle, referma à clef et remit le coffre en place, sous le lit.

Après avoir averti Anne qu'il sortait, il se rendit sur le quai tout proche afin de traverser le fleuve en bac. La Tamise était encombrée d'embarcations de toutes tailles qui zigzaguaient sur cette voie, la plus fréquentée et la plus ancienne de Londres. Nicholas adorait toute cette exubérance, ce mouvement frénétique, ces voiles claquant au vent dans un flot de couleurs. Dans l'air piquant montait un perpétuel vacarme, ponctué des « Virez à bâbord ! » et des « A tribord toute ! » que vociféraient les bateliers annonçant leur route.

Il avait vu bien des scènes étonnantes au cours de ses pérégrinations, pourtant il était chaque fois impressionné par le pont unique qui enjambait la Tamise. Soutenu par vingt arches, c'était en soi une ville miniature, un glorieux méli-mélo de bâtiments de bois surplombant périlleusement le fleuve. Sous la première arche, une énorme roue à eau, de construction hollandaise, domptait le courant impétueux qui jaillissait à travers l'étroite ouverture, et pompait l'eau vers les habitations voisines.

Sur le pont lui-même dominait Nonesuch House, un vaste édifice de bois surchargé d'ornements, qui avait été transporté à grands frais en bateau depuis la Hollande et réassemblé sur les fondations de pierre. Un élément plus sinistre était visible au-dessus de la tour du corps de garde, où les têtes des traîtres exécutés étaient exposées sur des pieux. Nicholas en dénombra près de vingt pourrissant sous le soleil du matin, tandis que les vautours descendaient en tournoyant pour becqueter avidement la chair en décomposition. London Bridge était bien un des sites les plus singuliers d'Europe, et constituait une mise en garde tout en suscitant l'étonnement.

Sur l'autre rive, Nicholas paya le passeur en le gratifiant d'un pourboire, puis il prit Gracechurch Street, qui fourmillait de monde. Roger Bartholomew l'attendait devant *La Tête de la Reine* dans un état d'anxiété extrême.

— J'ai reçu votre message, Nicholas.

— Bien.

— A-t-il lu ma pièce ?

— Oui, messire Bartholomew. Et moi aussi.

— Alors ? interrogea le poète, sur des charbons ardents.

— C'est une belle œuvre, le complimenta Nicholas pour tenter d'adoucir la déception. Elle contient des tirades mémorables et de grands moments d'émotion. Le récit de la bataille est particulièrement saisissant.

— Je vous remercie, mais qu'en a dit Lawrence Firethorn ?

Le sort de Roger Bartolomew était suspendu à la décision de l'acteur. C'était son dernier espoir de poursuivre une carrière de dramaturge. Un accueil favorable lui permettrait de s'épanouir, un rejet le détruirait. Nicholas détestait être celui qui assénerait ce coup. Il pouvait seulement dissimuler la virulence avec laquelle Firethorn avait attaqué la pièce.

— Je crois qu'il... qu'il a lui aussi remarqué ce qu'elle avait de prometteur.

— Et le premier rôle ? le pressa Bartholomew. L'a-t-il captivé, comme je l'avais prédit ?

— Dans une certaine mesure, monsieur. Il a reconnu l'étendue de votre talent.

— Alors il souhaite la mettre en scène ? demanda le poète, pris d'un rire incontrôlable. Les Hommes de Westfield vont m'offrir un nouveau contrat ?

— Malheureusement non.

— Pourquoi ?

— Parce que cela ne concorde pas avec nos projets, messire.

Roger Bartholomew eut l'impression de recevoir un coup de massue. *Un ennemi en déroute* était devenu son obsession ; il ne pensait qu'au jour où la pièce serait présentée pour la première fois. Il s'était investi tout entier dans sa création. La rejeter, c'était le rejeter lui-même.

— Êtes-vous bien sûr qu'il l'a lue ?

— Je m'en porte garant.

— Demandez-lui de reconsidérer sa décision.

— Il refusera.

— Mais il le faut !

— Inutile d'insister, messire Bartholomew.

— Au contraire ! protesta l'autre. Il ne mesure pas tout ce qui est en jeu. Ma pièce est une œuvre d'art. La présenter au public est un devoir sacré !

Nicholas sortit de sa sacoche en cuir l'un des manuscrits qui se trouvaient à l'intérieur, pour le restituer au poète.

— Je regrette, dit-il d'un ton ferme. Merci de nous l'avoir proposée, mais on m'a prié de vous la rendre.

— Laissez-moi voir messire Firethorn.

— Cela ne serait pas avisé.
— Cet homme se cache-t-il de moi ?
— Pas le moins du monde, monsieur.
— Alors je veux entendre sa décision de sa propre bouche.
— Je vous le déconseille vivement.
— Vous ne me barrerez pas le chemin cette fois-ci, insista Bartholomew. Prenez rendez-vous pour moi. Je veux vider cette affaire avec lui en personne, et rien ne m'en empêchera.

Rien, sauf la vérité, pensa Nicholas. Ses efforts pour le ménager avaient échoué. Il était temps de trancher dans le vif.

— Messire Firethorn n'aime pas du tout la pièce, monsieur.
— C'est impossible ! balbutia l'auteur.
— Ses commentaires n'ont pas été tendres.
— Je refuse de le croire, Nicholas !
— Il s'est forcé à lire quelques scènes et les a jugées sans intérêt. Il a particulièrement critiqué votre versification. Si vous tenez à vous entretenir avec lui, libre à vous. Il vous dira seulement la même chose, en termes beaucoup moins choisis.

Roger Bartholomew resta abasourdi. Un refus était déjà un tourment suffisant, mais une condamnation pure et simple de lui et de son œuvre était infiniment pire. Le visage de cendre et les lèvres tremblantes, il arracha son manuscrit des mains de Nicholas et retourna contre lui tout son ressentiment.

— Vous m'avez menti, monsieur !
— Je cherchais à vous ménager.
— Vous m'avez induit en erreur.
— Votre œuvre n'avait aucune chance d'être jouée.
— Surtout avec des amis comme vous à remercier !
— Nous avons déjà une pièce sur l'*Armada*, dit Nicholas en indiquant son sac. Je ne vous l'avais pas caché.
— Vous me le paierez tous, menaça Bartholomew.

Je ne me laisserai traiter ainsi par personne ! Non, ni par vous ni par messire Firethorn, ni par tout autre membre de votre vile profession. Parbleu, monsieur, j'obtiendrai réparation pour cet affront !

Vibrant de fureur, il serra le manuscrit contre sa poitrine et partit à toutes jambes, bousculant Nicholas au passage. Le régisseur le regarda s'éloigner, puis considéra la sacoche en cuir qui renfermait le texte complet de *Gloriana triomphante*. Deux pièces sur le même thème avaient valu un sort bien différent à leurs auteurs. Une fois de plus, il se félicita de ne pas être dramaturge dans un monde aussi perfide que celui du théâtre.

Barnaby Gill avait d'abord été contrarié de la décision de promouvoir Richard en lui attribuant le rôle-vedette. Il avait une haute opinion du talent de Martin Yeo et le jugeait plus apte, ne fût-ce que par son âge, à conférer l'autorité requise au personnage de Gloriana. Cependant, il reconnaissait volontiers que Stephen Judd pouvait également y prétendre. Celui-ci avait remarquablement amélioré sa technique, ces derniers mois, et il avait remporté un succès indubitable dans *Amour et Hasard* en incarnant une jeune épouse capricieuse. Le menton protubérant de John Tallis l'éliminait d'office, mais les deux autres étaient des concurrents en puissance.

Le statut d'apprenti n'était régi par aucune règle légale et variait en pratique dans chaque compagnie, toutefois Gill approuvait le principe général de l'ancienneté. De ce seul point de vue, Richard devait être exclu. Les trois autres avaient acquis le droit de passer avant lui, et Gill insista fortement là-dessus lors d'une réunion avec ses confrères.

Lawrence Firethorn lui dama le pion. Fine mouche, il avait déjà gagné à sa cause Edmund Hoode et les autres associés, de sorte que la décision était irrévocable. Il ne restait à Gill qu'à protester solennellement et à prédire qu'ils se mordraient les doigts de leur erreur. Richard Honeydew ne faisait pas le poids.

— Bien joué, Dick.

— Merci, monsieur.

— Tu possèdes une grâce naturelle.

— Je souhaite simplement plaire, monsieur.

— Oh, tu y parviens fort bien, mon garçon. Tu vas me prouver que j'avais tort.

Plus il observait Richard, plus il discernait en lui des dons inhabituels. Il avait une voix claire, un bon maintien et une remarquable expressivité. En danseur accompli, Gill admirait son sens de l'équilibre et l'harmonie de ses mouvements. Et, par-dessus tout, le jeune garçon avait appris à porter les vêtements féminins comme s'il était une femme, ce qui requérait un talent particulier. Au fond, Richard Honeydew se révélerait peut-être le meilleur choix pour Gloriana, et Gill ne répugnait aucunement à l'admettre.

Les Hommes de Westfield avaient loué une grande salle à *La Tête de la Reine* en vue des toutes premières répétitions. Barnaby Gill s'arrangea pour bavarder seul à seul avec le jeune garçon pendant la pause générale.

— Cela te plaît, Dick ?

— Beaucoup, monsieur.

— Avais-tu déjà joué une reine auparavant ?

— Jamais, messire Gill. C'est un grand honneur.

— Qui sait ? Tu éclipseras peut-être notre vraie Gloriana, dit-il pour le taquiner.

— Oh non, personne ne le pourrait, répondit le jeune garçon avec sérieux. Notre reine est l'être le plus merveilleux au monde.

Gill vit une chance de l'impressionner et la saisit au vol :

— Oui... dit-il négligemment. Sa Majesté a eu la bonté d'admirer mon jeu en plus d'une occasion.

— Vous l'avez rencontrée ? Pour de vrai ? demanda Richard, bouche bée.

— J'ai joué à la cour un certain nombre de fois.

Cela se résumait en tout et pour tout à deux représentations, qui remontaient d'ailleurs à quelques années, néanmoins Gill passa ces détails sous silence. Il dissimula également ses sentiments réels envers la reine Élisabeth. La plupart des femmes l'emplissaient d'un léger dégoût, mais la souveraine avait passablement renforcé cette sensation.

Richard pouvait bien la vénérer, de même que le reste de ses sujets. L'acteur observateur et blasé l'avait approchée d'assez près pour ne trouver en elle qu'une femme entre deux âges, à la perruque rousse et aux dents noires, habituée à surcharger d'une épaisse couche de fard toutes les parties de sa peau que les vêtements laissaient à découvert. La reine Élisabeth était une garde-robe ambulante. Le costume flamboyant dissimulait un corset bardé de fils de fer et de baleines qui soutenaient l'extérieur rigide. Gill lui reconnaissait une présence saisissante, mais cette beauté ravagée n'avait pas conquis son cœur.

— La troupe rejouera-t-elle devant la cour ? demanda Richard.

— Nous l'espérons. Il suffit d'avoir une invitation.

— Cela doit être exaltant de jouer devant Sa Majesté.

— Oh, assurément. J'étais transporté.

— Avez-vous dansé votre gigue, messire Gill ?

— Deux fois. La reine a insisté pour que je bisse. Je t'apprendrais volontiers les pas, un jour, si nous trouvions le temps d'être ensemble, dit-il en s'approchant de l'enfant.

— Je vous en serais reconnaissant.

— Je t'enseignerai aussi le maniement de l'épée, continua Gill. J'ai été formé par un fin bretteur et j'en connais davantage que Nicholas Bracewell. Tu ferais bien de me consulter, à l'avenir.

— Mais Nicholas m'a beaucoup appris !

— Je t'en apprendrai bien plus, Dick. Cela te plairait-il ?

Le jeune garçon hésita devant ce sourire paterne qui le mettait mal à l'aise. De plus, sa loyauté première revenait à Nicholas. Il voulut répondre, mais l'acteur l'arrêta d'un geste.

— Viens me voir ce soir, proposa-t-il. Nous échangerons quelques passes.

— Cela ne sera pas possible, messire Gill, dit une voix.

— Vous demande-t-on votre avis, monsieur ? répliqua l'acteur.

— Ce soir, Dick sera avec moi. Je dois l'instruire dans l'art d'utiliser une rapière.

Richard fut surpris de l'apprendre, mais soulagé de cette interruption. Samuel Ruff venait une fois encore à la rescousse. Cependant Barnaby Gill ne l'entendait pas de cette oreille.

— Pourquoi faut-il toujours que vous vous en mêliez ?

— Ce petit et moi avons rendez-vous.

— Est-ce vrai, Dick ?

— Euh, je pense...

— Eh bien, moi, je ne pense pas, dit Gill, s'en prenant au comédien. Et je doute fort que vous ayez jamais porté une rapière.

— Vous me faites injure, messire Gill.

— Ah ! railla l'autre. Avez-vous caché vos talents sous le boisseau depuis tout ce temps ? Seriez-vous donc une fine lame ?

— Non, monsieur. Mais j'ai porté l'épée.

— Voyons de quoi vous vous souvenez.

L'intervention de Ruff ennuyait suprêmement Gill, qui se réjouit d'administrer une bonne leçon à l'importun. De plus, cela lui offrait l'occasion de briller devant Richard. S'approchant d'une table, il se saisit de deux fleurets mouchetés et tourna vers Samuel une des poignées en forme de cloche.

— A défaut de rapière, monsieur, ceci fera l'affaire.

— Je ne souhaite pas croiser le fer avec vous, messire Gill.

— Or çà, auriez-vous peur ?

— Non, monsieur. Mais cela ne serait pas sage.

— Qui attend de la sagesse d'une passe d'armes ?

— Un accident est vite arrivé, raisonna Samuel. Même moucheté, un fleuret peut causer une blessure.

— Oh, j'oubliais ! ironisa Gill. Vous êtes invalide.

— Mon bras est guéri. Ce n'est pas la raison.

— Quelle est-elle, alors ?

— Le bon sens.

— Le bon sens ou la couardise ?

Samuel Ruff frémit sous le sarcasme. Il n'avait nul désir de ferrailler contre Gill, mais ne pouvait fermer les yeux sur cette insulte. Otant son pourpoint en cuir, il le confia à Richard et accepta le fleuret que lui présentait son adversaire. Ce dernier lui adressa un sourire onctueux. Il savourait d'avance l'humiliation qu'il allait infliger à ce trouble-fête, et ne prendrait même pas la peine d'enlever son pourpoint pour ce faire.

Ceux qui se trouvaient dans la salle s'approchèrent bien vite pour observer le duel. Benjamin Creech lançait des encouragements à Ruff, mais le sentiment général lui accordait peu de chance. Les trois apprentis apportèrent leur soutien à Barnaby Gill. Ils mouraient d'envie de le voir humilier l'ami de Richard.

— Donnez-lui une leçon, messire Gill ! cria Martin Yeo.

— Un penny que vous le touchez le premier, dit Stephen Judd. Et même deux pence ! Soutiens-tu ton ami, Dick ?

— Je n'ai pas d'argent.

— Tu me les devras. Pari tenu.

Barnaby Gill empoigna l'arme mince et légère et fouetta l'air plusieurs fois avant de se mettre en garde. Son adversaire se tenait déjà prêt. Ruff était plus grand et massif, mais Gill beaucoup plus souple dans ses déplacements.

— Venez, Samuel le Ruffian, invita-t-il, que je vous taille le jabot !

Les trois apprentis ricanèrent, mais Richard, effrayé, craignait pour son ami. Gill avait eu une scène de duel, dans *Richard Cœur de Lion*, et s'était révélé un véritable expert. Le jeune garçon défaillait. N'aspirant qu'à empêcher le combat, il reprit courage quand le régisseur entra dans la salle.

— Arrêtez-les, messire Bracewell ! supplia-t-il.

— Que se passe-t-il ? interrogea Nicholas.

— Restez en dehors de cette affaire ! ordonna Gill.

— Est-ce une querelle ?

— Reculez, Nick, dit Ruff. Ce n'est qu'un jeu.

Avant que Nicholas ait pu s'interposer, le duel avait commencé. Les lames s'entrechoquèrent tandis que se succédaient botte, parade et contre-parade. Les bretteurs reprirent l'engagement. Barnaby Gill, accélérant la cadence, harcelait son adversaire par de constantes attaques, se fendant avec une détermination mauvaise, recourant à toutes sortes de tours pour divertir le public. Ruff en était réduit à se défendre et dut subir une démonstration en règle. Gill décrivait des cercles autour de lui, d'un côté, puis de l'autre, le harcelant tel un chien combattant un taureau.

Pourtant, il ne parvenait pas à porter l'estocade qui eût apaisé son brûlant ressentiment. Il enchaînait remise, reprise et flanconade, mais chaque fois Samuel Ruff réussissait à parer. Gill serra la mesure et trouva une ouverture pour taillader le bras gauche de son adversaire. Ruff fut assez preste pour éviter une blessure, mais le bouton déchira sa manche, sous laquelle apparut un bandage.

— Touche ! s'écria Stephen. Tu me dois deux pence, Dick !

— Touche non valable, démentit Ruff.

— Apprête-toi à gagner ton pari, Stephen ! glousa Gill.

Il attaqua encore, aussi vif que l'éclair, poussant en

quarte et en tierce, se cherchant une nouvelle ouverture. Alors qu'il se fendait pour toucher l'estomac de son adversaire, il eut la surprise de sentir la lame de Ruff s'enrouler autour de la sienne, et son arme virevolta dans les airs. Impuissant, Barnaby Gill finit couché sur le dos, la pointe d'un fleuret sous le menton.

— Alors, monsieur ! ironisa le comédien. On dirait que le Ruffian vous a pris à la gorge !

Un silence tendu s'ensuivit. Les apprentis étaient consternés, Creech et ses camarades abasourdis, et Nicholas enchanté. Quant à Barnaby Gill, il bouillait de rage. Loin d'humilier Samuel, il avait été ridiculisé en public. Il n'oublierait ni ne pardonnerait jamais cette cuisante blessure d'amour-propre.

Ce fut Richard qui, le premier, rompit le silence.

— Tu me dois deux pence, Stephen !

Le Chapeau du cardinal présentait un affligeant spectacle sous le soleil matinal. De longs éclats de bois saillaient de la façade tailladée à coups d'épée, et la peinture était presque entièrement éraflée. Quant au chapeau de l'enseigne, il était en piteux état. Aucun vent ne soufflait sur Bankside, mais la barrette du cardinal pendillait, triste et molle.

Nicholas levait la tête pour constater les dégâts causés par Barberousse. La fenêtre adjacente à l'enseigne devait être celle de la chambre d'Alice, supposa-t-il. Il en eut bientôt confirmation.

— Elle est en haut, monsieur.

— Puis-je la voir ?

Au grand jour, le patron ressemblait encore plus à une fouine. Ses yeux chafouins se posèrent sur la bourse de son visiteur. Nicholas en sortit quelques pièces, qu'il jeta sur le comptoir.

— Suivez-moi, monsieur.

— Est-elle rétablie, à présent ? s'enquit Nicholas en gravissant derrière l'homme l'escalier en colimaçon.

— Alice ? Non, pas encore.

— Quelles sont ses blessures ?

— Pas grand-chose, répondit prudemment le patron. Elle doit garder le bras en écharpe pendant au moins une semaine, et elle boite encore fortement.

Ils atteignirent le premier étage et empruntèrent un couloir dont l'aspect défraîchi éveilla certaines réserves en Nicholas.

— Pourra-t-elle se reposer convenablement ici ?

— Se reposer !

La fouine eut un rire dur qui révéla ses dents.

— Alice est revenue pour travailler, monsieur, pas pour fainéanter ! Elle a repris toute son activité la nuit dernière.

La silhouette d'un vieillard endormi leur barrait le passage. Le patron le réveilla en le secouant du bout de sa chaussure, puis l'enjamba et continua son chemin jusqu'à une porte, sur laquelle il cogna durement.

— Alice !

Aucune réponse ne se faisant entendre à l'intérieur, il lorgna par le trou de la serrure, puis tambourina sur le bois.

— Tu es toute seule là-dedans, Alice ?

Haussant les épaules, il souleva le loquet et fit entrer Nicholas dans une pièce exiguë et crasseuse, où des toiles d'araignées pendaient sur les murs écaillés. Une odeur malsaine frappa ses narines. Un matelas était posé à même le sol. Sous la couverture déchirée apparaissait une petite tête que le patron poussa du pied.

— Réveille-toi, tu as de la visite.

— Ce n'est peut-être pas le moment de la déranger, suggéra Nicholas. Il est clair qu'elle a besoin de dormir.

— Je vais vous la réveiller, monsieur, n'ayez crainte.

Après l'avoir secouée brutalement par l'épaule, il tira la couverture en arrière. Le spectacle qui s'offrit à eux fit frémir Nicholas. Sur le matelas gisait le corps nu d'une jeune femme d'à peine vingt ans, dont les membres formaient un angle distordu. Un bras était maintenu dans un emplâtre, une cheville enveloppée d'un bandage sale. Les yeux aveugles étaient tournés vers le plafond. La bouche grande ouverte semblait implorer la pitié en un cri silencieux.

Alice ne pourrait rien apprendre à Nicholas. Le sang avait jailli de sa gorge tranchée et inondé son corps tel un torrent. La puanteur de la mort était déjà sur elle.

7

Lawrence Firethorn entreprit peu à peu de résister à l'oppression domestique dont il était la cible. Son épouse continuait à le surveiller d'un œil de faucon et à l'insulter au moindre propos, mais il supporta le tout avec un courage stoïque, sans jamais répliquer. Même le calvaire nocturne de la chambre à coucher ne parvint pas à le briser. La patience qu'il affectait porta enfin ses fruits. Margery écouta ses protestations, à défaut de les croire. Elle lui permit de petits gestes de bonté et d'attention. Elle l'autorisa à se considérer à nouveau comme son mari.

Ses soupçons ne s'évanouirent pas mais furent graduellement étouffés sous l'oreiller de la subtilité. Firethorn sourit, flatta, promit et feignit jusqu'à ce qu'il se fût à nouveau insinué dans l'extrême périphérie de son affection. Avec l'adresse née d'une longue pratique, il choisit son moment avec soin.

— Lawrence !

— Ouvrez-le, ma mie.

— Mais pourquoi m'avez-vous acheté un présent, monsieur ?

— Pourquoi, mon ange, sinon pour vous témoigner mon amour ?

Margery ne put contenir sa curiosité presque enfantine ni son animation. Elle ouvrit l'écrin et laissa échapper un cri de surprise. Son époux venait de lui offrir un pendentif, accroché à une chaîne en or.

— C'est pour moi ?

— Je le gardais en réserve pour votre anniversaire, ma colombe, prétendit-il, mais le moment m'a semblé plus approprié. Je tenais à vous faire connaître la profondeur de mes sentiments pour vous, malgré votre cruauté à mon endroit.

— Ai-je été cruelle ? demanda-t-elle, effleurée par un remords.

— Insupportablement.

— Ai-je été injuste ?

— Systématiquement.

— J'en avais, me semble-t-il, quelque motif.

— Montrez-le-moi.

— Il y avait... des indices.

— Produisez-les contre moi, riposta-t-il, la mettant au défi. Non, j'ai été calomnié ! Quelqu'un vous a montée contre moi. Mais je suis un modèle de fidélité envers vous et ce cadeau en est la preuve.

Elle déposa un baiser de gratitude sur ses lèvres, puis regarda encore à l'intérieur de l'écrin, émerveillée. Le petit pendentif ovale était incrusté de pierres semi-précieuses qu'un rayon de soleil, pénétrant par la fenêtre de la chambre, faisait étinceler d'un reflet dansant.

— Puis-je l'essayer ?

— Je vais vous l'attacher, Margery.

— Il ira très bien avec ma robe en taffetas, décida-t-elle.

— Il vous ira quoi que vous portiez, affirma-t-il, ce qui lui valut un deuxième baiser. Ne bougez plus, maintenant.

Margery resta debout devant la psyché pendant qu'il accrochait le bijou à son cou. Elle était émue par ce cadeau si inattendu et — commençait-elle à imaginer — si totalement immérité. Un mari contre lequel on avait tant débité d'injures, comme le sien ces derniers temps, ne pouvait offrir un présent aussi coûteux que s'il était très épris.

Il se colla contre le dos de Margery et frotta le menton sur ses cheveux. Leurs yeux se rencontrèrent dans le miroir.

— Ira-t-il, madame ?

— Parfaitement, monsieur.

— Ce n'est qu'une bagatelle, s'excusa-t-il. Si j'étais plus riche, ce bijou aurait été bordé de perles et incrusté de diamants. Êtes-vous contente ? demanda-t-il en la serrant dans ses bras.

— Je le chérirai toute ma vie.

Le troisième baiser fut plus long et plus ardent. Cela donna à Firethorn le temps de répéter dans sa tête l'exposé des motifs pour lesquels il ne pouvait lui laisser ce présent, qui ornerait le cou de Gloriana, reine d'Albion, dans la pièce à venir.

— Fermez-le bien, Lawrence. Je veux le porter tout de suite.

— Je crains que ce ne soit impossible.

— Pourquoi ?

— Le fermoir ne tient pas. Il faudra le donner à réparer au bijoutier. Aucune importance, dit-il en lui enlevant rapidement le pendentif pour le replacer dans sa boîte. Je le lui rapporterai ce matin même, et j'exigerai qu'il se mette à la tâche sur-le-champ.

— Je déteste m'en séparer.

— Ce sera de courte durée.

— Prenez la chaîne, mon ami, et laissez-moi au moins le pendentif.

— Hélas ! répondit-il en fermant l'écrin. Ce n'est pas possible, car le pendentif est fixé à la chaîne par mesure de prudence. Il ne peut en être détaché.

Un dernier petit soupçon passa dans l'esprit de Margery.

— Lawrence...

— Mon amour ?

— C'est bien pour moi que vous avez acheté ce bijou ?

Il parut tellement blessé à cette simple suggestion qu'elle se rétracta sans plus attendre et l'inonda d'une pluie d'excuses. Dans un mariage aussi fantasque que le leur, la réconciliation était toujours le moment le plus doux. Une heure s'écoula avant qu'il pût se vêtir et prendre congé. Il avait été bien inspiré de lui offrir ce pendentif, qu'il conservait par-devers lui dans l'éventualité d'une urgence de ce genre.

Margery lui adressa un geste d'au revoir et s'employa à diriger sa maisonnée avec une vigueur accrue. Après l'orage venait le calme bienfaisant. Au sortir de la tourmente, elle s'était découvert un nouveau mari, empressé à lui plaire.

Pendant ce temps, l'ancien mari, adonné à la débauche, alla directement chez Edmund Hoode pour voir si l'autre présent destiné à une dame était déjà prêt. Il étudia les quatorze vers avec une attention extatique.

— Cela m'a semblé mieux tourné sous forme de sonnet, expliqua Hoode.

— Edmund, vous vous êtes surpassé.

— Est-ce vrai ?

— Les mots voleront tout droit jusqu'à son cœur.

Ce sonnet en l'honneur de Lady Rosamund jouait sur le mot « rose » avec une adresse consommée. Lawrence Firethorn n'était pas un chasseur solitaire. Pour capturer sa proie, il s'assurait allégrement le concours de son entourage. Hoode avait fourni le sonnet, restait à trouver le messager.

— Il me faut voir Nicholas Bracewell sans tarder.

Le Rideau était situé au sud d'Holywell Lane, dans les faubourgs de Shoreditch, sur un terrain qui appartenait jadis au prieuré d'Holywell. Aux yeux des puritains, qui vilipendaient les salles de théâtre, lieux de stupre et de débauche, la présence du *Rideau* sur une ancienne terre consacrée relevait du sacrilège. Pour Nicholas, dont le point de vue plus était plus philosophe, c'était un plaisant amalgame entre sacré et profane, bref, l'essence même du théâtre.

Lors d'un de ses rares après-midi de liberté, Nicholas

était venu au *Rideau* pour assister à une représentation des Hommes de Banbury. Il était moins intéressé par la compagnie rivale que par sa nouvelle pièce, *Dieu sauve la flotte*. C'était encore un panégyrique de la marine anglaise, à peine voilé par un déplacement temporel au siècle passé et un déplacement géographique à Venise. Nicholas était curieux de savoir comment ils montaient leur bataille navale et espérait glaner quelques idées pratiques, qui serviraient au moment de mettre en scène *Gloriana triomphante*.

Le beau temps amena un large public au *Rideau*, qui fit salle comble. La foule se pressait dans le parterre et dans les galeries. Ce théâtre était un haut bâtiment circulaire en bois, semblable à une arène. Adossés aux murs extérieurs, trois étages de gradins surplombaient le cercle, et cette partie périphérique était surmontée d'un toit de chaume laissant l'arène centrale à ciel ouvert.

L'avant-scène, haute et rectangulaire, s'élançait jusqu'au milieu du parterre et contenait une grande trappe. Une partie de l'espace où se déroulerait l'action était protégée par une toiture, elle-même soutenue par des piliers qui traversaient les planches. Au fond, un mur plat brisait la courbe intérieure de l'arène. De part et d'autre se trouvait une porte, par où les acteurs pouvaient entrer et sortir. La loge était placée immédiatement derrière.

A mi-hauteur de ce mur, un renfoncement contenant également des galeries avait été fermé par un rideau pour ménager un autre espace scénique, et Nicholas devina fort justement qu'il figurerait le pont d'un navire de guerre. En haut se trouvaient les combles à pignons, au plafond incliné, où étaient assis les musiciens. Et du petit balcon au-dessus d'eux, le trompette annoncerait le début de la représentation et hisserait le drapeau pour indiquer qu'elle était en cours.

Après les installations de fortune de *La Tête de la Reine*, c'était bon de se retrouver dans une salle digne de ce nom et Nicholas se sentait le cœur léger. Il déboursa deux pence pour une place sans coussin dans la deuxième galerie et se prépara à savourer le spectacle. Des vendeurs bruyants et comme doués d'ubiquité proposaient boissons et nourriture. Les spectateurs debout du parterre commençaient déjà à trépigner. Toute la salle était parcourue d'un frisson d'anticipation.

Nicholas remarqua la présence du comte de Banbury. Entouré de gentilshommes et de nobles dames, il occupait l'une des loges les plus proches de la scène. Le comte était un vieux libertin au teint fleuri et au menton orné d'un bouc bien assorti avec ses aspirations. Se voulant l'arbitre des élégances, il avait endossé sur un étroit corset un pourpoint et un haut-de-chausses aux couleurs des plus voyantes. Les plumes festonnant son grand chapeau étaient fixées par des pierres précieuses. La canne à pommeau d'argent qu'il tenait dans sa main gantée lui servait à montrer ou à pousser, selon son humeur.

Dieu sauve la flotte n'était pas un chef-d'œuvre impérissable. Elle comportait maintes bonnes idées mal exploitées et laissait une impression de folle prodigalité. Les Hommes de Banbury l'interprétaient avec une belle énergie, néanmoins le parterre commença à chahuter avant la fin du premier acte. Seuls les duels et les danses retinrent l'attention de la foule.

Giles Randolph dominait l'action avec une aisance innée. Grand, mince, d'une beauté ténébreuse, il avait de la présence et une voix à peine un peu trop consciente de sa propre séduction. Il portait un costume dont la magnificence le rendait digne de rivaliser avec son mécène dans la galerie, mais, sans doute à cause de ses faux airs d'Italien, il ne paraissait pas tout à fait crédible dans le rôle d'un capitaine anglais combattant sous pavillon vénitien.

Il y avait chez Randolph quelque chose de légèrement sinistre. Peut-être cela émanait-il de sa démarche cauteleuse, toujours est-il qu'il lui manquait la véritable

stature d'un héros. Les cardinaux cruels et les politiciens fourbes étaient son fort. Prêtant ses traits à un prince ourdissant secrètement sa vengeance, il avait été à son meilleur dans une pièce récente. Ce jour-là, c'était différent. Bien qu'il aboyât ses ordres avec l'autorité d'un loup de mer, il semblait plus expert à offrir à ses ennemis une coupe de vin empoisonnée qu'à les canonner par le travers.

Cependant, les dames de l'assistance l'idolâtraient. Celles qui entouraient Banbury semblaient particulièrement sensibles à son charme sulfureux et se pâmèrent lorsqu'il leur adressa un de ses monologues. Nicholas, pour sa part, était moins convaincu. Randolph ne cadrait pas avec le personnage, qui eût requis la passion impétueuse d'un Lawrence Firethorn.

Peu s'en fallait que la bataille navale fût crédible. Contrôlée par le régisseur avec un réel talent, elle faisait intervenir un bataillon de machinistes et de journaliers. Giles Randolph, juché sur la dunette — le balcon dominant la scène — et muni d'une longue-vue, commentait l'engagement de sa flotte. La scène elle-même faisait office de pont de batterie, où l'on manœuvrait un petit canon.

Les cris d'alerte se succédaient sans répit, accompagnés de force roulements de tambours, de coups de cymbales et de sonneries de trompette, le tout ponctué de pétarades de pièces d'artifice. Les marins étaient projetés d'un côté puis de l'autre du vaisseau tanguant sous la houle et sous les bordées de l'ennemi. Des tonnelets d'eau, balancés depuis les coulisses, suggéraient une mer démontée.

Nicholas apprécia particulièrement les trois touches finales. Des boulets de canon roulèrent sur scène dans un fracas de tonnerre, comme s'ils venaient de traverser le gréement. Le petit mât, maintenu au premier plan par un journalier musclé, s'effondra soudain en clouant quelques matelots gémissants sur le pont. Alors, provoquant les acclamations les plus sonores de l'après-midi, on tira du canon pour assourdir le public et marquer l'issue du combat.

Des applaudissements chaleureux éclatèrent lorsque Randolph revint à la tête de sa troupe pour le salut final, toutefois plusieurs sifflets montèrent du parterre. Cet accueil mitigé ne décontenança pas l'acteur principal, qui remercia l'assistance par de majestueux ronds de bras, mais quelques-uns des comédiens paraissaient très mal à l'aise en considérant les spectateurs mécontents autour d'eux. *Dieu sauve la flotte* ne resterait pas dans le répertoire des Hommes de Banbury.

Le public mit un long moment à se disperser et Nicholas s'attarda pour éviter la bousculade. Assis sur le banc désert, il contemplait la scène et se remémorait la bataille, dressant l'inventaire des effets spéciaux. Il se promit d'intégrer une trappe dans sa propre version de la défaite de l'*Armada*.

Mais ce qu'il vit soudain en contrebas lui fit oublier la pièce. Parmi les machinistes s'affairant à nettoyer les vestiges de la bataille et à balayer les planches, l'un s'était arrêté pour bavarder avec un spectateur aux épaules carrées. Leur familiarité indiquait des amis de longue date. Or ce spectateur, que Nicholas reconnut immédiatement, n'était autre que Benjamin Creech, des Hommes de Westfield.

Si Nicholas avait eu le loisir de voir la pièce, c'est qu'à *La Tête de la Reine* l'après-midi était consacré aux essayages. Toute représentation se devant d'être fastueuse, on avait soin de fabriquer des costumes qui éblouiraient le parterre et rivaliseraient avec ceux des gentilshommes. Dans la production à venir, Creech devait porter trois tenues différentes, dont deux au moins imposaient un travail minutieux. Sa présence à *La Tête de la Reine* était impérative.

Aussi Nicholas fut-il à la fois surpris et contrarié en comprenant que l'acteur avait négligé ses obligations. Ce n'était pas la première fois que Creech donnait matière à des plaintes. Sa prédilection pour les cabarets était un sujet de plaisanterie parmi ses camarades, et il était arrivé plus d'une fois en retard aux répétitions après une nuit de beuverie. Nicholas était fréquemment obligé de lui infliger une amende pour son manque de ponctualité, ce qui ne le rendait pas sympathique au comédien.

Contrairement aux autres compagnies où les emplois n'étaient que temporaires, les Hommes de Westfield formaient un petit noyau d'acteurs liés par un contrat plus ou moins permanent. Cette organisation, suggérée par Nicholas, favorisait la stabilité et une certaine loyauté vis-à-vis de la troupe. Rien n'empêchait d'en augmenter le nombre en cas de besoin. Firethorn avait constaté les avantages du système. Les employés se donnaient à fond pour une compagnie qui leur garantissait un travail à plus long terme et — argument de poids aux yeux de Firethorn — ils acceptaient parfois un salaire inférieur pour prix de la sécurité.

Benjamin Creech faisait partie de ce noyau. Son tempérament plutôt bourru était compensé par son réel talent, et il avait en outre deux qualités pour le recommander. Il chantait fort bien, et savait jouer de presque tous les instruments à cordes. Un acteur-musicien était un atout précieux, surtout lors de tournées où les effectifs d'une troupe se réduisaient à l'essentiel. Creech méritait largement ce qu'il gagnait, c'est pourquoi Nicholas se montrait parfois indulgent envers son penchant pour la boisson.

Le parterre était presque vide, et le régisseur des Hommes de Banbury vint sur scène voir où en étaient les machinistes. Quand il aperçut Creech, il le rejoignit et lui serra cordialement la main. Ils entamèrent une conversation animée et échangèrent sans doute une boutade, car l'acteur donna une bourrade amicale à son compagnon. Malgré sa brièveté, cet épisode déclencha un souvenir enfoui dans la mémoire de Nicholas.

La dernière fois qu'il avait vu Creech assener une bourrade, ce n'était pas pour plaisanter. Une bagarre avait éclaté et Nicholas avait dû intervenir pour séparer les deux adversaires.

Ce souvenir revêtait un nouveau sens, car l'homme avec lequel Creech avait échangé des coups de poing, c'était tout simplement Will Fowler.

Lady Rosamund Varley s'adossa avec grâce contre la banquette de la fenêtre et relut à nouveau le sonnet. Il était excessivement élogieux et d'un esprit qui l'enchantait. Le poème n'était pas signé mais, au-dessous, une main hardie avait écrit : « Je vous livre ma flamme. » Le « L » et le « F » étaient plus grands que les autres lettres et enjolivés de fioritures, de sorte qu'elle n'eut aucune difficulté à comprendre que l'expéditeur était Lawrence Firethorn. Elle fit cascader son rire argentin.

La fortune lui avait souri. Son riche et vieux mari, ayant fait peu de cas de leurs trente ans de différence d'âge pendant une brève période, avait obligeamment succombé à la goutte, à l'impétigo et à l'attiédissement du désir. Lady Rosamund s'était donc trouvée libre de chercher ailleurs ses plaisirs, ce qu'elle fit sans scrupule, devenant une coquette avertie. Sa beauté et son charme ensorcelaient tous les hommes et elle se jouait d'eux impitoyablement, s'entourant d'un parfum de scandale.

La cour lui fournissait la plupart de ses admirateurs — comtes, lords, chevaliers, voire à l'occasion ambassadeurs étrangers —, mais elle avait un penchant particulier pour les acteurs. Leur mode de vie la fascinait parce qu'il combinait au plus haut degré le danger et le paradoxe. Roturiers, ils devenaient rois l'espace d'un après-midi, des hommes de grand courage arpentant fièrement la scène et embrasant les cœurs pendant deux ou trois heures. Lady Rosamund était captivée par l'éclat clinquant du théâtre.

Elle jeta à nouveau un coup d'œil sur le poème. Pas un instant elle ne supposa que Firethorn l'eût composé lui-même, mais cela n'avait pas d'importance. En le commandant et en l'envoyant, il l'avait fait sien et elle se sentait flattée par cet hommage. C'était un homme extraordinaire, qui ajoutait à sa réputation à chaque nouvelle composition. Aucun rôle n'était au-dessus de son talent, pas même celui qu'elle s'apprêtait à lui assigner.

Elle s'approcha de son petit secrétaire et rangea le sonnet dans un tiroir. Il prit place aux côtés de maints autres poèmes, présents, poulets et gages passionnés. Lawrence Firethorn était en noble compagnie.

Lady Rosamund retourna à sa fenêtre pour contempler la Tamise. Sa somptueuse demeure se trouvait sur la partie de la rive que l'on surnommait le Strand. Avant la dissolution des monastères [1], elle avait servi de pied-à-terre londonien à un évêque, et Lady Rosamund se plaisait souvent à imaginer sa réaction s'il avait vu ce qui se passait dans son ancienne chambre à coucher. Dans son impiété, elle avait le sentiment d'aider à purger le lieu de tout catholicisme.

Un coup discret à la porte troubla sa rêverie.

— Entrez, dit-elle.

La servante apparut et esquissa une révérence.

— Votre couturier est en bas, Lady Varley.

— Qu'il monte immédiatement ! ordonna-t-elle.

Il arrivait juste à point nommé. Lady Rosamund désirait lui commander une tenue très spéciale. La conquête de Lawrence Firethorn s'annonçait gagnée d'avance.

Richard Honeydew était trop candide pour soupçonner ce qui se tramait. Quand les autres apprentis se montrèrent plus agréables avec lui, il y vit le signe d'une réelle amitié et non une astuce pour gagner sa confiance. Malgré toutes les méchancetés qu'ils lui avaient infligées, il souhaitait ardemment s'entendre

1. Cette dissolution eut lieu entre 1536 et 1539, consommant la rupture d'Henri VIII avec l'autorité papale. (*N.d.T.*)

avec eux et faire table rase du passé. Se voir attribuer l'honneur insigne d'un rôle comme celui de Gloriana ne l'avait pas rendu arrogant ou vantard. Il était beaucoup trop conscient de ses lacunes et il eût volontiers cherché conseil auprès de ses compagnons s'ils avaient été en meilleurs termes. Ce temps-là approchait enfin, à en juger par leurs efforts.

— Bonne nuit, Dick.

— Bonne nuit, Martin.

— Veux-tu ma chandelle afin de t'éclairer jusqu'en haut de l'escalier ? lui proposa son aîné.

— Non, merci. Je me débrouillerai.

— Dors bien.

— Merci.

— Une autre dure journée t'attend.

Richard alla souhaiter la bonne nuit à Margery, qui, assise dans son fauteuil à bascule au coin du feu, pensait avec amour à son pendentif. Dès que l'enfant fut parti, Martin Yeo regarda les autres. John Tallis eut un large sourire qui fit ressortir son menton en galoche, et Stephen Judd lui adressa un clin d'œil de connivence. Ils formaient une joyeuse bande de conspirateurs.

— Tu es certain que ça marchera ? demanda Tallis.

— Et comment ! affirma Yeo. Le plus beau, c'est que personne ne pourra nous accuser. Nous serons tous assis ici ensemble quand cela arrivera.

— Tous sauf moi, souligna Judd.

— Oh, voyons ! Tu ne nous auras pas quittés une seconde, le rassura Yeo.

— Oui, Stephen, confirma Tallis. Nous pourrons en témoigner.

— Nous serons prêts à en jurer !

— J'ai toujours eu envie d'être dans deux endroits à la fois.

— Ton désir va être exaucé, promit Yeo.

Ils se turent en entendant le pas léger de Richard sur les marches grinçantes, puis ils échangèrent un sourire en coin. L'ennemi allait vers la perdition. Ce n'était plus qu'une question de minutes, désormais.

Sans se douter de leur plan, Richard monta dans son grenier à la lumière des rayons de lune filtrant à travers les carreaux. Les autres nuits, son premier geste avait consisté à fermer soigneusement le loquet derrière lui, afin d'éviter un nouveau tour pendable. Toute méfiance endormie, ce soir-là il n'y prit pas garde. Il se sentait en sécurité.

Frissonnant dans la froideur nocturne, il se déshabilla rapidement avant de sauter dans son lit. Le clair de lune qui passait par l'étroite lucarne au-dessus de sa tête dessinait des lacis sur le mur opposé. Richard les observa à peine quelques secondes avant de s'assoupir, mais son sommeil fut bien vite dérangé. Il ouvrit des yeux apeurés en distinguant un bruissement dans le chaume. Ce ne serait pas le premier rat qu'il entendait trotter sur le toit.

Il se redressa aussitôt — juste à temps. Une masse s'écrasa sur son oreiller dans un nuage de saleté, de terre et de toiles d'araignées. Richard toussa, pris à la gorge par la poussière, puis se tourna pour voir ce qui était arrivé.

La lucarne était encastrée dans la pente abrupte du toit, et des poutrelles massives formaient un rectangle autour de l'encadrement pour en isoler le chaume. Richard avait souvent remarqué que la poutre inférieure était disjointe. Toutes quatre venaient de s'écrouler pour de bon. Il resta assis, saisi à ce spectacle.

— Qu'est-ce que c'est, mon garçon ? Que s'est-il passé ?

En chemise de nuit, Margery grimpait quatre à quatre les marches du grenier. Sa voix la précédait de loin.

— Tu es là, Dick ? Qu'y a-t-il ?

Quelques secondes plus tard, elle faisait irruption dans la chambre, une chandelle à la main. Celle-ci illumina un monceau de débris. Margery poussa un cri d'horreur et serra Richard contre elle.

— Dieu nous préserve ! Tu aurais pu être tué !

Martin Yeo, John Tallis et Stephen Judd montèrent au pas de charge pour voir la raison de ce vacarme.

— Qu'est-ce que c'est ?

— Quelque chose est tombé ?

— Ça va, Dick ?

Tous trois accoururent dans la chambre et s'arrêtèrent net, stupéfiés par l'étendue des dégâts. Ils regardèrent vite Richard pour voir s'il était blessé.

— Y êtes-vous pour quelque chose ? interrogea Margery d'un ton accusateur.

— Non, madame ! répondit Yeo.

— Cette poutre était branlante, ajouta Tallis.

— Nous réglerons cette affaire plus tard, les avertit-elle. D'ici là, je dois trouver à ce pauvre petit un autre endroit où poser sa tête. Viens, Dick. C'est fini, maintenant.

Soucieuse et grave, elle sortit avec le jeune apprenti.

Dès qu'ils furent hors de vue, Martin Yeo se pencha pour dénouer la corde liée autour de la poutre inférieure. Passant par un trou entre les lames du plancher, elle descendait jusqu'à leur propre chambre, si bien qu'il avait suffi d'une simple traction pour déclencher la chute. Mais ils s'attendaient seulement à déloger la poutre du bas. Assommé, Richard aurait été éliminé de la pièce. Ils ne projetaient rien de plus sérieux.

Stephen Judd examina la lucarne avec soin.

— Ces autres poutres tenaient très bien, avant. Quelqu'un les a desserrées, sans quoi elles ne seraient jamais tombées.

— Qui ferait une chose pareille ? s'étonna Tallis.

— Je ne sais pas, répondit Yeo, mal à l'aise. Mais si Dick s'était trouvé en dessous, il n'aurait plus jamais joué dans aucune pièce.

Les trois apprentis restaient complètement perplexes. Debout au milieu des gravats, ils tentaient vainement de comprendre comment le petit accident qu'ils avaient machiné avait été transformé en acte meurtrier par une main inconnue.

A l'évidence, quelqu'un avait eu vent de leur plan.

Susan Fowler s'en était venue à Londres, jeune épouse craignant pour son mari, et s'en était retournée à Saint-Albans, veuve éplorée et toute sa vie brisée. Le passage du temps ne semblait pas rendre son deuil plus supportable. C'était comme une énorme meurtrissure qui l'oppressait sans cesse d'une douleur plus aiguë.

Sa mère lui prodiguait toute sa compassion, sa sœur aînée restait assise auprès d'elle pendant des heures et leurs voisins étaient sensibles à son triste sort, mais rien de tout cela ne parvenait à apaiser son chagrin. Pas même le pasteur ne put la réconforter. Sa présence rappelait trop à Susan le jour où il l'avait unie à Will.

L'affliction, compagne de chaque instant, la tenaillait encore plus violemment la nuit. Dans cette épreuve, elle ne connaissait pas de répit.

— Bonjour, père.

— Seigneur, petite ! Tu es déjà debout ?

— Je ne pouvais pas dormir.

— Retourne au lit, Susan. Tu as besoin de repos.

— Je ne sais plus ce que c'est que le repos.

— Pense au bébé, ma fille.

Elle s'était levée tôt après une nouvelle nuit de tourment, pour descendre dans la cuisine de la petite maison qu'elle partageait avec ses parents et sa sœur. Son père, charron de son état, devait se lever de bonne heure. La veille, une charrette avait versé dans un champ, sur le talus, et l'une des roues s'était brisée. Le charron avait promis d'en faire sa première tâche de la journée car on avait besoin du véhicule de toute urgence, pour les moissons.

Après un petit déjeuner hâtif, composé de pain et de lait, il tenta encore vainement de renvoyer sa fille au lit. Susan secoua la tête et chercha une meilleure position dans le vieux fauteuil de bois. Le bébé devenait plus présent ; elle le sentait souvent bouger.

Son père franchit le pavage de pierre et tira l'épais verrou de fer qui bloquait la porte. Il se retourna pour jeter à Susan un regard d'encouragement qui passa inaperçu. Il ne pouvait s'attarder davantage. La charrette l'attendait devant son atelier.

Cependant, quand il ouvrit la porte, il faillit trébucher sur un objet volumineux qui lui barrait la route.

— Qu'est-ce que c'est que ça ? s'étonna-t-il.

Susan leva la tête avec à peine un soupçon de curiosité.

— Dieu me bénisse !

Il considéra l'objet avec la méfiance de l'homme de la campagne devant ce qui pouvait être un cadeau du diable ou l'œuvre d'une force bénéfique. Il mit un certain temps avant de vaincre suffisamment ses craintes superstitieuses pour ramasser l'objet et le porter dans la chaumière. Il le posa sur la table devant sa fille.

C'était un berceau. Petit, simple et taillé dans du chêne massif, il se balançait doucement sur sa base incurvée. Susan le fixa sans réagir pendant quelques secondes, puis un pauvre sourire apparut sur ses lèvres.

— C'est un présent pour mon bébé.

8

La première tâche de Nicholas, le lendemain matin, consista à aller trouver Creech, qui nia avec brusquerie :

— Vous faites erreur.

— Non, Ben.

— Je n'étais pas au *Rideau* hier.

— Je vous y ai pourtant vu de mes propres yeux.

— Vous m'avez confondu avec un autre.

— Arrêtez de mentir.

— Je ne mens pas, maintint l'acteur en s'échauffant. Je n'ai pas mis les pieds du côté de Shoreditch, hier après-midi.

— Où étiez-vous, alors ?

Creech s'enferma dans un mutisme plein de défi, lèvres pincées et mâchoires crispées. Nicholas se fit plus insistant :

— Vous étiez censé être ici.

— Il aurait encore fallu que je le sache.

— Je vous en ai informé moi-même, et devant témoins, si bien que vous ne pouvez le contester. Les costumiers vous ont attendu en vain.

— Je... j'ai été empêché.

— Je sais. Vous étiez au *Rideau*.

— Non ! J'étais...

Il lança un regard courroucé à Nicholas puis forgea sa petite histoire :

— J'étais seulement entré à *L'Agneau et la bannière* prendre un pot sur le coup de midi, mais j'ai rencontré des vieux amis. Nous avons commencé à discuter, j'ai repris de la bière et, je ne sais trop comment, je me suis endormi sur la table.

— Je n'en crois pas un traître mot, dit fermement Nicholas.

— C'est votre droit, monsieur !

— Nous sommes dans l'obligation de vous mettre à l'amende, Ben.

— Faites donc, le défia le comédien.

— Un shilling.

Creech accusa le coup. Un shilling était une amende sévère pour un homme dont le salaire hebdomadaire n'était que sept fois supérieur. Il avait contracté de nombreuses dettes et ne pouvait se permettre de perdre une telle somme. Nicholas devinait ce qu'il pensait, mais n'en éprouvait aucun regret.

— Vous l'avez bien cherché, souligna-t-il. Quand comprendrez-vous ? J'ai souvent fermé les yeux dans le passé, Ben, mais il faut que cela cesse. Vous devez assumer vos responsabilités. Des dizaines d'acteurs ne demandent qu'à être embauchés. Encore un peu, et l'un d'eux vous prendra votre place.

— Ce n'est pas à vous d'en décider, Nicholas, marmonna Creech.

— Préférez-vous débattre de cette question avec messire Firethorn ?

— Non, admit l'acteur à contrecœur.

— Il vous mettrait à la porte en vous bottant le train.

— Je mérite largement ce que je gagne !

— Certes, quand vous êtes là, convint le régisseur. Pas quand vous cuvez votre bière comme un ivrogne, ou que vous filez en douce au *Rideau*.

— Ce n'était pas moi !

— Je ne suis pas aveugle, Ben.

— Voulez-vous arrêter de me traiter de menteur !

Creech serra les poings et souffla fort par les narines. Mais, lentement, la raison prit le dessus. En dépit de sa placidité, le régisseur ne se laisserait pas intimider. Si l'occasion l'exigeait, Nicholas savait jouer des poings et sa carrure était imposante. Se battre avec lui n'avancerait à rien.

— Un shilling, Ben.

— Comme vous voulez.

— Et qu'on ne vous y reprenne plus.

Benjamin Creech se risqua à lui lancer un dernier regard noir, puis se retira de l'autre côté de la loge. Cette conversation l'avait dégrisé à tous les sens du terme. Samuel Ruff, qui avait observé l'échange de loin, s'approcha du régisseur.

— Alors, Nick, c'était à propos de quoi ?

— Comme d'habitude.

— Trop de bière ?

— Et trop peu de franchise. J'ai vu ce gaillard au *Rideau*, hier, en plein jour, et pourtant il le nie !

— Il a peut-être une bonne raison pour cela.

— En quel sens ?

— Que faisait-il, lorsque vous l'avez vu ?

— Il bavardait avec quelques-uns des machinistes.

— Voilà l'explication. Il n'a pas envie de l'admettre.

— D'admettre quoi ?

— Je n'avais jamais pensé à en parler car je supposais que vous le saviez. Ce n'est visiblement pas le cas.

Samuel observa Creech, qui s'activait de l'autre côté de la loge.

— Ben Creech a fait partie quelque temps de la troupe de Banbury.

— Est-ce certain ? demanda Nicholas, stupéfait.

— Oh ! C'est on ne peut plus sûr. J'y étais avec lui.

Pendant que l'avenir d'un comédien faisait l'objet d'une discussion dans la loge, l'avenir d'un autre se trouvait gravement compromis dans une pièce du haut. Aucune période de répétition n'était complète, chez les Hommes de Westfield, sans que Barnaby Gill piquât une crise, or il était en train d'en piquer une des plus belles.

Edmund Hoode la supportait avec équanimité, mais Lawrence Firethorn sentait progressivement l'agacement le gagner. Allant et venant comme un ours en cage, Gill avait réussi à se mettre en rage.

— Il n'est pas digne d'appartenir aux Hommes de Westfield !

— Pourquoi ? interrogea Edmund.

— Parce que je le dis !

— Il en faudra un peu plus pour nous convaincre, Barnaby.

— Cet homme a une mauvaise attitude.

— Je ne suis pas d'accord, dit le poète. Samuel Ruff est probablement le seul d'entre nos comédiens qui ait la bonne attitude. Il prend son travail à cœur et s'entend bien avec la troupe.

— Pas avec moi.

— C'est un acteur expérimenté.

— Il n'en manque pas sur la place de Londres.

— Tous ne sont pas aussi fiables.

— Nous devons nous en séparer.

— Sous quel prétexte ?

— Cet homme ne me plaît pas du tout !

— Il sera soulagé de l'entendre, répondit Firethorn avec un rire malicieux. Allons, Barnaby ! N'usons pas davantage notre salive sur un sujet aussi dérisoire.

— J'exige son renvoi, répondit Gill, refusant de céder.

— Caprice pur et simple !

— Je pèse mes mots, Lawrence. Il m'a contrarié et il en pâtira.

— Provoquez-le en duel ! suggéra Hoode.

Gill coupa court à leur hilarité en frappant durement une chaise sur le sol. Les narines frémissantes, il roulait des yeux comme une jument prisonnière dans une écurie en flammes.

— Je vous rappelle que cette compagnie a une dette incommensurable envers moi ! déclara-t-il. En dépit de constantes tentations, je suis resté fidèle aux Hommes de Westfield. Non point que les propositions alléchantes aient manqué. D'autres m'ont sollicité à maintes reprises, mais j'ai toujours refusé, croyant — à tort, semble-t-il — que j'étais nécessaire et apprécié ici.

— Vous nous avez servi ce discours trop souvent, dit Firethorn avec pétulance. Il devient de moins en moins digeste avec le temps.

— Pour de bon, Lawrence ! Il faut qu'il parte.

— Pourquoi ? Parce qu'il vous a battu au fleuret moucheté ?

— Parce qu'il me dérange.

— Mais nous vous dérangeons tous, Barnaby, plaisanta Hoode. Allons-nous être renvoyés, nous aussi ?

— Ne persiflez pas, monsieur. Je suis sérieux.

— Alors vous me permettrez de l'être également, décida Firethorn, les mains sur les hanches, toisant Gill de tout son haut. Nous savons l'un et l'autre ce que cache tout cela. Le jeune Dicky Honeydew.

— Prenez garde, Lawrence !

— Oui, je prends garde... au bien de cet enfant. Je ne suis pas homme à m'immiscer dans la vie privée d'autrui. Chacun mène sa barque comme il l'entend. Toutefois, il est une règle dont on exige le respect dans cette compagnie, Barnaby, dit-il, agitant un doigt en guise d'avertissement. Et vous la connaissez aussi bien que moi. Me suis-je clairement fait comprendre ?

— Très clairement.

— Jamais, au grand jamais, avec les apprentis.

— Cela n'a rien à voir avec le problème, Lawrence.

— J'ai dit tout ce que j'avais à dire, monsieur.

— Et je ne peux qu'y souscrire, dit Hoode. En ce qui concerne Samuel Ruff, vous êtes le seul de cet avis. Tout le monde est satisfait de lui. Nous avons connu bien pire avec nos acteurs.

Barnaby Gill était profondément offensé. Il marcha lentement vers la porte, l'ouvrit et, se redressant de toute sa taille, dit avec dédain :

— Je refuse de discuter en vain !

— Et que faites-vous d'autre depuis une heure ? remarqua Firethorn.

— Messieurs, le choix est simple, déclara Gill.

— Eh bien, voyons.

— Ce sera lui... ou moi !

D'un geste grandiloquent, il claqua la porte derrière lui.

George Dart était très enclin à s'apitoyer sur le sort misérable qui lui était échu. Étant le plus jeune et le plus petit des machinistes, il était toujours chargé des besognes les plus viles entre toutes et chaque membre de la troupe avait autorité sur lui. Une des commissions qu'il exécrait particulièrement était d'être envoyé en ville avec une liasse d'affiches à placarder. C'était une corvée harassante. Pourchassé par les chiens et bousculé par les passants, il endurait les quolibets des enfants, la faconde des commerçants, le mépris des puritains, la menace des brigands, les sollicitations des mendiants, bref, il se sentait généralement à la merci de tous.

Sa dernière course en date lui valut une nouvelle vexation. Muni des affiches de *Gloriana triomphante* fraîchement sorties de chez l'imprimeur, il se mit en route pour suivre un itinéraire tortueux à travers Cheapside, utilisant chaque poteau et chaque palissade rencontrés en chemin comme support. C'était jour de marché, aussi devait-il jouer des coudes pour avancer centimètre par centimètre dans la cohue, d'autant plus qu'il était désavantagé par sa petite taille. Après des heures de persévérance, ses efforts se trouvèrent toutefois récompensés et il colla sa dernière affiche devant l'auberge de *La Pucelle et la pie*.

George Dart commença lentement à revenir sur ses pas, se demandant, ce faisant, si quelqu'un menait une existence plus pitoyable. On l'expédiait toujours quelque part. Il était toujours en mouvement, toujours à faire la navette entre un lieu et un autre, toujours à aller ou à revenir sans jamais avoir le droit d'être au cœur de l'action. Chaque arrivée signifiait un départ, chaque halte n'avait pour but que de recevoir des instructions en vue du prochain voyage. Il n'était guère plus qu'un intercesseur de la nature, qu'une sorte de pigeon voyageur condamné à voler à perpétuité.

Sa rêverie fut brutalement interrompue quand, tournant à l'angle d'une rue, il emprunta une artère où il avait posé un certain nombre d'affiches. Il s'aperçut, horrifié, que la plupart avaient disparu et que celles qui restaient avaient été lacérées. Il frissonna à la perspective de devoir signaler cet outrage. On le renverrait, armé d'autres affiches, endurer de nouveaux tourments.

Il regarda de tous côtés dans la rue grouillante de monde. Les suspects se comptaient par dizaines. N'importe lequel de ces passants pouvait avoir gâché son travail. Il examina une affiche toute griffonnée et conclut que c'était l'œuvre d'une brute avinée, qui n'avait pas trouvé mieux en guise de distraction matinale.

George Dart pleurait à chaudes larmes. De l'autre côté de la rue, sur le pas d'une échoppe, Roger Bartholomew l'observait avec un sourire satisfait.

Les apprentis demeuraient dans la plus complète perplexité. Ils n'avaient pu identifier celui qui avait saboté les poutres de la mansarde, pas plus qu'ils ne comprenaient pour quel motif. Avait-on eu l'intention de rendre Richard Honeydew infirme à vie ou étaient-ils eux-mêmes la cible ? Tentait-on de les impliquer dans une affaire beaucoup plus grave que ce qu'ils avaient combiné ? Si l'apprenti avait été grièvement blessé — voire tué —, les soupçons auraient naturellement porté sur eux.

En l'occurrence, la chance qui avait sauvé Richard tournait également à leur profit. Lorsque Margery se répandit en reproches contre eux, ils purent jurer, une lueur sincère au fond des yeux, qu'ils n'avaient pas descellé les poutres autour de la lucarne. Martin Yeo, John

Tallis et Stephen Judd étaient tirés d'affaire, mais un fait demeurait : Richard jouerait Gloriana.

Ils décidèrent d'oublier leurs craintes concernant le détournement de leur premier plan et entreprirent d'en concocter un autre, cette fois à toute épreuve. Ils comptaient l'appliquer pas plus tard que le lendemain, et rendez-vous fut pris à *La Tête de la Reine*, dans la cour.

— Quel magnifique alezan ! admira Yeo, penché par-dessus le battant de l'écurie. Viens voir, Dick.

— Oui, c'est un bel animal. Vois comme sa robe est lustrée !

— Aimerais-tu le monter ? demanda Tallis.

— J'adorerais ça, mais je ne saurais pas. A qui appartient-il ?

— Aucune idée, répondit Tallis, lançant un coup d'œil rusé à Yeo. Il a dû arriver hier soir.

Ils venaient d'entrer dans la cour, où la scène avait été démontée afin de faire place à un carrosse et deux chariots. Les chevaux avaient été conduits à l'écurie. Connaissant l'amour de Richard pour les animaux, Yeo et Tallis l'avaient invité à aller voir les bêtes de près. L'air désinvolte, ils s'arrêtèrent devant le dernier box pour admirer l'alezan. C'était un fougueux étalon au poitrail imposant, que Yeo avait vu trotter dans la cour l'après-midi précédent. Il avait entendu involontairement les instructions que le cavalier avait données au palefrenier.

Le deuxième piège était en place. Posté à la fenêtre de la salle de répétition, Stephen Judd agita la main pour confirmer que Nicholas et Samuel s'absorbaient dans leur occupation. Richard était entièrement coupé de ses gardiens.

— Il a l'air affamé, remarqua Yeo.

— Il peut prendre ma pomme, proposa Tallis en sortant le fruit de sa poche. Tiens, Dick, donne-la-lui.

— Pas moi, Stephen.

— Il ne te mordra pas, mon garçon, assura Yeo. Tiens-la sur ta paume ouverte, comme ça.

Il fit la démonstration.

— A ton tour.

— J'ai peur, Martin.

— Les chevaux raffolent des pommes. Donne-lui à manger.

A force de cajoleries, ils persuadèrent le jeune garçon. Yeo ouvrit la porte de l'écurie et y entra avec Richard. Au fond du box, l'alezan, attaché à une mangeoire vide, leur présentait le flanc.

Richard posa la pomme sur sa main bien à plat et s'approcha non sans hésitation. L'alezan piaffa légèrement, faisant bruire la paille. Richard ne s'aperçut pas que Yeo reculait et franchissait la porte, qu'il referma ensuite, l'abandonnant dans le box avec l'animal immense.

— Vas-y, Dick, le pressa Yeo.

— Mets-la sous ses naseaux, ajouta Tallis.

— Vite, mon garçon.

Au moment au Richard tendait la main, le cheval redressa soudain la tête, montrant le blanc des yeux et couchant ses oreilles en arrière, puis fit volte-face en hennissant. Son flanc luisant frappa le garçon assez violemment pour l'envoyer rouler dans la paille. Il se cabra et rua sauvagement. Richard ne se trouvait qu'à quelques centimètres de ses sabots.

Martin Yeo était déçu, mais Stephen Judd commençait à changer d'avis. A bien y réfléchir, si zélé qu'il fût à aider son ami, il ne voulait pas la mort de Richard.

— Hé ! Vous là-bas ! hurla un palefrenier en accourant.

— Dick a essayé de lui donner une pomme, expliqua Yeo.

Ouvrant la porte de l'écurie à toute volée, le palefrenier agrippa Richard et le traîna en lieu sûr, après quoi il le souleva et se mit en devoir de le secouer comme un prunier.

— Qu'est-ce qui t'a pris de faire ça, petit imbécile ! Ce cheval n'accepte d'être nourri que par son maître. Tu as envie de te faire tuer ?

Richard devint blême et s'évanouit.

Lady Rosamund exigeait l'impossible et n'était satisfaite que lorsqu'elle l'obtenait. Quand elle avait donné ses ordres à son couturier, l'homme avait eu beau protester qu'il lui fallait davantage de temps, elle ne s'était pas laissée fléchir. S'il souhaitait conserver sa clientèle, il devait la satisfaire. L'impossible fut accompli une fois de plus et le couturier se présenta le jour dit à Varley House, son assistant sur les talons. Elle fut enchantée de leur travail, mais elle avait appris à ne jamais féliciter ses employés. Elle trouva donc à redire :

— J'avais demandé des aiguillettes de huit centimètres.

— De dix centimètres, Lady Varley, rectifia-t-il avec déférence. Néanmoins, nous pouvons évidemment les raccourcir.

— Je voulais une collerette en linon.

— En mousseline, Lady Varley. Mais nous la changerons.

— La chemise est trop ample.

— Mes ouvrières sont à votre disposition, Lady Varley.

Le couturier était un homme jovial et de grande taille que sa tendance aux courbettes faisait paraître beaucoup plus petit. Ses manières onctueuses étaient encore accentuées par sa manie de se frotter les mains. Il supporta sans sourciller toutes ces critiques et promit que les erreurs seraient réparées.

— Je vais d'abord l'essayer, annonça-t-elle.

— Si elle ne répond pas à vos désirs, Lady Varley...

— Attendez ici.

Elle se retira dans sa chambre à coucher avec deux de ses caméristes, qui la déshabillèrent puis l'aidèrent à revêtir sa nouvelle tenue. Sur sa chemise de batiste, elles placèrent un corset à baleines et un vertugadin, fixé autour de la taille afin que la jupe se déploie en un demi-cercle avantageux à l'arrière. Là-dessus vinrent se superposer plusieurs jupons, un somptueux corsage de velours bleu roi rebrodé d'or, puis enfin la robe, de la même étoffe mais légèrement plus sombre par souci de contraste, et dotée de manches en mousseline.

Suivant le goût du jour, la chevelure de Lady Rosamund, bouclée, frisée et teinte en acajou, était ramassée haut sur son front, dégageant son visage. Une collerette empesée mettait en valeur la blanche beauté de son teint. Des bijoux, du parfum, un chapeau, des gants et des souliers parachevèrent cette image d'une séduction dévastatrice. Tout allait à la perfection.

Des miroirs en pied lui permirent de s'examiner sous toutes les coutures. Elle réclama quelques modifications minimes, puis se déclara satisfaite. Tandis qu'elle paradait autour de la pièce, le souvenir de l'ancien propriétaire surgit dans son esprit.

— Même un évêque ne résisterait pas s'il me voyait ainsi !

Elle redescendit d'un pas altier, permit au couturier et à son assistant de lui susurrer des louanges, puis claqua des mains pour les renvoyer.

— Vous laisserez la note.

— Bien, Lady Varley.

— Mon époux vous paiera quand il y pensera.

A nouveau seule, elle se dirigea vers le miroir le plus proche. Cette robe était une pure merveille. Elle mourait d'impatience de l'arborer au *Rideau*, pour le profit de Lawrence Firethorn.

A la fenêtre de la salle de répétition, Edmund Hoode contemplait la cour d'auberge avec mélancolie. L'effort requis par l'écriture de la nouvelle pièce l'avait laissé, comme toujours, épuisé et au bord de la dépression. *Gloriana triomphante* était une excellente œuvre dramatique, mais elle servait avant tout les deux principaux desseins de Lawrence Firethorn : étendre sa réputation et progresser dans sa carrière amoureuse. Pour sa part, Hoode n'en retirerait que des remerciements, certes expansifs, et un second rôle au quatrième acte.

Dans cet état d'esprit, il avait toujours la sensation d'être manipulé. On avait exploité son talent. On s'était approprié le meilleur sonnet qu'il eût écrit depuis des années, et il en souffrait. Il répéta les vers à mi-voix et souhaita que le poème pût favoriser une idylle pour lui aussi. Il prit conscience qu'il n'avait pas été amoureux depuis des mois. Ce doux tourment lui manquait. Son âme se desséchait.

Pour Edmund Hoode, l'émotion de la chasse importait avant tout. En idéaliste pur et dur, il n'aimait rien davantage que de s'engager de tout son être envers une femme, et trouvait son plaisir dans le simple sentiment amoureux. Lawrence Firethorn était très différent. Pour cet épicurien, la conquête primait et il se montrait exigeant dans ses choix. Hoode, lui, était prêt aux concessions. Il eût accepté une femme bien moins somptueuse que Lady Rosamund. Dans l'état d'abattement qui était le sien, il eût accepté presque n'importe qui.

Alors qu'il ruminait ces sombres pensées, il tressaillit en découvrant un élément nouveau dans son champ de vision. C'était la fille du patron, qui traversait la cour d'un pas léger, ses cheveux sombres flottant sur ses épaules. Hoode l'avait déjà remarquée à plusieurs reprises, et toujours avec plaisir. Elle n'avait pas plus de vingt ans, et, par bonheur, ne présentait pas la moindre similitude de caractère avec son père. Hoode trouvait sa gaieté et sa spontanéité très rafraîchissantes.

A l'observer en cet instant, il discerna des qualités qui jusqu'alors lui avaient échappé. Souple, gracieuse et vive, elle ressemblait moins à une fille d'aubergiste qu'à une princesse élevée par un bûcheron. Hoode retint un cri de joie en prenant soudain conscience d'une donnée capitale.

Elle se prénommait Rose.
Il recommença à réciter son sonnet.

La précédente visite de Nicholas au *Rideau* avait été fructueuse et lui avait inspiré quelques idées inventives pour la mise en scène de *Gloriana*. Il avait hâte de les mettre à l'épreuve. Le luxe que constituait une pleine journée de répétition au théâtre lui en donnait tout le loisir. Il dut renoncer à certains artifices, toutefois la majorité — y compris ceux destinés à la bataille navale qui marquerait le clou du spectacle — étaient non seulement ingénieux, mais réalisables. Cela lui permit de se détendre. Les problèmes techniques étant maîtrisés, on pouvait monter la pièce. Et, Nicholas en était sûr, cette fois il n'y aurait pas de sifflets dans le parterre.

Bien que submergé de travail, il essaya toute la journée de garder un œil sur le petit Richard. L'accident à l'écurie ne laissait pas de l'inquiéter. Il était certain que c'était un coup des trois galopins. Ils étaient en disgrâce depuis, et aucune autre attaque n'avait été perpétrée contre Richard. Soutenu par la vigilance de Samuel et de Margery, Nicholas se sentait capable de protéger le jeune garçon.

— Essayons la fin de la bataille navale ! ordonna Firethorn.

— Tout le monde en place ! appela Nicholas.

— Nous ne donnerons pas du canon, décida l'acteur. Gardons la poudre sèche.

— Et la voile, messire ?

— Oh, il nous la faut !

Alors que les Hommes de Banbury s'étaient contentés d'un gros poteau pour suggérer le mât, l'autre compagnie avait construit une machinerie élaborée, dotée d'une voile complète qui pouvait être hissée ou abaissée. Elle était fixée sur un socle circulaire en bois qui tenait de manière autonome. Cependant, le vent se leva et la voile se mit à ondoyer.

— Ben, maintenez le mât ! indiqua Nicholas.

— Bon.

— Restez derrière lui, Gregory, juste par précaution.

— Oui, messire Bracewell, dit un journalier bien découplé.

Dans l'art de la mise en scène, Edmund Hoode surpassait l'auteur de *Dieu sauve la flotte*. Alors que la pièce rivale prenait pour cadre unique l'affrontement en mer, *Gloriana triomphante* s'achevait sur le pont du vaisseau amiral, dans une scène réunissant tous les principaux protagonistes. La reine d'Albion en personne montait à bord et, dans un geste spontané de gratitude, empruntait une épée pour armer chevalier son valeureux capitaine.

Tout le monde prit position, puis Nicholas donna le signal aux musiciens. Peter Digby fit jouer à ses hommes une marche majestueuse tandis que la souveraine montait sur le navire. Le dos droit et la voix expressive, Richard Honeydew prononça la plus longue tirade de la pièce, essayant d'ignorer le vent qui malmenait son costume. Firethorn ploya un genou à terre afin d'être adoubé, baisa la main de sa reine et entama son propre monologue.

Il n'était pas destiné à en atteindre le terme. Une violente rafale arracha la voile des mains de Benjamin Creech. Avant que Gregory eût pu la rattraper, le mât s'écroula de tout son long au beau milieu de la scène.

— Attention !

— A l'aide !

— Dick ! Saute !

La reine d'Albion disposa d'une fraction de seconde pour suivre le conseil hurlé par Samuel. Tandis que le mât s'abattait vers lui, Nicholas s'élança instinctivement dans le parterre. Le bois heurta le pont dans un craquement assourdissant, mais, du moins, il n'avait touché personne. Les comédiens s'entre-regardaient, encore hébétés.

— Aïe !

— Tu es blessé, Dick ?

— Je crois que oui.

— Ne bouge pas ! recommanda Nicholas.

D'un bond, il remonta sur scène et franchit la distance qui le séparait du jeune apprenti, prostré sur le sol. Richard souffrait. Après avoir sauté, il s'était mal réceptionné et s'était fait une si vilaine entorse qu'il ne pouvait peser sur sa cheville. Nicholas examina l'articulation où l'enflure était déjà perceptible.

Par miracle, le jeune garçon avait évité le mât. S'il s'était empêtré dans son costume, il n'aurait pu esquiver à temps et la reine d'Albion aurait péri écrasée dans ses beaux atours. Mais c'en était bel et bien fini pour Richard. Il ne serait pas à même de jouer le lendemain.

Par une ironie du sort, les trois autres garçons avaient tenté en vain de l'éliminer, et le hasard avait réussi là où le dessein avait échoué. Une simple bourrasque venait de modifier la distribution.

Nicholas souleva l'enfant dans ses bras et se tourna vers la scène. Benjamin Creech, qui avait été chargé de maintenir le mât, les observait impassiblement, ses yeux plissés luisant de satisfaction.

9

Le refus qu'il avait essuyé avait opéré un profond bouleversement en messire Roger Bartholomew. Il se sentait victime d'une perfidie. En voyant ce qu'on avait fait de son *Richard Cœur de Lion* à *La Tête de la Reine*, il avait cru en avoir fini pour de bon avec le théâtre, mais sa Muse était d'un autre avis. Revenu sur sa décision, il venait de souffrir d'un rejet si complet qu'il en eut l'esprit troublé. Il se découvrit une vindicte insoupçonnée. Puisqu'on lui avait fait mal, il rendrait mesure pour mesure.

Les Hommes de Westfield devinrent la cible de sa haine obsessionnelle. D'autres compagnies avaient refusé son œuvre, mais Lawrence Firethorn avait commis bien pire. Il avait saccagé la première pièce du jeune poète, puis insulté la seconde. Comble des combles, il jouait le rôle principal d'une prétendue création dont l'argument était la copie conforme d'*Un ennemi en déroute*. Dans sa fièvre, Bartholomew se demandait si son œuvre n'avait pas été pillée. Ce n'eût pas été la première fois qu'un auteur était plagié.

Debout devant *Le Rideau*, il entendait les voix résonner à l'intérieur au cours de la répétition. Il ne pouvait distinguer les paroles ni identifier les comédiens, mais il était sûr d'une chose : *Gloriana triomphante* l'avait lésé. Il allongea le bras pour arracher une affiche d'un poteau. Si les mots de talent et de justice avaient eu un sens dans le monde du théâtre, c'était sa propre pièce qui aurait été annoncée dans tout Londres, ses propres mots qui se seraient réverbérés contre les hauts murs de bois.

Bartholomew défendait avant tout la primauté du verbe, l'ascendant naturel du poète. Firethorn et sa troupe travaillaient selon des règles différentes. Ils promouvaient l'acteur, qui devenait le pivot du spectacle. Une pièce n'était pour eux qu'un beau vêtement que l'on porte une ou deux fois pour produire de l'effet avant de le mettre au rebut. *Un ennemi en déroute* avait été jeté avant même d'être étrenné, sans la moindre considération pour les sentiments de son auteur.

Les Hommes de Westfield méritaient d'être punis pour leur arrogance. Bartholomew se désigna lui-même pour administrer le châtiment. Il ne lui restait plus qu'à décider de sa nature.

Unis plus que jamais face à l'adversité, les Hommes de Westfield réagirent avec une prompte résolution. L'apprenti blessé fut emporté chez lui et sa doublure, Martin Yeo, commença aussitôt à répéter. Pendant qu'il était sur scène, les costumiers réparaient la perruque rousse et modifiaient les tenues de Gloriana pour les mettre à sa taille. Yeo connaissait déjà le rôle par cœur, aussi ce remplacement impromptu posa-t-il moins de problèmes qu'on l'eût pu craindre. Il lui restait néanmoins des gestes à maîtriser, des entrées et des sorties à mémoriser, les répliques de l'entourage de la reine à noter afin d'accorder son jeu avec celui des autres.

Pendant ce temps, Nicholas avait pris des mesures pour stabiliser le mât et la voile. Cette fois, une série de cordages partant du sommet aboutissaient à différentes parties de la scène, où ils étaient assujettis à des crochets ou des taquets. Le mât était si solide qu'il était possible d'y grimper. Profitant de l'aubaine, Firethorn demanda au plus petit des journaliers de se poster tout en haut pour faire la vigie. Ce serait du meilleur effet pendant la représentation.

Des corvées d'une incroyable diversité privaient

George Dart du moindre répit pendant toute la pièce. Sur la suggestion de Nicholas, on lui avait encore attribué une nouvelle mission. Puisqu'on ne pouvait garantir qu'il y aurait du vent le lendemain après-midi, on confia à Dart une longue corde fixée dans les replis de la voile. Dissimulé sur le balcon dominant la scène, il devait l'actionner violemment au signal pour donner l'impression que le navire essuyait un grain. C'était la première fois, dans sa jeune carrière, qu'il jouerait le rôle du vent d'ouest.

Même Barnaby Gill retroussa ses manches et apporta son soutien dans cette situation d'urgence. Il ajourna son ultimatum sur le départ de Ruff jusqu'à la fin de la représentation, et fit de son mieux pour égayer la troupe. En dépit de toutes les conjectures, la pièce commença à prendre forme. Frénétiquement, Edmund Hoode supprima le rôle que Martin Yeo devait interpréter et aplanit deux ou trois autres difficultés. A la fin de l'interminable répétition, le moral était au beau fixe.

— Eh bien, Nick ? Qu'en pensez-vous ?

— Je crois qu'on s'en sortira.

— On fera bien mieux que cela, mon ami. Même sans Dicky, il reste quelques passages sublimes. Je parie que le public nous mangera dans la main.

— Il ne faut pas tenter le sort.

Sur la scène presque déserte du *Rideau*, ils faisaient le point sur cette journée et ses vicissitudes quand, soudain, Firethorn se mit à déclamer son premier monologue en direction des loges, tout en adoptant diverses poses. Nicholas comprit bien vite : l'acteur essayait d'imaginer où Lady Varley serait assise.

— Nick, on va leur montrer de quel bois on se chauffe !

— A qui ?

— A Giles Randolph et à ses histrions de bas étage. Vous l'avez vu ici, la dernière fois. Comment s'en est-il sorti ?

— Ni bien ni mal. La pièce était médiocre.

— Un mauvais acteur dans une mauvaise pièce. Mon jeu lui donnera le dégoût de la scène.

— Vous êtes sans comparaison, déclara Nicholas avec tact.

— Demain sera un grand jour pour nous tous, continua l'acteur. Nous devrons faire nos preuves sans conteste. Notre cher mécène compte sur nous pour accroître son prestige. Cette nouvelle pièce doit nous servir afin de revendiquer l'honneur suprême : une invitation à jouer devant la cour.

— On nous la doit depuis longtemps.

Firethorn s'inclina profondément pour saluer l'ovation imaginaire qui résonnait à ses oreilles. Il se croyait déjà à la cour, devant la reine et son entourage, recevant la faveur royale, obtenant encore un nouveau triomphe dans le théâtre de ses désirs. Nicholas devina que son ambition ne visait pas seulement la gloire. La représentation à la cour aurait lieu devant un public trié sur le volet, qui inclurait Lady Varley. Elle régnait sur le trône de son cœur, ces temps-ci.

— Je serais au Paradis.

— Cela viendra.

— Il faut nous en assurer, Nick.

Quand tout fut rangé et mis sous clef dans l'attente du lendemain, ils se séparèrent. Malgré le sentiment de tristesse pour Richard, qui avait été privé de son premier grand rôle, le spectacle devait continuer, il fallait s'y plier. Les rivalités entre compagnies étaient extrêmes. Au *Rideau*, les Hommes de Banbury avaient brillé par leur médiocrité. En comparaison, Lawrence Firethorn et sa troupe seraient éblouissants.

C'était un chemin long et solitaire que celui de Bishopsgate ; Nicholas avait encore plus d'une demi-lieue à parcourir quand il pénétra dans la cité. Mais il était trop absorbé pour se soucier de la longueur du trajet ou du vent âpre qui balayait la nuit noire. Will Fowler et sa jeune veuve continuaient à hanter ses pensées.

Deux prostituées rouées de coups, dont l'une avait ensuite été assassinée, lui inspiraient aussi la plus vive compassion. Il craignait pour Samuel Ruff, dont la place au sein de la compagnie était désormais compromise. Il s'inquiétait pour Richard Honeydew. Il conservait même une vague préoccupation pour Roger Bartholomew, évincé du théâtre alors qu'il y entrait à peine. Le régisseur s'interrogeait sur les affiches déchirées qui avaient causé à George Dart un si grand désarroi. Ils avaient déjà suffisamment d'ennemis sans cela.

Toutefois, l'image qui ne cessait de revenir au premier plan de ses pensées était le visage maussade de Benjamin Creech. Pourquoi avait-il caché sa présence au *Rideau* et ses contacts avec les Hommes de Banbury ? Quelle avait été la cause de sa bagarre avec Will ? La blessure de Richard était-elle purement accidentelle ? Nicholas avait-il bien vu une lueur de plaisir dans les yeux de Creech, ou l'avait-il imaginée ?

Ces spéculations l'accompagnèrent tout du long jusqu'à Bankside. Il était presque chez lui quand survinrent les ennuis. En tournant dans une rue latérale, il eut soudain l'impression d'être suivi. Depuis ses années en mer, l'instinct de conservation relevait chez lui du sixième sens et sa main vola sur le manche de sa dague. Il guetta un bruit de pas derrière lui, mais n'entendit rien et, quand il fit volte-face, il ne vit personne. Il poursuivit son chemin, croyant à un caprice de son imagination, lorsqu'une haute silhouette sortit d'une allée à une quinzaine de mètres pour lui bloquer le passage. Malgré la distance et la pénombre, Nicholas sut immédiatement de qui il s'agissait. Ils s'étaient déjà croisés à *L'Ancre de l'espoir*, où son ami avait été assassiné. L'homme avait laissé d'autres sinistres traces de son passage au *Chapeau du cardinal*.

Tirant sa dague, Nicholas se ramassa sur lui-même pour passer à l'attaque, mais il n'alla pas très loin. Avant qu'il eût fait un mètre, un objet dur le frappa à la nuque et le fit sombrer dans un tourbillon noir de douleur. La dernière chose dont il eut conscience fut le bruit d'une course précipitée sur les cailloux. Le reste n'était qu'un néant glacé.

C'était en temps de crise que Lawrence Firethorn donnait sa pleine mesure. La menace de défection lancée par Barnaby Gill et la perte soudaine de Richard Honeydew avaient créé des tensions qu'il avait surmontées avec bravoure. Réunissant les membres de la troupe en ces heures difficiles, il les avait enflammés en leur faisant miroiter les promesses du lendemain et leur avait communiqué son inébranlable assurance. L'après-midi serait pour lui l'occasion d'un nouveau triomphe, suivi, le moment venu, d'une nuit enchanteresse. *Gloriana triomphante* et les quatorze vers d'un sonnet lui gagneraient les faveurs de Lady Rosamund.

Malgré tous les contretemps de la journée, ce fut donc d'un pas léger qu'il retourna chez lui pour recevoir un baiser de bienvenue de son épouse confiante. Mais le baiser ne vint pas et la confiance avait disparu. Une froideur de marbre l'avait remplacée sur le large front de Margery.

— Qu'avez-vous, ma mie ? demanda-t-il joyeusement.

— J'ai causé avec Dicky.

— Pauvre garçon ! Où est-il ?

— Il s'est couché pour reposer sa cheville enflée.

— Quel terrible accident ! Dieu soit loué, rien de beaucoup plus grave n'en a résulté.

— Oh, mais bien au contraire.

— Que dites-vous, ma douce ?

— Asseyez-vous, Lawrence.

— Pourquoi ?

— Asseyez-vous !

Devant son ton sans réplique, il prit place dans un fauteuil. Debout en face de lui, Margery lui ôtait toute échappatoire, sa colère sourde prête à éclater.

— Cet enfant a le cœur brisé, commença-t-elle.

— Naturellement. Son premier grand rôle... et quel rôle ! Il s'est donné beaucoup de mal en pure perte.

— Il a parlé de vous, Lawrence.

— De moi ?

— Il m'a confié que c'était merveilleux de jouer face à un acteur aussi superbe.

Elle attendit pendant qu'il riait, l'air faussement modeste.

— Ce petit vous porte une réelle vénération.

— Tout apprenti doit se choisir un bon modèle.

— Oh, mais je suis sûre que vous êtes un excellent modèle, monsieur, dit-elle d'un ton tranchant. Du moins en tant qu'acteur. En tant qu'époux, évidemment, supporter vos défauts n'a rien d'un conte de fées.

— Margery... roucoula-t-il.

— Épargnez-moi vos ruses, Lawrence.

— Mes ruses ? Quelles ruses ?

— J'ai passé des heures à écouter Dick. Cet accident au théâtre lui a coûté cher, et à moi également.

— A vous, mon ange ?

— Il a perdu un rôle, mais, moi, j'ai perdu mes illusions.

— Je ne vous comprends pas, ma douce.

— Je vais donc m'exprimer plus clairement, monsieur, déclara-t-elle, la menace perçant dans sa voix. Dicky m'a tout raconté. Il m'a parlé de ses répliques et de ses danses. Il m'a décrit ses magnifiques costumes, y compris les bijoux de Gloriana, parmi lesquels un splendide pendentif dont le fermoir fonctionne parfaitement...

Lawrence Firethorn était pris de court. Le mât qui s'était abattu sur la scène du *Rideau* venait d'atterrir sur son crâne. Margery avait appris la cruelle vérité. Loin d'avoir été acquis spécialement à son intention, le pendentif n'était qu'un vulgaire accessoire de théâtre utilisé pour regagner ses bonnes grâces. La réconciliation n'était plus qu'un souvenir lointain. Au lieu de revenir à une épouse aimante, il fixait Méduse dans les yeux.

Margery avait immédiatement deviné ce que dissimulait cette supercherie. Dominant sa fureur, elle demanda avec une suave douceur :

— Alors, Lawrence... comment s'appelle-t-elle ?

— Allons, ne bougez pas, recommanda Anne. Laissez-moi baigner convenablement la plaie.

— Je vais bien, à présent. Attachez le bandage.

— Cette blessure nécessite des soins.

— Je n'en ai pas le temps.

— Laissez-moi appeler un chirurgien.

— La douleur s'estompe, mentit Nicholas.

Assis sur une chaise, il attendait que sa logeuse eût pansé l'entaille à l'arrière de son crâne. Dès qu'il avait recouvré ses sens, sur la chaussée, il s'était relevé tant bien que mal et avait réussi à se traîner jusqu'à sa porte. Son chapeau était trempé de sang, son esprit confus et tout son corps lui semblait se réduire à une masse de douleur.

La servante venue ouvrir avait poussé un cri de frayeur en le découvrant dans cet état. Anne était accourue et les deux femmes l'avaient soutenu jusqu'à une chaise. Anne s'était occupée de Nicholas en lui prodiguant des trésors de délicatesse et de compassion. Elle était presque brisée par la peur.

— Vous croyez que c'était le même homme ? demanda-t-elle.

— Je sais que c'était lui.

— Il faisait noir, Nick. Comment pouvez-vous en être certain ?

— Je le reconnaîtrais n'importe où. C'était Barberousse.

— Ce meurtrier vous a attiré dans un guet-apens ! dit-elle, toute tremblante. Cette idée m'est insupportable !

— J'ai survécu, Anne.

— Seulement par la grâce de Dieu ! Vous avez de la chance d'être encore en vie !

— Ce n'est pas après moi qu'ils en avaient, raisonna Nicholas, essayant d'analyser les faits. Je serais mort dans cette rue, à l'heure qu'il est, s'ils avaient eu le désir de me tuer. C'était autre chose qu'ils voulaient.

— De l'argent ?

— Non, ils ont laissé ma bourse. En revanche, ils m'ont volé ma sacoche.

— Dans laquelle se trouvait le livre de régie ? interrogea-t-elle, le souffle court.

— Oui. C'est cela qu'ils voulaient. *Gloriana triomphante*.

Anne pâlit aussitôt, comprenant ce que cela impliquait. L'unique exemplaire complet de la pièce avait disparu. Sans lui, Nicholas serait dans l'impossibilité de veiller au bon déroulement de la représentation.

— C'est terrible ! Vous allez être forcé d'annuler !

— Telle est bien leur intention.

— Mais pourquoi ?

— Par méchanceté, par dépit, par envie, par vengeance... Les explications sont légion. C'est une profession jalouse que la nôtre.

— Qui s'abaisserait à une pareille indignité ?

— Je ne connaîtrai pas le repos avant de l'avoir découvert. Un fait est clair : Barberousse a un complice. Je ne parvenais pas à comprendre comment il s'était introduit au *Chapeau du cardinal* sans être reconnu. La solution s'impose d'elle-même. Ce n'est pas lui qui est retourné là-bas pour achever la pauvre Alice, mais l'autre qui l'a égorgée.

— Pour l'empêcher de vous aider ?

— Je le crois. Barberousse se sent acculé.

Anne réprima un frisson et finit de nouer le bandage autour de la tête de Nicholas. En regardant les cheveux blonds poissés de sang et la tempe qui conservait une lésion, souvenir de la chute sur les cailloux, elle ne put contenir ses larmes, qui roulèrent sur ses joues. Elle serra le bras de Nicholas pour le dissuader de se lever.

— Vous n'êtes pas en état de ressortir, mon ami.

— Je n'ai pas le choix.

— Laissez-moi vous accompagner.

— Non, Anne, j'y arriverai seul. La nuit sera longue. Ne m'attendez pas avant le matin.

— Où allez-vous ? l'interrogea-t-elle en le suivant jusqu'à la porte.

— Écrire une pièce.

Doué de la belle imagination des auteurs et désirant éperdument tomber amoureux, Edmund Hoode avait jeté son dévolu sur Rose Marwood et se persuadait qu'elle était la plus divine représentante de son sexe. Son inspiration foisonnante porta vite remède aux imperfections de la fille de l'aubergiste, qui lui apparut comme la créature de ses rêves — un composé magique de beauté, d'esprit, de charme et de finesse. A son insu, en traversant la cour Rose Marwood avait subi une métamorphose. Hoode n'attachait nulle importance au fait qu'il eût à peine échangé un mot avec elle. Il était amoureux et l'amour ne connaît pas de raison.

Une heure de réflexion sur les vertus de la jeune fille le conforta dans son projet de lui adresser le sonnet. L'ayant recopié de sa plus belle plume, il ajouta la phrase : « Dans mon espoir heureux » en enjolivant le « E » et le « H » de si belle manière qu'elle reconnaîtrait à coup sûr les initiales de son soupirant.

Ces douces rêveries furent brutalement interrompues par des coups énergiques à la porte. Nicholas fut bientôt invité à expliquer le bandage qui ceignait son front. Hoode manqua suffoquer en apprenant le vol de sa pièce. C'était comme s'il avait perdu un enfant.

— Qu'allons-nous faire, Nicholas ? se lamenta-t-il.

— Recommencer.

— A partir du néant ? Vous déteniez l'unique exemplaire complet.

— Nous le reconstituerons. J'ai réveillé George Dart, et je l'ai envoyé chez tous nos comédiens afin de récupérer des passages de leurs répliques. Je suis retourné au *Rideau* pour reprendre mon découpage de l'intrigue. Et puis, nous pouvons compter sur votre connaissance de la pièce et mes souvenirs des répétitions. En additionnant le tout, nous devrions réussir à écrire un autre exemplaire.

— Cela nous prendra la nuit entière !

— Préférez-vous annuler la représentation ?

Cette idée suffit à faire trembler Hoode. Il ne lui fallut que quelques secondes pour prendre une décision. Les quatorze lignes adressées à Rose Marwood furent écartées en faveur de quelques milliers d'autres, destinées au public du *Rideau*.

Dès l'arrivée du copiste, ils s'attelèrent à leur tâche aussi vite que la rigueur le leur permettait. Les multiples détails indiqués par Nicholas sur son plan de l'intrigue furent d'un très grand secours et stimulèrent aussitôt la mémoire du poète.

Lawrence Firethorn apparut, fulminant contre les Hommes de Banbury, qu'il avait déjà identifiés comme les auteurs de cette vilenie. Cependant, sa colère noire se teintait de soulagement. Pour consternant que fût le vol, il l'avait soustrait à l'interrogatoire de Margery.

Son propre rôle étant le principal, la copie qu'il apportait fournit ample matière pour progresser. La plupart des lacunes furent comblées lorsque George Dart arriva, hors d'haleine, muni d'autres répliques. Pendant que le machiniste reprenait son souffle, Nicholas les passait au crible et les remettait en ordre. Il manquait une copie en particulier.

— Êtes-vous passé chez Creech ? demanda-t-il.

— Il n'était pas à son logis, messire Bracewell.

— Son logis, c'est la plus proche taverne, soupira Firethorn.

— J'ai essayé là-bas aussi, répondit Dart.

— Merci, George, dit Nicholas.

— Puis-je partir, maintenant ?

— Certes. Allez retrouver Creech, ordonna Firethorn. Il nous manque sa scène avec les deux matelots. Délogez-le de son trou.

— Il le faut vraiment, monsieur ? gémit Dart.

— Absolument !

— Mais je cours depuis des heures !

— Eh bien, courez encore. C'est cela, le théâtre !

Réduit à la soumission, George Dart s'en fut dans la nuit à la recherche du comédien. Hoode, Firethorn et Nicholas continuèrent à reconstituer la pièce, tandis que la plume du copiste volait sur le papier. Peu avant minuit, la première cruche de vin fut vide. Il leur en faudrait beaucoup d'autres pour venir à bout de leur tâche ardue.

Lorsque les lueurs de l'aube vinrent teinter les carreaux, le nouveau livre de régie était prêt. Matthew Lipton, le copiste, grognait d'épuisement, sa main droite reposant mollement sur son giron. Nicholas prit la suite. Grâce à son résumé et à sa prodigieuse mémoire du détail, il annota la copie, y énumérant toutes les indications, les entrées, sorties et accessoires aux endroits appropriés. Sept heures de travail acharné leur avaient rendu leur texte, mais avaient mis leur résistance à rude épreuve.

— Je tombe de sommeil, dit Hoode en bâillant.

— Trop tard pour dormir, décida Firethorn. Prenons plutôt le petit déjeuner tous ensemble afin de nous rendre au *Rideau* à la première heure. Nous serons vos gardes du corps, mon ami, dit-il à Nicholas. Nous ne vous lâcherons pas d'une semelle !

— Ça ne sera pas nécessaire. Je resterai sur mes gardes, désormais. Ils m'ont pris par surprise, à Bankside.

— La peste soit des Hommes de Banbury ! gronda Firethorn.

— Seraient-ils capables d'une telle bassesse ? objecta Hoode.

— Des gens qui emploient Randolph sont capables de tout !

— A coup sûr, le moment était bien choisi, observa Nicholas.

— La veille d'une représentation ! dit Hoode. Cela aurait réduit à l'impuissance toute autre compagnie.

— Mais pas les Hommes de Westfield ! décréta Firethorn avec fierté. Cette nuit, messieurs, nous avons accompli un fameux exploit — et vous aussi, messire Lipton. Nous avons contemplé la Défaite dans le blanc des yeux et nous l'avons mise en fuite. Nick a agi avec une remarquable présence d'esprit en battant le rappel si promptement. Je lui en conserverai une éternelle reconnaissance.

— Moi aussi ! dit Hoode en écho.

— C'était la moindre des choses, répondit Nicholas, embarrassé. Je me sentais tellement coupable qu'il me fallait coûte que coûte trouver une solution.

— Il ne faut pas vous en vouloir, dit Firethorn avec bienveillance.

— Il m'incombait de protéger ce manuscrit.

— Quand deux bandits vous sautent dessus sans crier gare, le sentiment légitime est l'indignation, pas la culpabilité. C'est monstrueux ! dit l'acteur en se levant. Nous avons fini par considérer le plagiat comme une fatalité, mais ceci est un crime d'une tout autre nature. C'est une trahison contre l'esprit même du théâtre. Les Hommes de Banbury devront payer !

— S'ils sont réellement les coupables, nuança Nicholas avec prudence.

— Quant à cela, aucun doute ! Qui d'autre a autant à gagner par notre humiliation ? Giles Randolph et cette bande de gredins qu'il ose faire passer pour une troupe ! Ils sont derrière cette infamie, j'en jurerais.

— Comptez-vous les en accuser publiquement, Lawrence ? demanda Hoode.

— Oh, non ! Nous mènerons d'abord une enquête discrète.

— Et ma pièce ?

— Nous la jouerons comme si de rien n'était. Nous

montrerons à ces drôles qu'il en faut plus que la violence et le vol pour arrêter les Hommes de Westfield. Nous sommes d'un courage à toute épreuve !

Des coups pathétiques se firent entendre à la porte. Nicholas alla ouvrir et George Dart entra lentement, fourbu, mais apportant ce dont on l'avait chargé. Il tendit les feuillets à Firethorn et attendit une parole de louange.

— Vous avez beaucoup tardé, lui reprocha l'acteur.

— J'en suis bien désolé, messire Firethorn.

— Où étiez-vous ?

— J'ai couru un peu partout.

— Quand avez-vous trouvé Creech ?

— Peu après minuit, répondit le machiniste en réprimant un bâillement.

— Et comment avez-vous perdu tout ce temps ?

— J'ai eu grand-peine à le réveiller, monsieur. Dès qu'il a repris conscience, nous sommes allés chez lui et il m'a donné ce dont j'avais besoin. Me suis-je bien débrouillé ? insista-t-il, désirant au moins qu'on reconnût ses efforts.

— Non, dit Firethorn.

— Très bien, George, corrigea Nicholas.

— C'est également mon avis, renchérit Hoode.

George Dart sourit pour la première fois en une semaine. Il ferma les yeux et s'écroula dans les bras de Nicholas.

Ce matin-là, Shoreditch était plus animé que jamais sous la chaleur du soleil. Sur le coup de midi, les gens commencèrent à converger vers *Le Rideau* en vue du spectacle de l'après-midi. L'un des premiers à arriver fut un petit jeune homme à l'air studieux et au regard intense, vêtu d'un costume et d'un chapeau noirs. Il déboursa un penny pour entrer au théâtre, puis encore deux pence pour avoir le privilège d'un siège garni d'un coussin, dans la première rangée de la deuxième galerie. C'était le lieu idéal pour exécuter son dessein.

En contemplant la scène vide, il se sentait à la fois surexcité et écœuré. Son œuvre, qui aurait dû trouver sa place là-bas, avait été brutalement repoussée par une profession implacable. Le temps était venu pour lui de se faire entendre, et de la manière la plus dramatique qu'il pût imaginer.

Chaque fibre de son être criait vengeance.

10

Dans les coulisses, l'atmosphère était aussi tendue que la corde d'un luth. Déjà un peu crispée avant le début de la représentation, la troupe fut sur les nerfs en apprenant l'histoire du manuscrit volé. L'idée d'une attaque directe et malveillante contre les Hommes de Westfield était profondément troublante et chacun se répandait en spéculations sur l'identité des agresseurs. Cela ne mettait pas les comédiens dans la meilleure disposition d'esprit pour jouer leur nouvelle pièce.

Beaucoup étaient très superstitieux et Barnaby Gill exprima la crainte de nombre d'entre eux :

— Je me demande ce que ça sera, la prochaine fois.

— Que dites-vous ? s'effraya Hoode, que les émotions de la nuit avaient déjà mis en piteux état.

— Les malheurs vont toujours par trois.

— C'est vrai ?

— Nous avons d'abord eu l'accident de Dick Honeydew. Ensuite le vol du manuscrit. Et maintenant, je vous le demande, dit-il en baissant la voix d'une octave, quelle sera la troisième catastrophe ?

— Votre interprétation ! souffla Samuel, déclenchant quelques rires autour de lui.

En cherchant à dissiper la tension, Lawrence Firethorn ne fit que l'accroître. Il convoqua la troupe entière dans la loge et lui tint un discours sur l'obligation de répondre à l'ennemi en se surpassant. Ses exhortations unirent les acteurs dans une détermination commune, mais instillèrent un malaise étrangement similaire au trac. Seuls les plus expérimentés étaient immunisés.

— Samuel...

— Oui, mon garçon ?

— Je ne me sens pas très bien.

— Respire profondément, Martin.

— J'étouffe dans cette robe.

— Bois un peu d'eau.

— Je n'y arriverai jamais...

— Bien sûr que si, assura Samuel. Dès l'instant où tu mettras les pieds sur les planches, toutes tes inquiétudes s'envoleront. C'est comme avant une bataille, quand même les plus braves ont peur. Aussitôt que cela commence, ils sont pris par la fièvre du combat. Le théâtre est une forme de bataille, Martin, et je sais que tu te battras bien.

Le fait même que Martin Yeo se tournât vers Samuel montrait assez son inquiétude. Trois années au sein de la compagnie lui avaient donné une assurance qui confinait souvent à l'arrogance, mais il en était cette fois totalement dépourvu. Voyant partout autour de lui des visages longs et des lèvres sèches, Yeo avait cherché le réconfort auprès d'un homme qu'il avait toujours détesté. Le calme de Ruff le distinguait du lot et le jeune garçon reprit courage à son contact, au point de lui confier un secret :

— Vous savez, Samuel...

— Quoi donc ?

— Je n'aurais jamais cru que ça m'arriverait, mais...

— Tu voudrais que Dick soit là pour interpréter Gloriana.

— Oui ! Comment avez-vous deviné ?

— Ce n'était pas difficile, mon garçon, répondit Ruff avec un brin d'amusement. Puis-je te dire quelque chose, moi aussi ?

— Quoi ?

— Si Dick était à ta place, il souhaiterait que ce soit toi qui aies le rôle.

Nicholas était soulagé que Samuel fût là pour exercer son influence apaisante. La panique se lisait dans tous les regards, et Edmund Hoode en était la principale victime. Après le travail en or qu'il avait accompli tout au long de la nuit, il était à deux doigts de perdre complètement son sang-froid. Ses doutes au sujet de sa pièce devinrent des incertitudes quant à son talent et s'élargirent pour remettre en cause toute la validité de l'art dramatique. Seul un autre auteur aurait pu comprendre ces affres créatrices. Hoode arpentait donc les coulisses, solitaire, découvrant des motifs de plus en plus nombreux d'être assailli par la crainte.

Nicholas était le principal antidote contre l'hystérie générale. En dirigeant les préparatifs la tête toujours bandée, il montrait sa placidité habituelle, qui inspirait la sérénité. Tant que le régisseur était là, la compagnie resterait fermement établie sur ses bases. Cela rendait courage à tous. Nicholas prenait la peine d'adresser un ou deux compliments à ceux qui en avaient le plus besoin. Au milieu de toutes les allées et venues frénétiques dans la loge, il lançait des encouragements et des commentaires amicaux.

— La musique était parfaite hier, Peter.

— Merci.

— Il eût été impossible de mieux faire. Thomas !

— Oui, messire ?

— Nous allons avoir grand besoin de vos talents, aujourd'hui.

— Oh, mon Dieu ! murmura le vieux machiniste.

— Votre expérience est notre rocher.

— Je l'espère...

— Hugh ?

— Oui ? répondit le costumier, faisant bouffer les jupes de John Tallis.

— Les changements de costume devront être rapides.

— Quant à cela, pas de problème.

— Surtout celui de Gloriana, au dernier acte.

— Nous nous y mettrons à deux.
— George ?
— Me voici, messire, dit Dart, bâillant à s'en décrocher la mâchoire.
— Vous avez montré un courage de Spartiate, la nuit dernière.
— Alors je suis un Spartiate qui ne tient plus sur ses jambes.
— Tâchez de ne pas vous endormir trop souvent ! Gregory ?
— Pas là !
— Où est-il ?
— A votre avis ?
— Quoi ! Encore ?

L'éclat de rire général atténua la tension. Tout le monde savait où se trouvait Gregory, qui y rendait sa quatrième visite. Comme toutes les autres parties du théâtre, les lieux d'aisances jouaient un rôle non négligeable dans le bon déroulement d'une représentation.

Recru de fatigue, Nicholas observait les membres de la troupe. Les nerfs étaient encore à vif, les mâchoires serrées et les visages blêmes, mais il sentit que le pire était derrière eux. C'étaient des professionnels. Ils tiendraient bon. L'épreuve de l'attente s'effacerait devant le bonheur de jouer, et les Hommes de Westfield s'en sortiraient avec panache. Nicholas commençait même à attendre le tout avec plaisir.

Resplendissant dans son pourpoint italien et sa cape espagnole, Firethorn s'approcha pour lui chuchoter à l'oreille :

— Devrais-je recommencer, Nick ?
— Quoi ?
— A remonter le moral des troupes.
— Oh ! non.
— En ai-je déjà assez dit pour les galvaniser ?
— Plus qu'assez, répondit Nicholas avec tact.
— Bien, bien !
— A présent, inspirez-les par votre exemple.

C'était, comme toujours, un judicieux conseil que Firethorn fut disposé à suivre. Il s'éloigna et répéta sa première tirade en un murmure rapide. Son régisseur venait de l'empêcher d'amplifier le désarroi. Le calme fragile qui s'était installé dans la loge serait préservé.

Le soleil teintait d'or le haut édifice cylindrique et transformait l'arène en un quadrillage d'ombre et de lumière. La chaleur exacerbait les odeurs de transpiration parmi la foule du parterre et favorisait la vente de bière, de vin et d'eau. Pareillement, elle causait un léger inconfort dans les tribunes parmi les gentilshommes vêtus avec trop de recherche et les dames corsetées. Pas un souffle de brise n'atténuait cette canicule. On aurait grand besoin de George Dart en vent d'ouest.

Toute la salle n'était qu'éclat et scintillement. Par le bruit, l'animation, l'impatience, la vulgarité, le style, les couleurs et la mode, la foule éclipsait même celle de *Dieu sauve la flotte.* En ce splendide après-midi de l'été anglais, *Le Rideau* paraissait vraiment un microcosme de la capitale. Toutes les classes, tous les goûts étaient représentés. Les courtisans s'exhibaient en haut, les criminels se dissimulaient en bas. L'ordinaire se trouvait à foison. Les accents variaient, les timbres différaient. L'esprit, la repartie, l'ironie fusaient à côté des injures les plus grossières. Les beaux esprits et les ignares partageaient le même espace. La circonférence de bois enserrait un monde en soi.

Lord Westfield, venu savourer la gloire de sa troupe rejaillissant sur lui, dispensait des sourires protecteurs et des signes de la main aux comédiens. Brun, massif, de taille moyenne, il portait un pourpoint qui accentuait sa panse et un chapeau qui empêchait les spectateurs assis derrière lui de distinguer la scène. Westfield cultivait l'extravagance par les excès vestimentaires comme par l'importance de sa suite. Il semblait avoir en permanence une coupe de vin à la main et un sourire aux lèvres. C'était un vieux sybarite, avec tous les défauts que cela supposait, mais il avait un amour sincère pour le théâtre, dont il connaissait bien les rouages.

Dans l'une des loges diamétralement opposées, le comte de Banbury était venu pour railler et dénigrer bien plus que pour se divertir. Il caressait son bouc d'un air important tout en émettant des commentaires méprisants sur les acteurs. Sa propre compagnie connaissait un déclin relatif de popularité, et la jalousie n'était jamais loin derrière. Croisant le regard de Westfield à travers le théâtre, il lui adressa un vague signe des doigts et se détourna, manquant ainsi le froncement de sourcils de son rival, qui en disait long sur ses sentiments à son égard.

Lady Rosamund fit une entrée éclatante. Sitôt qu'elle prit place sur son siège, les cous s'allongèrent et les yeux s'arrondirent. Sa toilette était une symphonie de bleus, de blanc et de jaunes, et n'avait pas son égale dans l'assistance. Heureuse de l'attention qu'elle avait provoquée, elle accorda au monde un sourire radieux.

Roger Bartholomew conservait un silence glacial au milieu de ce tapage. Tout ce qu'il voyait nourrissait sa haine, tout ce qu'il entendait attisait sa rage. Au lieu d'être un poète célébré par des acclamations justifiées, il restait un simple anonyme, affligé de blessures aussi cruelles qu'imméritées. Un sentiment plus noir que l'envie et plus violent que la vengeance avait, tel un ver, tracé son sillon dans son cerveau, faisant palpiter douloureusement les veines de son front.

Banni de la scène qu'il convoitait, il s'apprêtait à tenter un coup d'éclat. Cette fois, on le remarquerait. Son plan, bâti avec la simplicité du désespoir, prendrait la forme d'un drame déchirant en un acte. Le battement de son front s'accéléra — plus pour très longtemps, songea Bartholomew.

Des applaudissements accueillirent l'arrivée du trompette et la montée du drapeau. Ce n'était en rien une représentation banale. Les langues étaient allées bon train. On disait que le danger rôdait au sein de la troupe. Le destin suivait pas à pas les Hommes de Westfield. Un comédien avait été trucidé, un jeune apprenti estropié, un régisseur agressé et un précieux manuscrit dérobé. Tout cela ajoutait un délicieux sentiment d'effroi, la possibilité qu'un événement extraordinaire fût sur le point de se produire.

Dès la fin du Prologue, *Gloriana triomphante* avait captivé le public, dont l'attention ne se relâcha pas un instant. Son secret résidait dans son universalité. Chacun pouvait s'y reconnaître et y retrouver sa vie. L'ancienne terre d'Albion était un portrait si fidèle de l'Angleterre que certains des vers et des traits d'esprit firent tressaillir les spectateurs. Edmund Hoode avait su combiner les genres avec un rare talent. Sa pièce plaisait aux amoureux des envolées lyriques et parlait avec naturel aux gens simples.

La compétence de Nicholas était évidente, et pas uniquement dans le déroulement sans heurt de la représentation. Il avait participé à la création de la nouvelle pièce en fournissant à Hoode d'innombrables détails sur la marine, ses navires, son jargon et ses traditions. De plus, il avait suggéré quelques scènes montrant des matelots anglais ordinaires et les privations dont ils souffraient. Non seulement c'était pour Hoode l'occasion d'user de gros comique, mais cela donnait au monde des amiraux et des capitaines un relief aigu.

Un des mythes du jour était qu'à peine une centaine d'Anglais avaient perdu la vie lors de l'engagement. Bien que ce fût vrai du point de vue technique, c'était ne pas prendre en compte les suites de la bataille. En dépit des malaises causés par la tempête et la mauvaise bière, les marins anglais avaient servi leur reine avec bravoure. Puis les réserves d'eau s'étaient épuisées, et ils furent forcés de boire leur propre urine. Le typhus les tua comme des mouches et certains navires ne comptaient plus assez d'hommes pour lever l'ancre.

Gloriana triomphante ne relatait pas ces aspects historiques par le menu, mais elle ne les passait pas sous silence. Un tableau de la vie en mer, plus complet, plus franc, plus honnête, commença à se dessiner. Dans leurs rôles de marins, Samuel Ruff et Benjamin Creech semblaient plus vrais que nature — rudes, drôles, endurants et d'une loyauté à toute épreuve. Le public du parterre s'identifia immédiatement à eux.

Cependant, le véritable héros de la pièce et de l'après-midi était Lawrence Firethorn, dans un rôle qui lui permettait de déployer son énergie léonine et d'exploiter toutes ses ficelles. Il était tour à tour dur, romantique, éloquent, taciturne, vil et noble. Dans sa cour envers la reine, il unissait la comédie subtile et la passion fougueuse. Son jeu qui, à ce point de la pièce, s'adressait directement à Lady Rosamund Varley, était absolument fascinant.

Si Lady Rosamund était enchantée et Lord Westfield positivement ravi, le duc de Banbury se trouvait réduit à un silence impuissant. Quant à Roger Bartholomew, il était captivé, mais différemment. La vue de Firethorn aiguisait son désir d'agir, l'incitant toutefois à en repousser l'instant comme pour accumuler le plus de fureur possible. L'occasion qu'il attendait se présenta au cinquième acte.

Nicholas avait réglé minutieusement la bataille navale, qui comportait une série complexe d'effets spéciaux. D'agiles machinistes ne cessaient de courir d'un bout à l'autre et George Dart faisait le vent d'ouest un jour de gros temps. Debout sur le gaillard d'arrière, Firethorn hurlait des ordres à Ruff, Creech et aux autres marins, qui suaient sang et eau sur le pont de batterie. Le mât était solidement fixé par des cordages, et les canons en place des deux côtés du vaisseau.

Par la trappe ouverte, au milieu de la scène, on entendait les vagues lécher la coque. Quand la bataille s'intensifia, on balança des paquets d'eau qui trempèrent l'équipage. Un des marins, comme fauché par un boulet de canon, passa à travers la trappe et fut précipité dans les flots. Ce trucage simple, mais parfaitement au point, ne manqua pas de séduire le public.

Le rythme se fit plus frénétique à mesure qu'approchait la grande scène. Firethorn aboyait des ordres du plus bel effet tandis que son vaisseau essuyait le feu nourri de l'ennemi. Sous l'action d'une corde, la moitié du gréement s'effondra sur le pont. Des explosions, des feux d'artifice, des tambours, des cymbales, des gongs et des trompettes se conjuguaient pour assourdir les oreilles. Des plaques métalliques, sur lesquelles brûlaient des feux, furent glissées sur scène pour suggérer des foyers d'incendie, après quoi les flammes furent éteintes à grand renfort de seaux d'eau balancés depuis la trappe.

Sur l'ordre de Firethorn, le canon tonna, non pas une fois comme dans la pièce rivale, mais à trois reprises et avec une intensité croissante. Pour couronner le tout, tandis que les coups de canon résonnaient autour du théâtre, un petit homme en noir escalada le balcon de la deuxième galerie et se précipita dans le vide en poussant un cri sauvage de désespoir.

Ayant mal calculé son coup, il atterrit dans les plis de la voile, qui amortit sa chute, avant de tomber sur la scène où il perdit connaissance. Le public époustouflé n'avait encore jamais rien vu de tel. Lawrence Firethorn non plus, mais il réagit magnifiquement face à l'inattendu. Puisque le public croyait que l'incident faisait partie de la pièce, il se garda bien de le détromper. Improvisant deux vers, il commanda à ses hommes de ramasser ce chien d'Espagnol pour le jeter par-dessus bord. C'est ainsi que Roger Bartholomew fut sans cérémonie passé par la trappe.

En tentant de saboter la pièce et d'accéder à l'immortalité par un suicide public, le poète tourmenté avait encore accru l'intensité dramatique — et son mal de tête.

Martin Yeo entra pour armer chevalier son fidèle

capitaine et la pièce s'acheva sur une salve d'applaudissements et de bravos.

Personne ne remarqua l'absence de Bartholomew au salut final.

Lady Rosamund attendait avec des amis dans un salon privé, encore émerveillés du remarquable tour de force auquel ils venaient d'assister. *Gloriana triomphante*, la bien nommée, avait rejeté *Dieu sauve la flotte* dans des limbes aquatiques et restait seule maîtresse des eaux.

On servit des rafraîchissements pendant que les conversations se poursuivaient, puis Lord Westfield fit entrer Lawrence Firethorn. Celui-ci commença par s'incliner avec élégance devant Lady Rosamund, dont le sourire gracieux brilla cette fois pour lui seul. Bien qu'il fût présenté à toutes les personnes du salon, c'est à peine s'il entendit leur nom. Une seule existait pour lui.

Elle lui tendit sa main gantée afin qu'il y dépose un baiser et le félicita :

— Vous avez été superbe, messire Firethorn.

— Votre présence m'a inspiré, Lady Varley.

— Vous savez flatter une femme.

— La vérité n'a point besoin d'embellissement.

Elle se rapprocha de lui en faisant tinter son joli rire.

— Quelle sera votre prochaine pièce ?

— Celle que vous désirerez, Lady Varley.

— Moi, monsieur ?

— Nous possédons un vaste répertoire. Dans quel rôle aimeriez-vous me voir ?

— Dans celui d'Hector.

Leurs yeux se parlaient librement et leur conversation avait une agréable franchise. Firethorn était subjugué par ses coquetteries, et elle, fascinée par sa hardiesse.

— Quand souhaiteriez-vous que je le joue, Lady Varley ?

— Dès qu'il vous plaira, monsieur.

— Cette représentation vous sera dédiée.

— Je le considérerai comme un honneur insigne, messire Firethorn.

— Vous enverrai-je un mot pour vous faire part du jour fixé ?

— Je serais mortifiée si vous vous en gardiez.

— Alors ce jour est proche, je vous en fais le serment.

— Bien, dit-elle paisiblement. J'attendrai donc que vous respectiez cet engagement.

— Avec moins de hâte que moi, Lady Varley.

Ainsi, dans un salon rempli de monde et dès leur première rencontre, ils étaient convenus d'un rendez-vous galant. Firethorn était transporté de joie. Ce jour béni avait comblé toutes ses espérances. Il n'était pas donné au tout-venant d'écraser l'*Invincible Armada* et de conquérir Lady Rosamund Varley en l'espace de quelques heures.

Benjamin Creech quitta le théâtre en compagnie de ses camarades mais les abandonna bientôt pour continuer sa route seul. Comme le reste de la troupe, il avait pris plaisir à jouer et partageait l'impression de détente qui suit une représentation. Dans ce cas, cependant, ses sentiments étaient mitigés. Un homme aux loyautés contradictoires éprouve quelque difficulté à se réjouir.

Personne ne connaissait aussi intimement que lui les tavernes de Londres, aussi n'eut-il aucun mal à trouver celle où on l'avait convoqué. Un bout de chemin le long d'Eastcheap, la première à gauche, puis à droite, et il arriva devant *Le Coin et le maillet*. Sentant sa soif augmenter, il passa la porte et se courba pour éviter la poutre basse.

— Bonsoir, Ben. Merci d'être venu.

— Bonsoir.

— Laissez-moi vous payer un coup, mon vieux. Vin ou bière ?

— Bière.

— Je vois que vous n'avez pas changé. Asseyez-vous donc.

Creech prit place sur une chaise en face de son hôte et observa le beau visage à l'expression sombre et rusée. Quand les boissons furent servies, ils levèrent leurs chopes et trinquèrent ensemble.

— A l'avenir ! dit son compagnon. Votre situation vous permet de nous apporter une aide considérable, Ben.

— C'est vrai.

— Nous vous en sommes reconnaissants.

Creech attendit que l'autre fît le premier pas. Ils se connaissaient depuis quelques années déjà. Cet homme était intelligent, persuasif et plein de ressource, avec dans sa nature un côté ténébreux qui plaisait fort à Creech. Cela leur donnait à tous deux quelque chose en commun.

Oui, Giles Randolph lui était éminemment sympathique.

Anne dînait chez elle avec son locataire en écoutant le récit des événements extraordinaires survenus au *Rideau* dans l'après-midi. D'étonnement, elle reposa ses couverts d'argent quand elle apprit que Roger Bartholomew avait sauté du haut de la deuxième galerie.

— A-t-il été grièvement blessé ?

— Le chirurgien l'a fait revenir à lui. On l'a ramené à son logement, afin qu'il se repose.

— Mais enfin, pourquoi a-t-il commis cette folie ?

— Pour se venger de la compagnie.

— Parce que sa pièce avait été refusée ?

— Messire Bartholomew ne pouvait vivre avec cette déception. Elle le taraudait au point de lui faire perdre le sens. Dans ce milieu, il faut être lucide pour rester soi-même.

— Cela, je le sais, dit Anne d'un ton plein de sous-entendus.

— Il a été fort marri d'avoir raté son suicide, continua Nicholas. Rien de ce qu'il a entrepris dans le monde du théâtre n'a réussi.

— Pauvre garçon ! Il a été durement éprouvé.

— Oui, Anne. Du moins avons-nous la clef d'un des mystères.

— Quel mystère ?

— Celui des affiches saccagées.

— C'est messire Bartholomew qui les a déchirées ? dit-elle, stupéfaite.

— Le désespoir l'avait poussé à cette extrémité.

Anne soupira et reprit ses couverts. Son regard revint sur le bandage teinté de sang qui entourait le front de Nicholas.

— Et votre blessure, comment va-t-elle ?

— Je garde la tête sur les épaules, plaisanta-t-il.

— Avez-vous demandé au chirurgien de vous examiner ?

— Ne vous inquiétez pas pour moi, Anne. Je suis rétabli à présent. Si je conserve ce bandage, c'est simplement pour exciter votre compassion.

— Et que devient l'homme à barbe rousse ?

Aussitôt, l'expression de Nicholas redevint grave.

— Maintenant, j'ai encore plus de raisons de le retrouver. Barberousse et son complice se sont rendus coupables de bien des crimes, et j'ai l'intention de les obliger à en répondre.

— Mais comment ? Dans une ville de plus de cent mille âmes, deux hommes peuvent aisément se dissimuler. Comment les ferez-vous sortir de leur cachette ?

— Je n'aurai peut-être pas à m'en donner la peine.

— Comment cela ?

— Au lieu de les chercher, j'attendrai qu'ils viennent à moi. Car ils frapperont sûrement à nouveau.

— Oh, Nick, soupira-t-elle, craignant une fois de plus pour lui.

— Je ne suis pas leur cible, lui assura-t-il. La nuit dernière, ils ont eu une occasion idéale de se débarrasser de moi et ils s'en sont abstenus. Non, Anne, ils œuvrent en vue d'un objectif plus ambitieux.

— Je ne vous suis pas.

— Tout a commencé avec la mort de Will.

— Mais c'était un accident, objecta-t-elle. Il s'est emporté et s'est laissé entraîner dans une rixe.

— J'ai cru cela au début, admit-il. Mais j'entretiens à présent de sérieux doutes à ce sujet. Je crois que Will a été assassiné de propos délibéré, et que tout ce qui s'est passé ensuite faisait partie d'un plan, y compris le vol du livre de régie.

— Que dites-vous ?

— La cible réelle, ce sont les Hommes de Westfield. Quelqu'un cherche à détruire la compagnie.

11

Ayant découvert une rose épanouie, Edmund Hoode lui fit don de son cœur tout entier. Il l'aima ardemment, avec un mépris impudent pour le fait qu'elle ne fût pas digne de cet honneur. A ses yeux, Rose Marwood était une déesse en tablier. Par sa joyeuse présence, elle donnait un espoir et un sens nouveaux à sa vie. Les angoisses qui avaient entouré la représentation avaient fait croître en lui le besoin des troublantes consolations de l'amour, et il n'était plus mû que par un seul désir. Elle devait lui appartenir.

Alexander Marwood constituait un sérieux obstacle. La solide mélancolie de l'aubergiste puisait une grande partie de ses forces dans ses craintes au sujet de sa fille. Obsédé par l'idée que Rose pouvait être débauchée à tout instant, il la quittait rarement des yeux. Héberger une compagnie dramatique avait ses désavantages, dont le moindre n'était pas la menace constante pesant sur toutes les femmes de son établissement. Dans l'esprit torturé du patron, tous les acteurs étaient des libertins sans une once de moralité ou de scrupule, et que deux de ses serveuses fussent enceintes le confortait dans cette optique.

Edmund Hoode vit donc ses desseins contrariés à de multiples reprises. Chaque fois qu'il s'approchait discrètement de la jeune fille, son père surgissait de nulle part et l'envoyait faire une course sans tarder. Lors de la seule occasion où Marwood lui-même n'empêcha pas l'amoureux de retrouver sa belle, ce fut la mère qui intervint. Grande, pourvue d'une large carrure et de rondeurs généreuses, elle avait un œil de faucon qui mit Hoode en fuite en quelques secondes.

La chance finit toutefois par lui sourire, et il sut se montrer à la hauteur. De la fenêtre de la salle de répétition, il vit sa bien-aimée flâner dans la cour avec son jeune frère. Hoode s'était déjà acquis le concours d'un des machinistes, auquel il fit signe d'approcher. George Dart, le mal-aimé de la troupe, avait été choisi pour porter la flèche de Cupidon.

— Oui, messire ?

— Venez avec moi, George.

— Où allons-nous ? demanda l'autre, forcé de dévaler la volée de marches. Dois-je vous rendre ce service maintenant ?

— S'il plaît à Dieu !

Ils parvinrent dans la cour et Hoode jeta un coup d'œil par la porte de la salle principale. Enchanté de voir Marwood et son épouse occupés à servir, il donna ses ordres à Dart :

— Elle se promène là-bas avec son frère. Remettez-lui ceci en cachette, dit le poète en tendant au machiniste un petit rouleau de parchemin.

— Comment, monsieur ? Le frère le verra.

— Détournez son attention.

— Par quel moyen ?

— Faites votre besogne, et vite !

— Je tâcherai, monsieur.

— Non, vous réussirez, George, dit Hoode d'un ton menaçant. Cette missive ne doit être vue que d'elle seule. Allez !

— Oui, messire.

Hoode entra dans la salle et s'attarda près de la porte. Gardant un œil sur les parents de la jeune fille, il observa la silhouette fluette du machiniste filer dans la cour. George Dart se surpassa. Il rejoignit le couple, se plaça entre Rose et son frère, et s'adressa au jeune garçon avant de l'entraîner fermement à l'écart. Rose resta seule, sans comprendre comment le rouleau de parchemin était arrivé entre ses mains.

Lorsqu'elle examina le sceau, tout son visage s'illumina de plaisir et de surprise. Edmund Hoode en rayonnait littéralement.

— Ouvrez-le, mon amour. Ouvrez-le, chuchota-t-il.

Comme si elle l'avait entendu, elle décacheta et déroula le parchemin. Sa surprise céda la place à l'embarras. Les sourcils froncés par la concentration, elle fixa le sonnet pendant quelques secondes, puis le retourna pour l'observer à nouveau sous un angle différent.

Edmund Hoode était atterré. Il n'avait pas douté que ses vers iraient droit au cœur de Rose et la feraient fondre de passion. Jamais il ne lui était venu à l'idée que ce parangon, cette beauté éthérée, cette vivante image de la perfection pût avoir un défaut. La vérité s'imposait à lui avec une brutale soudaineté. Rose Marwood ne savait pas lire.

Cela avait duré plusieurs jours sans qu'on n'y vît de lien. Hugh Wegges remarqua que quelques petits accessoires manquaient dans la loge, Peter Digby s'irrita de la disparition de certaines partitions, Thomas Skillen perdit son balai préféré et John Tallis ne retrouva pas son bonnet. D'autres cas de menus larcins ne furent pas signalés. La victime suivante fut Samuel Ruff.

Nicholas et lui avaient savouré un verre ensemble après une journée de répétition à *La Tête de la Reine*. Ils étaient assis au comptoir et Ruff s'apprêtait à régler. Cependant, quand il ouvrit sa bourse, elle était vide.

— On a volé mon argent !

— Combien y avait-il ?

— Pas plus de quelques pence, mais ils avaient été honnêtement gagnés.

— Et ils ont été pris malhonnêtement, semble-t-il.

— Quand cela a-t-il pu arriver ? s'étonna Ruff, aussi déconcerté qu'ennuyé. Je ne me suis pas mêlé à une foule où j'aurais été une proie facile pour les vide-goussets. J'ai passé toute la journée ici, avec mes camarades.

— Il y a un voleur parmi nous, soupira Nicholas.

— Ici ?

— Vous n'êtes pas la seule victime, Sam. J'entends des plaintes depuis une semaine. Quelqu'un a la main baladeuse.

— Il faut identifier ce misérable !

— C'est ce que nous ferons. Mais ne vous mettez pas martel en tête pour l'addition. Je vais régler, cette fois.

— Seulement jusqu'à ce que je touche mes gages, insista Ruff. D'ici là, je me considère comme votre débiteur. Je paie toujours mes dettes.

— Une somme si dérisoire n'est pas une dette.

— Je n'ai rien senti, reprit Sam en fixant avec consternation sa bourse plate. Ce vaurien a la main leste.

— Quand l'avez-vous ouverte pour la dernière fois ?

— A midi, pour payer mon repas.

— Et depuis ?

— Cette bourse est restée attachée à ma ceinture, à part... à part les quelques minutes où Hugh Wegges m'a fait essayer un nouveau costume. Nous étions une bonne douzaine dans la loge.

— Vous rappelez-vous qui était là ?

— Non. Je n'avais aucune raison d'y prendre garde. Pourquoi ?

— L'un d'entre eux est le voleur.

Samuel était profondément contrarié. Longtemps privé de ressources régulières, il avait appris à ne dépenser qu'avec économie. De plus, la pensée que cet acte malveillant venait d'un de ses camarades le peinait et le rendait mélancolique.

— C'est un mauvais présage. Le vent a tourné. Il fallait bien que cela arrive...

Son soupir de regret fut suivi d'un haussement d'épaules fataliste.

— J'étais heureux d'appartenir à cette troupe.

— Nous sommes heureux de vous compter parmi nous, Sam.

— Cela signifie tout pour moi, et je ne vous remercierai jamais assez pour la part que vous y avez jouée. Vous m'avez connu en des temps difficiles... quand j'étais... bredouilla-t-il, baissant la tête d'un air gêné.

— Vous n'avez rien à expliquer. Je comprends, dit Nicholas avec bonté pour couper court à son embarras.

En ce qui concernait sa carrière, Samuel avait été ressuscité d'entre les morts. S'étant résigné à quitter le métier, il s'était vu offrir une planche de salut, qu'il avait su saisir admirablement. Le feu sacré brûlait toujours en lui, et il s'était réjoui de retrouver l'univers qu'il aimait. Nicholas avait observé tout cela avec plaisir, car ce qui était rendu à Samuel, c'était sa dignité.

— De toute façon, maintenant, c'est fini, dit tristement le comédien.

— Non, Sam.

— Messire Gill est inflexible. Il ne tolérera pas ma présence.

— Il n'est qu'un des associés, fit observer Nicholas. Les autres vous apprécient à votre juste valeur.

— Néanmoins, ils me laisseront partir plutôt que de perdre messire Gill.

— Il ne sera peut-être pas nécessaire d'en arriver là.

— Je vous en prie, essayez de m'aider ! supplia Ruff en serrant le poignet du régisseur. Je tiens désespérément à rester dans la compagnie Westfield. Aucune autre troupe ne m'acceptera à présent. S'il vous plaît, Nick, usez de votre influence pour moi.

— Je vous le promets. Reprenez courage.

— Et messire Gill ?

— Nous trouverons un argument pour le convaincre.

— Se soumettra-t-il, selon vous ?

— Avec un peu de diplomatie, on peut amener quiconque à changer d'avis.

— Je l'espère sincèrement ! dit Samuel, se laissant aller contre le dossier de sa chaise avec un sourire las. Mon entrée dans la troupe a marqué un tel changement dans ma vie ! Quand nous avons fait connaissance là-bas, dans cette taverne, j'étais déterminé à retourner chez moi.

— Et c'est ce que vous avez fait. Vous êtes revenu chez vous... au théâtre.

Ruff hocha la tête, et son sourire devint plus confiant. Il se pencha en travers de la table.

— Puis-je vous faire une confidence ?

— Bien sûr.

— J'ai une sainte horreur des vaches. La seule vue de ces bêtes-là me rend malade.

— Nous vous avons donc sauvé d'un supplice, dit Nicholas en souriant.

— Oh, vous avez fait bien mieux, mon ami !

Après avoir payé les bières, ils sortirent ensemble dans la cour. Le soir commençait à tomber au terme d'une belle et claire journée. Les deux hommes arrivèrent au portail principal et s'arrêtèrent sous le passage voûté. L'émotion de Sam reprit à nouveau le dessus.

— Je ne pourrais plus vivre si je perdais tout cela, Nick !

Il serra chaleureusement la main du régisseur, puis s'éloigna en direction de son logis. Nicholas jeta un dernier coup d'œil vers la cour et serait lui aussi sorti dans Gracechurch Street si son attention n'avait été retenue par un léger mouvement à la fenêtre de la loge.

Tous les autres membres de la troupe étaient rentrés chez eux et la pièce était fermée à clef pour protéger les précieux costumes qui y étaient entreposés. Le premier instinct de Nicholas fut de s'approcher de la fenêtre pour scruter l'intérieur, mais cela eût risqué de donner l'alerte à l'intrus. Il résolut plutôt de retourner voir Marwood.

— Puis-je avoir la clef de la loge, je vous prie ? demanda-t-il à celui-ci.

— On ne me l'a pas rendue, messire Bracewell.

— Qui l'a gardée ?

— Je n'en ai aucune idée.

— Donnez-moi la clef de la pièce adjacente.

— Il y a un problème ? s'inquiéta l'aubergiste.

— Nullement, répondit Nicholas d'un ton désinvolte. Je crois que Hugh Wegges travaille sur un costume. Merci, messire Marwood, dit-il en prenant la clef. Je vous la rapporte dans quelques minutes.

Nicholas se dirigea rapidement vers la loge et appuya sur la poignée, qui résista. Il fit le tour jusqu'à la porte extérieure de la pièce voisine et entra sans bruit. Marchant à pas de loup sur le parquet, il s'approcha de la porte mitoyenne et colla l'oreille contre l'huis. Il distingua des sons assourdis et, lui sembla-t-il, un froissement d'étoffe. Sans aucun doute, le voleur était de nouveau à l'œuvre.

Soulevant le loquet avec mille précautions, il entrouvrit juste assez la porte pour regarder dans la loge. Il fut si saisi par ce qu'il vit qu'il cligna des paupières. C'était un spectacle des plus inattendus et, tout d'abord, il ne put en croire ses yeux.

Dans un coin de la pièce, Barnaby Gill embrassait une jeune femme. Ils étaient tendrement enlacés et l'acteur se comportait avec une courtoisie presque chevaleresque, prenant son plaisir avec douceur et un respect évident pour sa compagne. Si elle n'avait été tellement étonnante, cette scène aurait touché Nicholas.

Il ouvrit plus largement la porte, qui grinça sur ses gonds. L'homme et la femme se séparèrent avec un sursaut coupable et se tournèrent vers lui. Il reçut alors un nouveau choc. La femme portait le costume et la perruque acajou qui devaient être utilisés dans la pièce suivante.

C'était Stephen Judd.

L'apprenti devint rouge comme un coquelicot et Barnaby Gill parla haut, tentant d'intimider le nouveau venu :

— Que venez-vous faire ici ?

— J'ai vu quelque chose à travers la fenêtre.

— Ce n'est rien dont vous ayez à vous préoccuper. Je donnais quelques conseils à ce garçon, voilà tout. Nous avons fini, à présent.

— Oui, messire Gill, dit Nicholas sans élever le ton.

— Vous pouvez nous laisser, ajouta l'autre avec hauteur.

— Je raccompagne Stephen chez lui.

— Sortez !

Malgré le ton venimeux du comédien, Nicholas tint bon et soutint son regard. Barnaby Gill perdit peu à peu contenance à mesure qu'une froide lucidité s'emparait de lui. Si le régisseur rapportait ce dont il avait été témoin, l'associé se trouverait dans une posture fort embarrassante. Firethorn et les autres avaient parfaitement conscience de sa préférence pour les jeunes garçons, mais il était entendu que l'acteur ne corromprait pas les apprentis. Son bref moment avec Stephen Judd risquait de lui être fatal.

Sous le regard appuyé de Nicholas, il détourna les yeux. Durant ces longues minutes silencieuses, un marché fut conclu entre les deux hommes. En retour de sa discrétion, Nicholas conserverait Samuel Ruff dans la troupe. C'était un compromis gênant, mais Gill s'y plia.

Stephen Judd était encore tout empourpré de honte, ce qui suggérait que c'était la première fois qu'il succombait aux cajoleries de l'acteur. Nicholas était déterminé à ce que ce fût aussi la dernière. Une sérieuse conversation avec le jeune garçon s'imposait de toute urgence.

— Change-toi, Stephen.

Nerveux et confus, l'apprenti se tourna vers Gill, cherchant conseil. L'acteur fit une vaine tentative pour retrouver sa superbe et, d'un geste, signifia au régisseur de se retirer.

— Inutile de l'attendre, monsieur, dit-il d'un air important. Je le raccompagnerai chez lui. Bien le bonsoir.

— Change-toi, Stephen, répéta calmement Nicholas.

Après un nouveau silence, Gill hocha la tête et le jeune apprenti entreprit d'enlever le costume et la perruque. Nicholas ouvrit la porte toute grande et s'en écarta. Barnaby Gill saisit parfaitement. Sans un regard en arrière, il quitta rapidement la scène de sa toute dernière déconvenue. Une autre tentative de conquête avait échoué.

Le dimanche matin trouva Lawrence Firethorn à sa place accoutumée dans l'église paroissiale de Saint-Léonard, à Shoreditch, avec son épouse, ses enfants, ses apprentis et ses domestiques. Il chanta à pleine gorge, pria avec zèle et resta réveillé tout au long de l'interminable sermon sur un passage de l'Évangile selon saint Marc. Jugé sur ces apparences, c'était un chef de famille heureux tout entier à ses dévotions, et nul, sur les bancs bien remplis, n'aurait deviné que la digne matrone debout, assise ou agenouillée à ses côtés nourrissait envers lui des pensées meurtrières.

La défaite de l'*Invincible Armada* avait infiniment renforcé le pouvoir de l'Église protestante et affermi son emprise sur les âmes les moins dévotes. La terreur d'une invasion avait fait accourir chacun à matines et à vêpres afin de prier pour son salut, et la victoire anglaise fut célébrée dans toutes les chaires du pays devant une congrégation aussi nombreuse que reconnaissante. Durant l'été et l'automne de cet an de grâce 1588, les marguilliers des villes comme des campagnes eurent beaucoup moins de paroissiens étourdis à taxer pour leur manque d'assiduité. La fièvre de l'*Armada*, soutenue par Rome, grossit les ouailles des pasteurs les plus déméritants et bannit toute nostalgie envers les fastes de l'ancienne religion.

Lawrence Firethorn n'avait jamais manqué d'observer ses devoirs religieux. Assez âgé pour se rappeler la liturgie latine restaurée sous le règne de Marie, il avait été satisfait quand l'accession d'Élisabeth avait marqué le retour au service protestant. Il était bien vite tombé sous le charme du Livre des prières communes, dont la beauté était un présent pour un acteur de sa stature. Les couleurs et les rites de l'église possédaient un côté théâtral qui ne laissait pas de le séduire, et il était toujours prêt à apprendre d'un pasteur manifestant en chaire des talents de comédien.

Alors qu'il s'agenouillait une fois de plus à la fin du service, ses yeux ne se fermèrent pas dans la prière. Ils restèrent fixés sur l'autel et un sourire béat s'épanouit sur ses lèvres. Margery, qui l'observait du coin de l'œil, se demanda s'il était transfiguré, telle était la lumière qui émanait de son visage. Toutefois, ce n'était pas l'amour du Christ qui le submergeait d'une joie sacrée. Cette extase quasi mystique était tout simplement causée par la couleur du drap d'autel, dont le bleu roi rebrodé d'or lui rappelait le corsage que Lady Rosamund arborait au *Rideau*.

Le texte du prêche vint flotter à ses oreilles :

— Et voici que j'envoie un messager devant ta face...

Nicholas ne perdit pas de temps à transmettre la bonne nouvelle à Samuel. Il lui apprit que Barnaby Gill s'était ravisé, tout en taisant les circonstances qui l'y avaient conduit. De joie, Ruff serra spontanément le régisseur dans une accolade qui lui coupa le souffle.

— Cela me réjouit le cœur, Nick !

— Nous en sommes tous très heureux.

— Vous devez avoir un pouvoir de persuasion hors du commun.

— Il a suffi d'un peu de tact et de logique, rien de plus.

— Devrais-je m'expliquer avec messire Gill ?

— Ce serait malavisé, dit précipitamment Nicholas. Laissez vos différends derrière vous. Je suis sûr que messire Gill n'aura plus aucun désir de revenir là-dessus.

Ils étaient arrivés à *La Tête de la Reine* pour commencer une matinée de répétition et se trouvaient à l'extérieur de la logc. Nicholas n'aurait pu faire un plus grand plaisir à son ami qu'en lui donnant l'assurance qu'il resterait avec les Hommes de Westfield. Le visage habituellement sérieux de Ruff était tout animé.

Une voix tonitruante interrompit leur conversation.

— Nicholas, cher cœur !

— Bonjour, messire.

— Bonjour, monsieur, dit Ruff avec déférence, avant de s'éloigner de quelques pas.

Lawrence Firethorn adressa un aimable sourire au comédien avant de se tourner vers Nicholas. Celui-ci savait exactement à quoi s'attendre.

— Vous désirez que je porte un message en votre nom ?

— Et sans délai, Nick.

— George Dart ne pourrait-il s'en charger ?

— Non ! tempêta Firethorn. Je n'insulterai pas la destinataire de ma missive en lui envoyant un si piètre intermédiaire. C'est une affaire d'homme, Nick, que l'on ne peut confier à quelque adolescent au visage d'écureuil.

— Mais ma présence est nécessaire ici.

— Quelqu'un d'autre dirigera en votre absence, mon ami. Vous êtes appelé à un plus noble devoir.

Firethorn sortit une lettre dissimulée sous son pourpoint et y déposa un baiser retentissant avant de la tendre à Nicholas.

— Veillez à ce qu'elle soit remise en main propre.

— Oui, messire.

— Attendez la réponse.
— Je n'y manquerai pas.

L'acteur adopta la pose pour laquelle le vicaire de Saint-Léonard avait montré sa prédilection en chaire, la veille, et articula avec une emphase onctueuse :

— Et voici que j'envoie un messager devant ta face...

Éclatant d'un rire irrévérencieux, il assena une grande claque sur le dos de Nicholas et entra dans la loge pour répandre avec prodigalité sa gaieté au sein de la troupe. Samuel se rapprocha en levant les sourcils.

— Ai-je raison en soupçonnant l'identité de la dame ?
— Parfaitement.
— Messire Firethorn connaît-il bien sa réputation ?
— C'est pour lui un appât supplémentaire.
— Peut-être serait-il moins tenté s'il savait ce que je sais. Lady Rosamund n'est pas avare de ses faveurs.
— Ce n'est là un secret pour personne.
— Sans doute, concéda Ruff, qui ajouta en baissant la voix : Mais sait-il qu'elle fut autrefois la maîtresse de Lord Banbury ?

Cheapside était le plus grand et le plus bruyant de tous les marchés londoniens. Nombre de campagnards, côte à côte derrière leurs tables à tréteaux, exposaient leur production dans des paniers posés à terre ou la gardaient dans leurs mains. Ouvert tôt le matin au son d'une cloche, le marché était un tourbillon d'humanité dans un chaudron de bruits et d'odeurs. Les meilleures volailles et le lait étaient vendus sur Leadenhall Street, et les amateurs de poisson se rendaient à Fish Street Hill ou sur les quais de Queenshythe et de Billingsgate, mais c'était Cheapside qui offrait le plus vaste choix et attirait les foules les plus denses.

En dépassant les innombrables étals, Nicholas avait ample matière pour occuper son esprit. Son rôle d'intermédiaire entre Lawrence Firethorn et sa dernière conquête le mettait mal à l'aise. Outre son affection pour l'épouse de l'acteur, il n'était jamais heureux quand il devait aider à mettre en scène la vie privée de Firethorn. Un élément nouveau et troublant venait de s'y ajouter. Si Lady Rosamund avait entretenu une relation intime avec Lord Banbury, on pouvait craindre qu'il se servît d'elle pour attaquer la compagnie rivale. En faisant perdre la tête à Firethorn, elle serait à même de nuire aux Hommes de Westfield.

Nicholas continua à marcher vers la silhouette gothique de la cathédrale Saint-Paul. Même privé de sa tour par la foudre, l'édifice dominait encore l'horizon et servait de repère aux Londoniens. Une multitude de maisons et de boutiques avaient poussé sur son pourtour, et une armée de criminels trouvaient leurs plus riches butins à l'intérieur et aux alentours de la cathédrale. Si absorbé qu'il fût par ses pensées, Nicholas restait vigilant pour se prémunir contre les tire-laine qui pouvaient tenter de le détrousser.

En arrivant à Ludgate, il répugnait de plus en plus à favoriser une intrigue galante qui risquait de causer du tort à la compagnie entière. Il ressentit un pincement d'émotion à la vue de l'auberge du *Beau Sauvage*, toute proche. Elle avait infiniment compté dans sa vie, car il y était tombé amoureux du théâtre lors d'une représentation réjouissante donnée par les Hommes de la Reine. Par un froid après-midi d'avril, *Le Beau Sauvage* avait décidé de son avenir et l'avait envoyé chez les Hommes de Westfield. En dépit des défauts aveuglants de ses membres, il aimait cette troupe et la défendrait contre vents et marées. En contemplant l'auberge avec affection, il prit sa décision. Il s'arrangerait pour saboter cette idylle naissante. Dans l'intérêt de la compagnie, il fallait sauver Lawrence Firethorn des effets de sa concupiscence.

Hâtivement, Nicholas franchit l'enceinte de la ville et suivit Fleet Street jusqu'au Strand. A Varley House, il remit la lettre, mais apprit par la femme de chambre que sa maîtresse n'était pas là. Il fut heureux de ne pas avoir de réponse à rapporter.

Alors qu'il reprenait le chemin de Londres, ses réflexions s'orientèrent une fois de plus sur ses recherches. Will l'avait supplié de retrouver son meurtrier, et pas un jour ne passait sans que Nicholas lui renouvelât son serment. Il traînerait Barberousse devant ses juges.

Il marchait d'un bon pas dans Fleet Street quand une idée le fit s'arrêter net. Les plaies à vif décrites par la petite prostituée de *L'Ancre de l'espoir* lui avaient donné à penser que, peut-être, l'homme avait été exhibé à travers les rues derrière une charrette avant d'être fouetté pour quelque délit. Nicholas songeait tout à coup au lieu où pouvait avoir été infligée cette flagellation.

Bifurquant à droite, il se dirigea rapidement vers Bridewell. Le palais royal bâti par Henri VIII sur les berges de la Fleet était un édifice immense en brique foncée, plein de coins et de recoins, disposé autour de trois cours. Cette résidence de la famille royale avait été louée à l'ambassadeur de France pendant huit ans. Toutefois, depuis l'époque d'Édouard, ses habitants étaient de plus humble extraction.

Bridewell servait d'hôpital et de prison.

Orphelins, vagabonds, petits délinquants et femmes de mauvaise vie occupaient désormais l'ancien palais, où l'on appliquait un régime sévère. En approchant, Nicholas eut une démonstration des méthodes de discipline que l'on y pratiquait. Un groupe de mendiants, qui venaient d'arriver à Bridewell, étaient fouettés sur la place publique. Les adultes recevaient une douzaine de coups, les jeunes une demi-douzaine. Le dos dénudé, ils gémissaient et hurlaient tandis que la sanction barbare était exécutée.

Des badauds s'étaient assemblés pour se repaître du spectacle de la souffrance, mais Nicholas se détourna. Lui ne trouvait aucun plaisir à voir le sang jaillir des chairs fendues. Pendant ses années en mer, il avait été contraint d'assister à de nombreuses flagellations, et ce cruel traitement lui avait toujours soulevé le cœur. Le petit homme sec et nerveux à ses côtés ne partageait pas ses états d'âme. Il encourageait les bourreaux et ponctuait d'un cri de joie chaque claquement de fouet.

— A eux aussi, on devrait leur en faire goûter, déclara-t-il. Une centaine de coups chacun.

— De qui parlez-vous, monsieur ? lui demanda Nicholas.

— D'eux ! répliqua l'homme. Les prisonniers espagnols ! Ceux de l'*Armada* qui ont été capturés. On devrait les flageller tous les matins.

— Pour quel crime ?

— Pour baragouiner une aussi vilaine langue.

L'homme ricana durement avant de reporter son attention sur son divertissement. Il recommença à injurier les victimes, à exhorter les policiers à frapper plus fort, à jouir de chaque cri de souffrance tiré des corps lacérés. Nicholas le méprisait de toute son âme, et pourtant il avait envers son voisin une dette de reconnaissance. Cet homme venait de lui rappeler qu'à Bridewell on gardait aussi les prisonniers de guerre espagnols et les catholiques.

Sans bien discerner pourquoi, Nicholas savait qu'il venait de découvrir un élément crucial. Il s'éloigna, sentant l'espoir renaître.

12

La constance avait toujours été la marque de Margery Firethorn. Quand elle adoptait une ligne de conduite, elle s'y tenait avec une détermination obstinée. Son époux eut beau user de tout ce qui était en son pouvoir pour la cajoler et l'attendrir, ses artifices les plus rusés demeurèrent vains. Il était traité avec un si froid dédain, puis foudroyé par des remarques si assassines que sa vie domestique semblait faite entièrement de glace et de feu. Margery ne lâcherait pas prise tant qu'il ne lui aurait pas confessé la vérité, or il ne pouvait s'y résoudre. A Shoreditch, les négociations en restaient donc au point mort.

— Bonjour à vous, mon ange.

— Taisez-vous, monsieur.

— Cessons ces sottises, Margery, et redevenons amis.

— Est-ce là votre désir ?

— Rien ne me ferait plus plaisir, ma douce.

— Alors, donnez-moi satisfaction, Lawrence.

— Je suis à vos pieds.

— Qui est-elle ?

Il se retrancha derrière son silence habituel et elle descendit du lit à baldaquin pour promener son amertume au long d'un nouveau jour. Il fut un temps où Martin Yeo, John Tallis et Stephen Judd se faufilaient nuitamment jusqu'à la chambre à coucher de leurs hôtes, pouffant de rire dans le noir en écoutant les soubresauts rythmés du matelas. Pour le couple comme pour les apprentis, cette félicité nocturne appartenait au passé, et Firethorn savait qu'il lui faudrait une escorte armée et une meute de chiens s'il s'avisait de toucher sa femme dans son humeur présente. Seule la pensée de Lady Rosamund le soutenait.

Brouillée avec son mari, Margery reportait son énergie sur la bonne marche de la maisonnée. Elle abattait les corvées avec plus d'ardeur, nourrissait sa progéniture avec plus d'amour, dirigeait les servantes avec plus d'exigence et surveillait les apprentis avec plus de vigilance.

— Comment va cette cheville, Dick ?

— Elle est guérie, madame.

— Tu ne ressens plus aucune douleur ?

— Au pied, non. Mais j'ai toujours mal en pensant à ce que j'ai raté au *Rideau*.

— C'était la volonté de Dieu.

— Mon accident ?

— Un cas manifeste d'intervention divine, j'en atteste.

— A quelle fin, madame ? Dieu était-il si fâché de mon interprétation qu'il m'a empêché de jouer Gloriana ?

— Non, mon enfant. Il souhaitait attirer mon attention sur un détail.

— Qu'est-ce que c'était ?

— Un bijou de pacotille.

Ils étaient au jardin, et Margery cueillait des aromates pour les placer dans un pot de pierre. Le ciel d'automne se chargeait de nuages sombres. Margery écrasa du fenouil entre ses doigts pour en humer la senteur. Elle s'avança à la recherche d'autres herbes, tout en parlant par-dessus son épaule :

— As-tu quelque souci à me confier ?

— A quel sujet, madame ?

— Ces trois vauriens ont-ils recommencé leurs mauvais tours ?

— Non.

— Ne crains pas de me le dire, Dick. Ils ne te feront pas de mal.

— Il n'y a rien à dire.

C'était vrai. Les autres le laissaient désormais tranquille. Martin Yeo sentait qu'il avait réaffirmé sa position grâce à *Gloriana triomphante*, Stephen Judd s'était calmé et John Tallis, l'adolescent au menton en galoche, n'avait ni l'esprit ni le courage nécessaires pour agir sans le soutien de ses compagnons. Ils n'étaient toujours pas amis avec Richard, mais les persécutions avaient cessé.

— Ils te jalousent, dit Margery.

— J'ai accompli si peu, comparé à eux.

— Tu accompliras tellement plus avec le temps ! prophétisa-t-elle. C'est cela qu'ils redoutent : ton talent. As-tu des ambitions, Dick ? demanda-t-elle en se tournant vers lui.

— Oui, madame.

— Lesquelles ?

— Être un bon acteur.

— Bon, ou grand ?

— Je ne pourrai jamais égaler messire Firethorn, dit l'enfant avec humilité, sans remarquer l'expression figée de Margery à la mention de son époux. Mais je peux apprendre et m'améliorer. Mon autre ambition est de jouer à la cour.

— Cette occasion n'est peut-être pas très lointaine.

— Rien ne pourrait se comparer à ce bonheur ! annonça-t-il avec gaieté. On m'a privé de la chance d'interpréter le rôle de Sa Majesté. Je ne pourrais demander plus belle récompense que de jouer sous ses yeux. Satisfaire cette ambition me comblerait de joie !

Son visage juvénile rayonnait d'espoir innocent.

Anne était reconnaissante que Nicholas l'accompagnât au marché de Southwark. Non seulement il portait ses emplettes, mais sa présence musclée lui ouvrait un chemin à travers la foule et lui évitait maints hommages indésirables. Elle était toujours heureuse d'être en public avec lui, et sentait que leur amitié revêtait un sens nouveau lorsqu'ils se livraient ensemble à des activités toutes simples. Ce matin-là, Anne examinait des fruits d'un œil expert, mais son esprit était ailleurs.

— C'est une bénédiction que l'enfant soit en bonne santé. Je craignais une fausse couche.

— A cause du choc occasionné par la mort de Will ?

— On a vu des événements moins tragiques altérer le cours de la nature.

— Ce n'a pas été le cas pour Susan, Dieu merci, dit-il avec un sourire.

— Non, la mère et la fille se portent bien.

— Ce qui serre le cœur, c'est que Will n'aura pas vécu pour voir ce beau petit bébé.

Une lettre était arrivée de Saint-Albans la veille pour leur annoncer que Susan Fowler avait eu une fille. Ni ses parents ni elle ne sachant écrire, la missive avait été rédigée par le pasteur. Nicholas et Anne avaient été ravis, cependant un détail de la lettre les intriguait. Susan les remerciait pour le berceau qu'ils lui avaient offert.

— Nous n'avons rien envoyé, dit Anne. Qu'est-ce qui a pu le lui faire penser ?

— Un donateur anonyme a dû déposer ce berceau à un endroit où il était certain qu'elle le trouverait, suggéra Nicholas. Nous devrions être flattés qu'elle nous ait crus capables d'un tel geste de bonté.

— Je regrette que ce ne soit pas nous. J'enverrai un autre présent pour l'enfant. Je suis sûre qu'elle manque du nécessaire et qu'elle a peu de gens sur qui compter.

Elle déposa les pommes, les poires et les prunes qu'elle venait d'acheter dans le panier déjà débordant de Nicholas. Il était temps de rebrousser chemin. Tandis qu'ils faisaient demi-tour vers la maison, Anne devint pensive.

— Nick... Puisque ce n'est pas nous qui avons envoyé ce berceau, qui le lui a offert ?

Cette question les tourmenta pendant tout le trajet du retour.

Comme ils étaient sortis très tôt, huit heures n'avaient pas encore sonné quand ils arrivèrent chez eux. Nicholas aida Anne à vider son panier, puis il prit un petit déjeuner frugal avant de ressortir. Une nouvelle longue journée de travail l'attendait.

Il traversa le fleuve en bac, descendit sur la rive nord et coupa vers Gracechurch Street. Une représentation aurait lieu à *La Tête de la Reine* cet après-midi-là, et la troupe devait répéter jusqu'à midi *Mariage et Discorde* — une comédie bien rodée de leur répertoire. Barnaby Gill jouerait le rôle central du mari jaloux exaspéré par l'apparente infidélité de son épouse, à laquelle Stephen Judd prêterait ses traits.

Vu la situation où il les avait surpris dans la loge, Nicholas sentait que l'intrigue aurait pour lui un piquant particulier. Abominables en privé, les relations entre le comédien et l'apprenti deviendraient parfaitement licites en public. Les spectateurs riraient et se gausseraient du vieux barbon sans soupçonner ce que la situation avait de poignant.

Nicholas méditait encore sur l'ironie du sort quand une scène saisissante attira son attention. Sur le pas d'une boutique non loin de l'auberge, Benjamin Creech était plongé dans une conversation avec un grand gaillard barbu.

Barberousse !

Le cri jaillit de ses lèvres tandis qu'il se mettait à courir :

— Arrêtez cet homme ! Empêchez-le de s'enfuir !

Alerté par ces appels, Barberousse leva les yeux pour voir Nicholas qui s'élançait vers lui. Pris de panique, il tourna les talons et détala comme un lièvre vers Fenchurch Street. Il fonça à corps perdu à travers la presse, poussant les chalands, écartant les vendeurs, renversant les étals, semant la débandade parmi les chiens qui s'égaillèrent en aboyant. Nicholas le poursuivait en courant à tout rompre, négligeant les cris de colère et les protestations qu'il laissait dans son sillage. La rue entière était en tumulte.

Barberousse filait à toute vitesse, mais Nicholas réussit à réduire la distance. Il se trouvait à dix mètres de son gibier quand les ennuis commencèrent. Se sentant rattrapé, Barberousse s'immobilisa soudain, le temps de renverser une charrette sur le chemin de Nicholas. Incapable de s'arrêter, le régisseur heurta l'obstacle et atterrit de tout son long dans une énorme flaque de jaune d'œuf et de coquilles écrasées. Le propriétaire de la charrette le saisit à bras-le-corps et exigea réparation. Le temps que Nicholas se fût dépêtré de cette situation, il était trop tard. Barberousse s'était fondu dans la foule.

Nicholas reprit le chemin de l'auberge d'un pas triste et las, jetant quelques excuses à droite, à gauche à la multitude furibonde. Ce fut seulement en atteignant *La Tête de la Reine* qu'il se rappela Benjamin Creech. Il se redressa et franchit rapidement le portail principal. A l'autre bout de la cour, Creech bavardait avec un des journaliers. Nicholas fondit sur lui, l'entraîna à l'écart et le plaqua contre le mur.

— Qui était cet homme ? interrogea-t-il.

— Bas les pattes ! protesta Creech.

— Allons, qui était-ce ? insista Nicholas en le maintenant plus fort.

— Je ne connais ce gars-là ni d'Ève ni d'Adam.

— Le fieffé mensonge que voilà !

— Vous m'insultez, messire Bracewell.

— Je vous ai vu à l'instant parler avec lui.

— Il m'a accosté dans la rue pour me demander la route d'Islington. Lâchez-moi ! dit Creech en tâchant de se dégager.

— Vous le connaissez ! accusa Nicholas.

— Il m'était totalement inconnu avant ce jour.

— Eh bien, ce n'est pas un inconnu pour moi, Ben. Ce malotru est l'homme qui a assassiné Will Fowler.

— Alors je regrette. J'aurais dû lui serrer la main.

Son sourire goguenard fit exploser Nicholas. Il cogna durement l'acteur contre le mur puis le jeta par terre. Creech se releva lentement. Tout son ressentiment et sa bile remontèrent à la surface. Retroussant le coin des lèvres en un rictus haineux, il donna à Nicholas un coup d'épaule qui l'expédia à plusieurs mètres en arrière. Creech pouvait compter sur sa musculature puissante et était déterminé à se battre à outrance.

Mais cette insulte à la mémoire de son ami avait fait sortir Nicholas de ses gonds. Il se prit corps à corps avec Creech et les deux hommes luttèrent violemment au milieu du petit groupe de spectateurs accourus pour voir. Creech ceintura son adversaire dans l'étau de ses bras, néanmoins Nicholas était assez fort pour se libérer et envoyer l'autre en arrière. Creech fonça à nouveau, menaçant, et fut cueilli par une grêle de coups de poing qui l'arrêtèrent en plein élan. Il secoua la tête pour s'éclaircir les idées et frappa aveuglément, toutefois Nicholas esquiva avec aisance.

Haletant, l'acteur fit une pause pour récupérer avant de charger derechef, les poings en avant. Nicholas l'attendait de pied ferme. Grâce à une feinte astucieuse, il déséquilibra Creech et lui enfonça le poing dans le plexus solaire. Tandis que son adversaire se pliait en deux, le souffle coupé, Nicholas lui décocha un coup au menton qui lui fit mordre la poussière, sous les acclamations des spectateurs.

Nicholas frotta les jointures douloureuses de sa main droite en considérant Creech, qui gisait à ses pieds. L'acteur avait mérité cette correction pour sa réflexion déplacée, mais, visiblement, il ne connaissait pas Barberousse. Contrarié d'avoir perdu son calme, Nicholas se pencha pour l'aider à se relever.

— Ne m'approchez pas ! gronda Creech en le repoussant.

Il se redressa en titubant, essuya le sang qui coulait de sa lèvre et lança un regard fielleux au régisseur. Puis, d'un pas traînant, il sortit par le portail principal. Lord Westfield venait de perdre un des membres de sa troupe.

La représentation de l'après-midi se déroula pour Nicholas dans une sorte de brouillard. Bien qu'il contrôlât le déroulement de *Mariage et Discorde* et s'acquittât de ses devoirs avec son efficacité coutumière, il avait l'esprit ailleurs. L'image de Barberousse le hantait. Il était atterré de l'avoir laissé s'échapper, après l'avoir approché de si près.

La défection de Creech ne posa aucun problème majeur, car il n'avait dans la pièce que deux petits rôles. Samuel se chargea de l'un et l'autre fut carrément supprimé. Les rages de Barnaby Gill firent rire le public à s'en tenir les côtes et Stephen Judd interpréta l'épouse mutine avec compétence. Dans un petit rôle de soubrette, Richard Honeydew montra un réel talent et ses répliques gouailleuses causèrent beaucoup d'amusement. Edmund Hoode, en vieillard cacochyme, recueillit également sa moisson de rires en affligeant son personnage de la goutte, d'une forte surdité et d'un bégaiement prononcé.

Lawrence Firethorn interprétait le rôle romantique de la pièce. Bien qu'un peu moins long que celui de Gill, celui-ci lui permit d'étinceler tout l'après-midi. Barnaby satisfaisait les appétits vulgaires du parterre, mais c'était Firethorn qui séduisait les palais plus raffinés des galeries. Ses tirades vibraient de passion et de subtils sous-entendus. En déclamant les vers de l'Épilogue, il parut adresser des mots doux à Lady Rosamund, qui lui faisait la grâce d'arborer une autre de ses toilettes éclatantes. Enchantée, elle lui lança une rose alors qu'il revenait saluer.

Nicolas était soulagé que tout fût terminé sans qu'il eût commis d'impair par manque de concentration. Il s'arma de courage pour affronter les reproches qui ne tarderaient pas à l'accabler. Par sa faute, Benjamin

Creech avait quitté la troupe un jour de représentation, or la tâche du régisseur consistait à empêcher la violence, et certainement pas à la provoquer. Firethorn ne manquerait pas de le morigéner maintenant que *Mariage et Discorde* pouvait reprendre place en lieu sûr, dans son coffre. L'acteur ne tolérait aucune bagarre au sein de la troupe. L'avenir même de Nicholas chez les Hommes de Westfield était peut-être compromis.

— Ah, vous voilà, maraud !

Lawrence Firethorn entra dans la loge tel un ange exterminateur. Il se dirigea droit vers le régisseur et le souleva de son tabouret en le saisissant à bras-le-corps.

— Venez avec moi !

— Où allons-nous, messire ?

— Nous entretenir en privé.

Firethorn l'entraîna dans la salle à l'arrière, dont il bannit les occupants d'un signe péremptoire de la main, puis il ferma énergiquement la porte derrière eux. Seul avec le régisseur, il le considéra gravement sous ses sourcils froncés.

— Le jour du Jugement est arrivé, commença-t-il.

— C'est ma faute, reconnut Nicholas avec franchise. Je n'aurais pas dû céder à la colère à cause de Creech.

— Creech ?

— Mais à quelque chose malheur est bon. Messire, je le soupçonne d'être responsable de tous les larcins dont nous avons souffert récemment.

— Oubliez Creech, déclara Firethorn avec irritation. Je suis venu causer d'un plus noble sujet.

Soudainement, Nicholas comprit à quoi il faisait allusion.

— Lady Varley ?

— Elle a accédé à ma prière, Nick. Par ce signe, dit-il en montrant la rose rouge qu'elle lui avait jetée sur scène.

Firethorn huma la fleur au parfum délicat. Un

immense sourire fendit son visage tel un melon tranché, et il se tapa sur la cuisse, au comble de la joie.

— Elle est à moi ! Le jour du Jugement est arrivé et ne m'a pas trouvé en faute. La nuit qui vient est celle choisie pour notre rendez-vous. Nous aurons besoin de votre assistance.

— Que dois-je faire ? demanda Nicholas bien à regret.

— Aplanir le sentier caillouteux de l'amour, cher cœur.

— De quelle manière, messire ?

Firethorn lui communiqua ses instructions. Nicholas devait se rendre au plus vite au *Beau Sauvage*, sur Ludgate Hill, et réserver les meilleurs appartements pour la nuit. On servirait le souper à l'heure indiquée, en respectant scrupuleusement les détails du menu. Même la nature de l'éclairage fut spécifiée. Quand il aurait achevé tous ces préparatifs, Nicholas retournerait à *La Tête de la Reine* et enverrait un message de confirmation à Lady Rosamund, qui se trouverait encore dans le salon privé, en compagnie de Lord Westfield et de sa suite.

— Puis-je poser une question ? demanda Nicholas.

— Posez, très cher.

— Pourquoi avoir choisi *Le Beau Sauvage* ?

— Parce que, répondit l'acteur en bombant fièrement le torse, c'est là que, pour la première fois, j'ai donné au monde mon Hector !

Il s'inclina avec extravagance sous des applaudissements imaginaires, puis quitta la salle avec panache. Nicholas sourit faiblement. En une heure où il était pressé par d'urgentes préoccupations, il devait prêter la main à un adultère. Mais connaissant l'ancienne liaison de Lady Rosamund avec Lord Banbury, il ne reviendrait pas sur sa décision première. Comme dans la pièce présentée l'après-midi, Nicholas allait semer la discorde.

La conscience d'une violente injustice tenaillait Edmund Hoode jusqu'aux entrailles. Un sonnet qui avait atteint ses objectifs pour un autre avait valu à son auteur un échec cuisant. Les vers dont la suavité avait enchanté Lady Rosamund, Rose Marwood n'en avait eu que faire. La fille de l'aubergiste était inaccessible à la poésie.

Le poète se sentait accablé, mais le pire était encore à venir. Après s'être changé à la fin de la représentation, il entra dans l'auberge pour commander un rafraîchissement. Alexander Marwood s'abattit sur lui, son tic plus incontrôlable que jamais.

— Deux mots, messire Hoode.

— De quoi s'agit-il, monsieur ?

— D'une affaire des plus graves. Il y a de la débauche dans l'air.

— Vraiment ?

— Lisez vous-même ce document infâme.

L'aubergiste sortit de sa poche un petit rouleau de parchemin et lui mit sous le nez son propre sonnet. Celui-ci n'avait pas été manipulé avec tendresse. Le parchemin était froissé et maculé de traces de doigt, symboles du génie méconnu.

— Eh bien, messire ? dit Marwood, exigeant un avis.

— Il est... passablement écrit, prétendit Hoode, feignant de lire les vers pour la première fois. Comment ceci est-il tombé entre vos mains ?

— Un chenapan l'a remis à ma fille.

— Qui était-ce ?

— Rose ne le sait pas. Tout s'est passé très vite.

— Alors, en quoi pourrais-je vous aider ?

— En découvrant l'auteur de cette vilenie. J'ai voulu en toucher un mot à messire Firethorn, mais il m'a envoyé paître. Je me tourne donc vers vous. Nous devons nous débarrasser de ce suppôt de Satan.

— Pourquoi, monsieur ?

— Pourquoi, monsieur ? Parce que la vertu de ma

fille est en danger tant que ce libertin lubrique demeure dans votre troupe. Ma femme y est décidée, messire Hoode. Cet homme doit partir.

— Partir ?

— Nous ne pourrons dormir tranquilles tant qu'on ne l'aura pas démasqué. Ce monstre cherche à enlever notre fille.

— Je ne vois rien de tel dans le sonnet.

— Cela se lit entre les lignes, souffla Marwood, réprimant son tic juste le temps de délivrer un ultimatum. Mon épouse et moi sommes d'accord, monsieur. A moins que cet individu ne soit chassé, nous fermerons dorénavant nos portes à la compagnie Westfield.

— Mais comment savez-vous qu'il appartient à cette troupe ?

— Nous le savons, affirma l'autre d'un air sombre.

Edmund Hoode sentit son cœur se serrer. Au lieu de gagner les faveurs de Rose, son sonnet avait déchaîné la fureur de ses parents. Les rapports entre les patrons et la troupe, toujours difficiles, avaient atteint leur point de rupture.

— Rose nous l'a apporté, expliqua Marwood. Elle ne sait pas lire. Moi-même, je n'y suis pas très habile, mais mon épouse a de l'instruction. Elle nous a lu ce charabia impudent assez distinctement. Ma femme a l'esprit vif, monsieur. Vous l'avez peut-être remarqué ?

— Oui, oui, acquiesça Hoode.

— Elle a découvert un indice sur ce parchemin.

— Un indice ?

— Là, tout en bas, indiqua le patron, tapotant le poème du bout de son doigt osseux. Ces deux lettres emberlificotées, le « E » et le « H », ça ne pourrait pas être ses initiales ?

— Oh, je ne pense pas, répondit le poète, essayant de le détourner de la piste. C'est un procédé trop grossier pour cet homme-là. Il opère de manière plus subtile.

Alors qu'il fixait le sonnet, son imagination vint à son secours.

— Je crois que j'ai trouvé, messire Marwood !

— Vous connaissez l'écriture de ce dévoyé ?

— Non, mais je devine son nom. La solution est là, il nous suffit de la démêler. Lisez les deux premières lignes.

— Faites-le pour moi, messire. Je ne suis pas un lettré.

— « Belle, si veux m'en croire, réponds à ton [amour,
Ô rose des plus rares, avant de flétrir sur ta tige... »

— De la débauche à chaque mot ! gémit le patron.

— Vous voyez comme la première lettre se détache du reste ? dit Hoode en lui mettant, à son tour, le parchemin sous le nez. Ce « B » signifie Ben, je le parierais.

— Quel Ben ?

— Regardez ce « si veux m'en croire ». Voilà la clef du mystère ! Derrière ce « croire », j'en suis sûr, se cache un certain Creech.

— Ben Creech ?

— Un des comédiens de la compagnie.

— Je vois qui c'est : un grand teigneux qui ne tient pas la bière.

— Ne cherchez pas plus loin, messire. C'est votre homme.

— Vous croyez qu'il s'y connaît en poésie ?

— Il aura payé un scribe afin de l'écrire pour lui, soutint Hoode. Creech avait des vues sur votre fille, messire Marwood, et cela ne me surprend pas. Ce gaillard nous a causé des ennuis quand nous avons joué à *La Tête du Sarrasin*, à Islington. Une servante, cette fois-là... Creech a le sang chaud.

— Il faut le renvoyer ! clama Marwood d'un ton vengeur.

— C'est chose faite. Ben Creech ne fait plus partie de la troupe.

— Est-ce vrai ?

— Oui. Grâce à un incident providentiel, tout danger est écarté et votre fille est sauve.

— Voilà une nouvelle qui me soulage grandement, monsieur.

— Moi aussi ! marmonna Hoode avec sincérité. Dites-moi, messire Marwood, quelqu'un a-t-il lu le sonnet à votre fille ?

— Oui, ma femme, répondit l'aubergiste, dont le tic paraissait presque joyeux. C'était en partie ce qui nous préoccupait, car Rose l'aimait beaucoup. C'est une enfant imaginative et influençable. Ce poème l'avait émue.

Marwood regagna son comptoir et Edmund Hoode essuya la transpiration qui perlait sur sa lèvre. Sa présence d'esprit les avait sauvés, lui et la troupe. Benjamin Creech passerait pour le dangereux suborneur. Les propres espoirs de Hoode étaient anéantis à jamais, néanmoins il lui restait une consolation. Rose était sensible au luth du poète, après tout. Elle penserait avec tendresse à son soupirant.

Cette conversation avec l'aubergiste lui ayant donné chaud, Hoode sortit prendre l'air dans la cour. On y démontait les tréteaux. C'était une scène dont il avait été témoin à maintes reprises, mais cette fois elle devait lui infliger un cruel coup au cœur. George Dart, affairé comme de coutume, rangeait les tréteaux sous les avant-toits qui bordaient la cour. Le petit employé marquait une pause pour reprendre son souffle, quand Rose Marwood sortit de sa cachette, près des écuries, et lui planta un baiser sur la joue avant de s'enfuir en courant. Comme il lui avait donné le poème, elle croyait visiblement qu'il en était l'auteur.

Accablé par un malheur sans mélange, Edmund Hoode s'en retourna chez lui.

A l'auberge du *Beau Sauvage*, on avait satisfait à tous ses désirs. On lui avait attribué un élégant salon, avec une chambre adjacente tendue de riches tapisseries. Nicholas s'était montré digne de confiance, comme toujours. En parcourant la pièce, Lawrence Firethorn adressa des remerciements silencieux à son régisseur. Tout était parfait, jusqu'au nombre et à l'emplacement des chandelles. La nuit commençait à tirer son rideau, laissant la pièce baignée d'une douce lumière tamisée.

Sa patience était enfin récompensée. Quand Lady Rosamund arriverait, ils partageraient un souper fin, arrosé du meilleur vin des Canaries. Des musiciens joueraient pour eux. Lawrence Firethorn ferait à sa belle une cour ardente et, insensiblement, ils glisseraient ensemble vers la chambre pour consommer leur amour dans un paradis à baldaquin. La vie ne pouvait rien lui réserver de plus doux.

Il sortit de sa rêverie en distinguant un son sur le palier. On frappa à la porte. Firethorn s'éclaircit la gorge.

— Entrez !

Nicholas passa la tête pour annoncer :

— La dame est en bas, messire.

— Faites-la monter.

— Elle vous rejoint immédiatement.

Nicholas referma derrière lui et Firethorn s'approcha du miroir pour vérifier une dernière fois son apparence. Comme Lady Rosamund avait exprimé le vœu de le voir en Hector, il avait eu l'idée de revêtir le costume qu'il portait pour le rôle, puis il avait jugé inutile d'orner la beauté même. Coquet et pimpant dans son pourpoint et son haut-de-chausses, il ajusta légèrement son chapeau et adressa un sourire à son reflet.

Des pas résonnèrent dans l'escalier. Il prit la pose et s'éclaircit à nouveau la gorge. Un coup discret fut frappé à la porte, qui s'ouvrit, et la dame de ses pensées fut conduite vers lui. Toute la pièce s'emplit de sa présence et Firethorn manqua défaillir en respirant son parfum voluptueux. Nicholas se retira, les laissant seuls pour la première fois de leur vie.

Dans l'ombre, Lady Rosamund lui souriait tendrement. Une longue cape couvrait sa robe, un capuchon dissimulait ses traits. Elle était venue au rendez-vous avec autant d'empressement que lui et attendait, le souffle court.

Firethorn déclama la tirade appropriée à l'occasion :

— *Maintenant le grand Hector met de côté son [glaive,*
Ôte les lauriers du vainqueur,
Et, par amour embrassant la défaite,
Se rend à sa maîtresse de tout son cœur.

Sur ce, il enleva son chapeau pour faire la révérence. Lady Rosamund applaudit doucement de ses mains gantées et s'avança dans la lumière. Tout était exactement tel qu'il l'avait souhaité.

— Il y a si longtemps que j'attends cet instant, lui murmura-t-il.

Alliant la courtoisie à la hardiesse, il s'approcha d'elle et repoussa délicatement le capuchon en arrière afin de pouvoir goûter le miel de ses lèvres. Le baiser fut bref, léger, étrangement familier. Il recula et regarda son visage. Son ardeur amoureuse retomba aussitôt. Celle qu'il contemplait n'était pas Lady Rosamund Varley, mais Margery, son épouse.

— Et vous avez préparé tout cela pour moi, Lawrence ?

— Pour qui d'autre, ma tourterelle ?

Une fois de plus, son expérience de comédien lui sauva la mise.

Il était bien après minuit ; une soudaine averse nettoyait les rues de Londres et emportait leurs détritus en ruisseaux pressés. Benjamin Creech rentrait de la taverne, marchant lourdement dans les flaques et pestant contre le mauvais temps. Cette journée avait été exécrable. Il avait commis un impair en quittant les

Hommes de Westfield, poussé par la colère. Dorénavant, il n'était plus utile. Giles Randolph le voulait là où il pouvait nuire.

Le temps d'arriver à son logis, il était trempé comme une soupe. Il gravit l'escalier à l'aveuglette, entra dans sa chambre minuscule en rotant bruyamment et tituba vers le matelas, prêt à s'y affaler tout habillé pour cuver sa bière. Cependant, au moment où il se penchait, des bras robustes l'enserrèrent et le jetèrent sur l'unique fauteuil.

— Assis, monsieur !

— Qui est là ? grommela Creech, complètement hébété.

— Un vieil ami passé pour dire bonjour.

Trop ivre pour se lever et trop faible pour protester, Creech resta immobile pendant que son visiteur allumait la bougie de suif. La flamme jaune éclaira son visage.

— Messire Bracewell !

— Vous êtes parti avant que nous ayons fini de régler nos comptes.

— Je ne vous dois rien.

— A moi, non, mais il n'en va pas de même envers les Hommes de Westfield, répliqua Nicholas en levant des gants en l'air. Ceci a été volé à Hugh Wegges. Ces partitions ont été dérobées à Peter Digby. J'ai trouvé ici le bonnet de John Tallis, les souliers de George Dart et beaucoup d'autres choses avec lesquelles vous avez filé. Dommage que vous n'ayez pas apporté le balai de Thomas Skillen ici, il aurait été fort utile, conclut-il en jetant un regard de dégoût sur le sol poussiéreux.

— Sortez ! dit Creech, la bouche pâteuse.

— Pas avant que nous ayons eu une discussion.

— Je n'ai rien à vous dire.

— Avez-vous volé ceci ? interrogea Nicholas en lui montrant un tambourin.

Creech gardant le silence, il le saisit à la gorge et lui serra le cou.

— Répondez-moi !

— ... Peux pas... respirer...

— L'avez-vous volé ? répéta Nicholas en serrant plus fort.

— Oui.

— Et le reste aussi ?

— Oui.

— Avez-vous essayé d'estropier Dick Honeydew ?

— Vous m'étouffez !

— Est-ce vous, Ben ?

— Oui.

— Et tout cela, afin d'aider les Hommes de Banbury ?

De peur d'être étranglé, Creech admit sa culpabilité en hochant le menton. Nicholas le libéra et recula pour prendre un objet sur la table.

Saisi d'un haut-le-cœur, Creech frottait son cou endolori. Quand Nicholas approcha son visage du sien, il sentit son haleine fétide.

— Vous avez autre chose à m'avouer, Ben.

— Non.

— Vous connaissiez Barberousse. Vous étiez son complice.

— Je n'avais encore jamais vu cet homme, Dieu m'en est témoin.

— C'est vous qui m'avez attaqué l'autre nuit, dans Bankside, dit Nicholas, contenant sa fureur. Vous travailliez tous les deux ensemble.

— Ce n'est pas vrai ! beugla Creech.

— Alors comment expliquer que ceci soit en votre possession ?

Nicholas jeta sur les genoux de son compagnon un objet découvert dans le butin de Creech, et que celui-ci fixa sans comprendre, la vue encore brouillée par l'alcool.

C'était le livre de régie de *Gloriana triomphante*.

13

Bien que les Hommes de Westfield fussent accoutumés au tempérament très particulier de leur acteur-vedette, celui-ci parvenait encore à les surprendre. Quand Lawrence Firethorn convoqua toute la compagnie, chacun s'attendait à ce que cette réunion suivît son cours habituel. D'abord, Firethorn les haranguerait pour ce qui constituait à ses yeux des manquements grossiers aux critères de qualité les plus élémentaires, puis il ferait l'éloge de tout ce qu'il aurait trouvé de méritoire dans leur travail récent. Enfin, il leur rappellerait l'intense rivalité à laquelle les soumettaient les autres compagnies dramatiques et les exhorterait à redoubler d'efforts pour accroître la réputation des Hommes de Westfield.

Ce matin-là fut différent des autres. Lui-même paraissait un autre homme. Au lieu de la personnalité alerte et spirituelle, ils virent un être las, morne, excédé. Des plaisanteries circulèrent immédiatement sur cet épuisement sans doute consécutif à une nuit d'amour avec Lady Varley, et maints petits rires grivois durent être réprimés. Barnaby Gill ne fut pas en reste, avec sa causticité bien caractéristique.

— Pas étonnant qu'il n'arrive pas à marcher droit ! chuchota-t-il en aparté à Edmund Hoode. La dame lui a cassé la jambe du milieu.

— Mais enfin, qu'a-t-il, aujourd'hui ? se demanda son compagnon.

— Du dégoût, Edmund. Le dégoût qui suit l'assouvissement des appétits.

Ils étaient rassemblés dans la loge, à *La Tête de la Reine*. Au lieu d'accumuler les envolées lyriques, Firethorn s'exprimait calmement, presque avec indifférence. Pas de condamnation, pas de louange, pas d'inspiration. Il s'appuyait d'une main au chambranle de la porte.

— Bonjour à tous, messieurs.

Un murmure monta en réponse de la troupe.

— Je vous parlerai de notre avenir, commença-t-il, étouffant un bâillement. Au cours des six prochaines semaines, nous jouerons principalement ici, au *Lion rouge* de Stepney, à *La Hure du sanglier* près d'Aldgate, au *Rideau*, au *Théâtre* et à Newington Butts. Nous ferons également nos débuts à *La Rose*.

Un autre bâillement menaça.

— Notre programme se composera d'*Amour et Hasard*, *Les Deux Jouvencelles de Milchester*, *La Folie de Cupidon*, *La Reine de Carthage*, *Mariage et Discorde*, ainsi que...

Une lueur furtive passa dans son regard et une légère rumeur parcourut l'assistance, prise de curiosité.

— Ainsi que *Hector de Troie*. C'est tout, messieurs.

La rumeur se mua en brouhaha et les membres de la troupe s'apprêtèrent à se disperser. Alors, Lawrence Firethorn interrompit tout mouvement d'une voix haute qui fusa tel un javelot jusqu'à l'autre bout de la salle :

— Une chose encore !

Le silence tomba instantanément.

— Une chose encore, messieurs, répéta-t-il négligemment, comme pour communiquer quelque détail insignifiant. A Noël, les Hommes de Westfield sont invités à jouer devant la cour.

Firethorn observa avec un lumineux sourire la joie et la stupeur qui accueillirent cette annonce. Il semblait avoir miraculeusement recouvré son énergie et partageait l'enthousiasme général. Une représentation à la cour ne procurerait guère d'avantages financiers, mais elle constituerait un honneur insigne et conférerait un statut nouveau à la compagnie. L'année précédente, c'était les Hommes de Banbury qui avaient joué devant la reine lors des festivités de l'An neuf. La troupe de Firethorn les avait désormais supplantés, ce qui, en soi, était déjà un plaisir délectable.

Nicholas contemplait cette effervescence avec amusement. L'acteur principal ne pouvait se contenter de livrer simplement la bonne nouvelle à ses camarades. Il fallait qu'il en fasse un spectacle, et son air blasé leur avait à tous donné le change. En parcourant tour à tour les visages, Nicholas constata l'effet qu'il avait produit.

Barnaby Gill arborait un air d'orgueilleuse satisfaction, comme si l'on venait enfin de lui accorder son dû. Edmund Hoode semblait un peu dépassé. Richard hésitait entre le rire et les larmes. Martin Yeo souriait, Stephen Judd gloussait et John Tallis, bouche bée, laissait pendre son menton en galoche. Mais c'était la réaction de Samuel qui intéressa le plus Nicholas. Il restait assis dans son coin, les yeux brillants, comme un homme voyant son rêve le plus cher se réaliser. L'acteur raté, exclu de la profession, était sorti de l'obscurité. A Noël, bien loin de traire des vaches à Norwich, il jouerait devant la reine. Nicholas se réjouissait pour lui.

Mais Lawrence Firethorn s'abattit sur le régisseur :

— Venez ici, espèce de fripon, de démon !

— Alors, messire, tout était-il à votre goût la nuit dernière ?

Le rire sonore de l'acteur perça le tumulte. Il passa un bras autour de Nicholas et, sortant, ils s'approchèrent de la scène déjà remontée dans la cour. Malgré les quelques personnes alentour, ils pourraient y causer dans une relative tranquillité.

— Pourquoi ne m'avez-vous pas dit que c'était Margery ? demanda Firethorn.

— Cela aurait gâché la surprise.

— En vérité !

— Dame Firethorn est une femme astucieuse. Il fallait bien l'être pour vous épouser, messire.

— Comment est-elle arrivée au *Beau Sauvage* ?

— C'est moi qui l'y ai conduite.

— Pourquoi, je vous prie ?

— Parce qu'elle avait eu vent de votre rendez-vous, mentit Nicholas avec une sincérité convaincante. Ne me demandez pas comment. Des ragots parmi la troupe... Dame Firethorn comptait vous surprendre à l'auberge la nuit dernière.

— Dieu garde !

— J'ai pris votre parti en cette affaire et j'ai juré que vous lui étiez fidèle. Pour preuve, ai-je dit, vous l'attendiez, elle et non une autre, à souper au *Beau Sauvage*. Le reste, je crois que vous le savez, acheva Nicholas avec un sourire discret.

— Oui... convint Firethorn d'un air rêveur.

— Tout était-il à votre convenance ?

— Margery était une autre, se rappela son époux avec tendresse. J'ai rejoué Hector, et les hostilités ont cessé faute d'argument. Le mariage n'est pas toujours rose, dit-il en pétrissant l'épaule de Nick, mais il comporte aussi ses agréments.

Nicholas hocha la tête avec sagesse. Une nuit de félicité conjugale avait complètement retourné la situation. Les feux de la passion allumés par Lady Rosamund s'étaient éteints dans les bras de Margery. Firethorn n'était plus amoureux.

— Comment vous êtes-vous débarrassé de mon autre invitée ?

— En présentant vos excuses. J'ai expliqué que, terrassé par un mal mystérieux, vous étiez dans l'impossibilité de la rejoindre. Elle n'a pas caché un certain dépit, messire.

Après un long silence méditatif, Firethorn rit sous cape.

— Peu importe ! Londres ne manque pas de jolies femmes.

Barnaby Gill et Edmund Hoode sortirent de la loge à

la recherche de leur camarade. Nicholas laissa les trois associés seuls sur les planches.

— Pourquoi n'ai-je pas été le premier avisé ? demanda Gill avec pétulance.

— Nul n'a appris la nouvelle avant vous, Barnaby, fit valoir Firethorn.

— Qu'allons-nous jouer, Lawrence ? s'enquit Hoode.

— Voilà une question que nous devons résoudre avec célérité.

— Pourquoi pas *Mariage et Discorde* ? suggéra Gill, choisissant une pièce où son talent s'exprimait au premier plan.

— Certaines scènes sont trop vulgaires, critiqua Hoode.

— Seulement celles où joue Barnaby, dit Firethorn d'un air taquin.

— Elle tient l'affiche depuis trois ans, argua Gill avec chaleur. Elle a démontré sa valeur.

— Maintes autres également, lui opposa Hoode.

— Je vote pour *Mariage et Discorde*, insista Gill.

— Pas moi, trancha Firethorn. Ses qualités sont certes à toute épreuve, Barnaby, mais nous ne pouvons offrir du déjà-vu à la cour. Messieurs, la nouveauté s'impose. C'est pourquoi je commanderai une pièce pour l'occasion.

— A qui ? interrogea Hoode avec méfiance.

Le regard de Firethorn le fit frissonner.

Les représentations en plein air devenaient moins plaisantes, car les jours fraîchissaient et la nuit tombait plus tôt. Nicholas se hâtait de regagner son logis après une nouvelle journée à *La Tête de la Reine*. Il avait conscience de l'imminence de l'hiver. La morsure du vent était plus âpre et une pluie battante cinglait son visage. Il enfonça son chapeau sur son front et allongea le pas. Bankside n'était plus très loin.

Le régisseur était tout aussi ému que ses camarades

par l'invitation à la cour. Cela apporterait du prestige aux Hommes de Westfield. Cela leur donnerait aussi l'occasion de jouer dans des conditions uniques, qui les obligeraient à modifier leurs techniques adaptées au plein air. Par-dessus tout, cela remonterait le moral de la troupe après une succession de revers, et l'inciterait à regarder vers l'avenir au lieu de se retourner sur le passé.

Néanmoins, le passé continuait d'obséder Nicholas. La mort de Will Fowler demeurait impunie, et il ressassait encore le souvenir d'Alice, la gorge tranchée, au *Chapeau du cardinal*. La sauvagerie de l'homme qu'il traquait se rappelait constamment à lui. La troupe était débarrassée de Creech, mais des forces plus malveillantes encore étaient à l'œuvre. Il importait de rester vigilant.

Son chemin à travers Bankside le fit passer devant *L'Ancre de l'espoir* d'où se répandait un vacarme assourdi. Il songea à la dernière fois qu'il avait vu Will en vie, heureux en compagnie de ses deux amis, pétillant de malice et plein de cette bienveillante truculence à nulle autre pareille. Le goût du risque l'avait attiré vers ce métier et avait causé sa perte au moment où il s'y attendait le moins.

Nicholas décida qu'on ne le prendrait plus au dépourvu. Depuis l'agression dont il avait été victime, il restait sur le qui-vive lorsqu'il sortait seul la nuit. Ce soir-là, il se félicita de son surcroît de prudence, car il n'était pas à plus de vingt mètres de chez lui quand il distingua une haute silhouette tapie dans l'ombre, derrière le coin de la demeure. Nicholas se garderait de tout geste inconsidéré, cette fois. Il avait compris la leçon.

Feignant de ne rien remarquer, il monta jusqu'à la porte d'entrée et chercha sa clef dans sa poche. Du coin de l'œil, il guetta vainement un mouvement. Pourtant l'homme était encore là, menaçant, attendant son heure. Nicholas se prépara à l'attaque. Il inséra la clef dans la serrure et, s'écartant brusquement de la porte, il se jeta sur la silhouette dans l'ombre.

Il ne rencontra aucune résistance. Dès qu'il heurta le corps, celui-ci s'effondra mollement contre lui. Il le coucha avec précaution sur le sol, face contre terre. Entre ses omoplates dépassait le manche d'un long poignard.

Nicholas resta complètement abasourdi.

Le cadavre qui gisait à ses pieds était celui de Barberousse.

Anne se sentait déchirée entre le soulagement de savoir Nicholas sain et sauf et l'horreur causée par un meurtre perpétré à deux pas de chez elle. Quand les sergents de ville eurent emporté le corps, elle attira Nicholas dans sa couche pour se réconforter et se rassurer.

Ensuite, ils restèrent étendus, dans les bras l'un de l'autre.

— Qui était cet homme ? demanda-t-elle.

— Il n'avait sur lui aucune indication de son identité. Nous ne connaîtrons peut-être jamais son véritable nom.

— Travaillait-il avec Benjamin Creech ?

— Non, répondit Nicholas. J'en ai la certitude, à présent. Ben ne l'avait jamais rencontré auparavant. Barberousse s'était arrangé pour que je le voie en sa compagnie.

— Pourquoi ?

— Afin de jeter le discrédit sur Ben. Barberousse savait que je passerais par là et qu'il pourrait m'échapper dans cette foule.

Anne réfléchit, puis se redressa en sursaut :

— Mais alors, cela faisait partie d'une machination ?

— Je le crois.

— Et le livre de régie ? objecta-t-elle. Il était chez Creech, avec une partie de ce qu'il avait volé.

— Tout d'abord cela m'a abusé, admit Nicholas.

C'était d'ailleurs ce qu'ils voulaient. M'est avis que Barberousse a placé le livre là-bas tout exprès. Cela compromettait Ben dans mon agression et dans le meurtre de Will. Non, Anne, Ben Creech n'y est pour rien. Nous avons en face de nous un adversaire beaucoup plus rusé. Il a été assez intelligent pour tirer les ficelles dans l'ombre et assez implacable pour assassiner son propre complice.

— Barberousse ?

— J'ai la conviction qu'il a été tué par son ami.

— Son ami ? répéta-t-elle, sidérée.

— Oui. Qui d'autre aurait pu l'approcher d'assez près pour le poignarder dans le dos ? Dans les bouges sordides et les allées sombres, Barberousse se sentait chez lui ; c'était son territoire. Là, personne n'aurait pu l'emporter sur lui.

— Sauf quelqu'un en qui il avait confiance.

— Son complice. Celui qui m'a frappé par-derrière.

— Oh, Nick !

A cette évocation, elle se blottit contre son épaule. Il dut l'apaiser par des baisers et des caresses. Trois meurtres avaient déjà été commis dans de sinistres circonstances et Anne était persuadée qu'il serait la prochaine victime. Nicholas, pour sa part, se sentait parfaitement en sécurité. On l'avait déjà épargné et soudain il comprit pourquoi.

— Il ne me tuera pas, Anne.

— Qu'est-ce qui t'en donne la certitude ?

— Il a besoin de moi vivant ! Il a besoin que je sois dans la troupe.

— Pour quelle raison ?

— Je ne le saisis pas encore tout à fait, mais cela me semble lié à notre représentation devant la cour. Peut-être était-ce le but qu'il visait dès le début ? Une fois l'invitation obtenue, Barberousse n'était plus utile. Il pouvait être éliminé d'un coup de poignard dans le dos.

— Mais pourquoi ici ? Devant chez moi ?

— Pour que je sois informé de sa mort. Pour m'égarer encore davantage. Pour que je croie tout danger écarté.

— Cela n'a aucun sens, Nick, se plaignit-elle.

Il l'attira contre lui et l'enlaça avec tendresse. Puis, dans le silence, il essaya de démêler ce casse-tête. Elle commençait à croire qu'il s'assoupissait, mais ses idées allaient bon train tandis qu'il échafaudait un plan.

— Quel est ton meilleur chapelier, Anne ? demanda-t-il brusquement.

— Quoi ?

— A la boutique. Qui est ton artisan le plus habile ?

— Preben van Loew.

— Saurait-il confectionner autre chose que des chapeaux ?

— Preben sait tout faire, affirma-t-elle avec assurance.

— Même une robe ?

— Bien sûr.

— Ce serait une toilette très spéciale et très compliquée.

— Tu as tes propres costumiers dans la troupe, remarqua-t-elle. Ne pourraient-ils s'en charger ?

— Ce ne serait pas avisé. Il faut que le moins de gens possible soient dans la confidence. Messire Firethorn devra être mis au courant, mais le reste de la troupe sera tenu dans l'ignorance. A part le petit.

— Le petit ?

— Tout deviendra clair en son temps, promit-il.

— Nick, de quoi parles-tu ?

Il la serra plus fort et lui chuchota à l'oreille :

— De mise en scène.

En arrivant à *La Tête de la Reine* le lendemain matin, la première personne dont Nicholas se mit en quête fut Samuel Ruff. Ils allèrent s'isoler dans un coin de la cour, où Nicholas lui narra les événements de la nuit passée. L'acteur fut stupéfait en apprenant la mort de Barberousse, mais sa surprise se mua très vite en colère.

— Où est-il, Nick ?
— On a emporté son corps.
— Je veux savoir où il se trouve. Il faut que je le voie.
— Pourquoi ?
— Pour regarder en face celui qui a tué Will. Je tiens à lui présenter mes respects, ajouta-t-il d'un ton sarcastique.
— Ne vous en mêlez pas, Sam, je vous le conseille.
Ruff tapa un poing rageur dans sa paume.
— Si seulement je l'avais retrouvé le premier ! J'espérais venger Will, et Barberousse m'a échappé.
— Il a eu la fin qu'il méritait.
— J'aurais voulu enfoncer moi-même cette dague entre ses épaules.
— Un autre s'en est chargé à votre place, observa Nicholas.
Samuel Ruff respira un bon coup et s'efforça de recouvrer son sang-froid. Quand il fut calmé, il hocha la tête avec sagesse.
— Vous avez raison. Nous devrions être reconnaissants que quelqu'un l'ait empêché de nuire. Au moins, nous n'avons plus rien à craindre de ce bandit.
— De lui, non, toutefois nous avons encore un ennemi mortel.
— Qui ?
— L'homme qui a occis Barberousse. Son complice.
— Son complice ? répéta l'autre, incrédule. Mais enfin ! Pourquoi aurait-il tué son ami ?
— Parce que non seulement cet ami ne lui servait plus à rien, mais il commençait à devenir gênant. Barberousse était trop impulsif — nous en avons eu la preuve à Bankside. Lorsqu'on lui lâchait la bride, sa violence risquait toujours de le pousser à commettre une grave erreur. Et cela mettait toute l'entreprise en danger.
— Quelle entreprise ? demanda Ruff, très intéressé.

— La destruction des Hommes de Westfield.

L'acteur réfléchit au raisonnement de Nicholas, qui paraissait tout à fait plausible. Un nom s'imposa à son esprit :

— Ben Creech ! C'est lui le complice de Barberousse !

— Je ne le pense pas.

— Mais si, soutint le comédien. Ben l'a poignardé dans le dos pour mettre fin à leur association.

— Non. Ben a bien des péchés sur la conscience, mais il n'est pas un meurtrier. De plus, il lui manquait l'intelligence nécessaire pour élaborer le plan complexe qui sous-tend tous ces événements. Il n'avait pas partie liée avec Barberousse.

— Qu'en savez-vous ?

— Il n'aurait jamais été de taille à contrôler un tel énergumène, et encore moins à s'en débarrasser le moment venu.

— Je n'en suis pas si sûr, murmura Ruff.

— Ben travaillait pour les Hommes de Banbury, poursuivit Nicholas. C'est lui qui a commis tous les larcins dont nous avons fait l'objet. Sa mission consistait à saper le moral de la troupe, ce qui ne lui était possible que de l'intérieur. Maintenant qu'il est parti, cette menace-là a disparu.

— Pourtant, vous dites que nous avons encore un ennemi ?

— En effet, Sam.

— Au sein même de la compagnie ?

— Non. Lui attaquait de l'extérieur, avec Barberousse.

— Avez-vous la moindre idée de son identité ?

— Aucune, répondit Nicholas. Tout ce que je sais, c'est qu'il sera plus dangereux que jamais.

— Pourquoi ?

— Parce que sa tentative a avorté. Il voulait nuire aux Hommes de Westfield, et le meurtre de Will était son premier coup contre nous. Mais nous avons survécu.

— Bien loin d'être anéantie, la compagnie a connu un succès croissant.

— Exactement. Notre invitation à la cour en est la preuve. Mais cela va forcément exacerber sa jalousie. Je suis convaincu qu'il s'ingéniera à nous priver de cet honneur.

— Pas tant qu'il restera un souffle dans mon corps, jura Ruff.

— Nous devons être la prudence même, insista Nicholas. Il frappera au moment le plus inattendu.

— Nous devons nous prémunir contre lui.

— Je vais en informer messire Firethorn. La compagnie entière doit se tenir sur ses gardes, dorénavant. Rien ne saurait empêcher notre apparition à la cour.

— Nous ne le permettrons pas, affirma Ruff avec une sombre détermination.

Nicholas lui tapa sur l'épaule et, ensemble, ils retournèrent vers la salle de répétition.

— Cette nouvelle serait la bienvenue à Saint-Albans, dit pensivement le régisseur.

— A Saint-Albans ?

— Je songeais à Susan Fowler. Elle sera intéressée d'apprendre que l'assassin de son époux a lui-même trouvé la mort.

— Intéressée, et aussi satisfaite.

— Oh, Susan n'en tirera aucun plaisir. La vindicte n'est pas dans sa nature. Mais j'espère qu'elle y trouvera quelque consolation. Pauvre petite ! Elle aura bien besoin de réconfort dans les jours qui viennent. Susan devra élever sa fille sans l'amour et le soutien d'un mari.

— Puisse Dieu les protéger toutes deux, soupira Ruff.

— Amen !

Les Hommes de Westfield continuaient leur tournée

habituelle, mais la visite à la cour dominait leurs pensées et leurs conversations. Décembre arriva et Noël se profila à l'horizon. Leur excitation croissait de jour en jour.

Poussé une fois de plus à faire œuvre créatrice, Edmund Hoode plancha sur la nouvelle pièce, puis la soumit aux commentaires. Né de l'inspiration de Lawrence Firethorn, *Le Fidèle Sujet* était taillé sur mesure pour son talent généreux. Il suggéra un certain nombre de changements et contesta ceux proposés par Barnaby Gill. L'auteur reprit sa plume. Quand le jet définitif fut prêt, il fut adressé au Bureau des Divertissements, accompagné de la taxe habituelle. Il revint portant le cachet indiquant qu'il avait été approuvé.

La troupe se consacra de tout cœur à monter la nouvelle pièce. Une représentation à la cour avait l'avantage d'offrir d'excellentes installations et un délai prolongé pour tout mettre au point. Après les expédients et l'improvisation qu'imposait leur gagne-pain quotidien, cette nouvelle commande représentait un luxe. Ils travaillaient à l'intérieur, bien au chaud, et ils allaient faire brillante figure à la cour.

Le Fidèle Sujet se situait dans une région d'Italie qui, sans nulle équivoque, rappelait l'Angleterre à tous égards. Edmund Hoode avait doté sa duchesse de Milan d'une remarquable ressemblance avec Sa Très Gracieuse Majesté, et sa pièce célébrait la loyauté envers la Couronne. Dans la scène d'ouverture, le héros était jugé coupable de trahison sur la foi de preuves falsifiées. Il périssait sur le billot, mais si intense était sa loyauté qu'elle lui survivait dans le tombeau. Sous la forme d'un spectre, le fidèle sujet veillait sur le royaume pour le bénéfice de sa souveraine, étouffant même dans l'œuf une rébellion.

Richard, pour sa plus grande joie, se vit attribuer le rôle de la duchesse de Milan. Cela compensait largement sa déception d'avoir raté celui de Gloriana, dont la duchesse était en fait une autre version. A cela s'ajoutait l'émotion d'interpréter le personnage devant son modèle, la reine Élisabeth en personne. Le jeune garçon était déterminé à démontrer sa valeur. Il mettait à chaque répétition tout son enthousiasme et sa bonne volonté.

Nicholas observait ces préparatifs avec placidité. Après l'une des répétitions, il choisit un moment opportun pour entraîner Richard à l'écart.

— Tu te surpasses, Dick, dit-il en lui souriant avec approbation.

— Merci, messire Bracewell.

— Tout le monde est enchanté de ton travail.

— J'ai très à cœur de donner satisfaction.

— Voilà qui est bien.

— Je veux que mon apparition à la cour soit un succès complet.

Nicholas acquiesça, puis prit un ton de confidence :

— Dick... J'ai une faveur à te demander.

— Accordé d'avance ! dit aimablement l'enfant.

— Écoute d'abord en quoi elle consiste, recommanda Nicholas, car c'est une faveur immense.

— Quand bien même !

— Elle t'imposera un sacrifice et fera appel à ta loyauté.

— Ma loyauté ? Envers qui ?

— Envers moi, envers la troupe, et envers notre reine.

Richard Honeydew écouta avec fascination.

Lawrence Firethorn ne considérait pas qu'on dût investir le texte d'une pièce d'un caractère sacré. Bien au contraire, il se sentait obligé de l'affiner par moult corrections. *Le Fidèle Sujet* ne trouverait sa forme définitive qu'au jour de la représentation.

Celui qui en souffrait le plus était évidemment Edmund Hoode. Il devenait de plus en plus rétif. Tout en admettant qu'une nouvelle œuvre fût toujours perfectible, il rejetait l'assertion facile de Firethorn selon laquelle des retouches quotidiennes conservaient à une pièce sa vie et sa fraîcheur. Les corrections monopolisaient son énergie, quand il aurait dû la consacrer à interpréter Marsilius, le vieux juge décrépit de la scène d'ouverture.

Firethorn refusait de plier. Donc, un jour que les deux hommes déjeunaient ensemble, Hoode s'arma de courage afin d'affronter l'inévitable. L'acteur-directeur attendit la fin du repas pour aborder le sujet. Les poètes étaient moins susceptibles, l'estomac plein.

— Avez-vous aimé le jambon de Westphalie ? s'enquit-il.

— Je ne remanierai plus la scène du procès, déclara Hoode.

— Personne ne le suggère, cher ami.

— Du moment que c'est entendu, très bien.

— Parfaitement.

— Je la considère dorénavant comme sacro-sainte, affirma le poète. Vous l'avez modifiée tant de fois que je n'ai plus le courage d'y apporter d'altération supplémentaire.

— Je n'en changerai pas un seul mot, Edmund.

— Vous m'en voyez fort aise.

— Cependant...

Sentant qu'il lui fallait un remontant, Hoode vida son verre. Il pressentait une autre attaque détournée.

— Cependant, répéta Firethorn, nous devons toujours chercher à exploiter tout le potentiel dramatique de chaque scène. Une représentation à la cour est une occasion unique. Rien de moins que l'excellence suffira. Nous devons garder cela à l'esprit.

— Venez-en au fait, Lawrence.

— Mon monologue en prison.

— C'est bien ce que je craignais ! gémit Hoode.

— Une tirade absolument magnifique, le complimenta l'acteur. Mais je crois que nous pouvons ajouter à son éclat.

— C'est ce que nous faisons presque chaque jour.

— Ce sera mon commentaire final.

— Dieu vous entende !

Firethorn se pencha sur la table, un sourire aux lèvres.

— Donnons plus de passion à Lorenzo.

— De la passion ? répéta le poète, interdit.

— Oui, Edmund.

— La veille de son exécution ?

— Vous vous méprenez, expliqua Firethorn. Je souhaite introduire une note plus personnelle dans ses propos. Lorenzo déplore son destin, puis exalte la loyauté. Il vante l'honneur, le devoir et le patriotisme. Il devrait également parler d'amour, affirma l'acteur, souriant à nouveau.

— Pour qui ? Pour quoi ?

— Pour sa souveraine et pour son pays. Les deux devraient être indissociables dans son esprit. Il n'envisagerait de les trahir ni l'une ni l'autre, car ce serait manquer à sa foi, comme un amant infidèle à sa dame. Six vers suffiront. Huit, tout au plus, dit Firethorn en s'adossant à son fauteuil. Présentez Lorenzo sous un jour plus passionné.

— Je tâcherai.

— Brodez sur ce thème. Une loyauté ancrée dans un profond amour. Qu'en termes choisis il courtise la duchesse. Dix vers sont tout ce que je sollicite. Une douzaine, et cette tirade resterait pour la postérité.

— Remettez-vous-en à moi, soupira l'autre.

— Je ne doutais pas que vous entendriez raison, Edmund.

— Est-ce ce que j'ai fait ?

L'addition réglée, les deux hommes se levèrent pour partir.

— Juste une toute petite chose, dit Firethorn avec désinvolture.

— Oui ?

— L'exécution.

— Quoi, l'exécution ?

— Elle aura désormais lieu sur scène.
— Mais c'est impossible ! protesta Hoode en manquant de s'étouffer.
— Le théâtre est l'art de l'impossible, lui rappela Firethorn.
— Une exécution... sous les yeux du public ?
— Pourquoi pas, monsieur ? Ce sera bien plus efficace que la mise en scène actuelle, où le bourreau apparaît portant à la main la tête sanglante de Lorenzo. Je périrai à la vue de tous.
— Comment diable comptez-vous vous y prendre ?
— Nicholas sait. Il vous l'expliquera.
Son respect pour le régisseur incita Hoode à envisager l'idée sérieusement, mais il ne pouvait imaginer comment réussir ce trucage. Il haussa les épaules.
— Je suis prêt à voir ce que cela donne.
— C'est tout vu, dit gravement Firethorn. La scène se déroulera ainsi, j'y suis résolu.

Comme tous les membres de la troupe, Samuel Ruff était heureux que Richard eût obtenu le premier rôle féminin de la pièce. Il aimait sincèrement le jeune garçon, dont il appréciait le talent. Il fut donc à la fois déçu et intrigué quand les choses commencèrent à se gâter. L'attitude de Richard changea peu à peu. Il perdit de son zèle et devint presque timide. Il avait des moments d'hésitation. Manifestement, l'apprenti était malheureux.
Ruff saisit l'occasion d'échanger un mot en privé avec lui.
— Qu'y a-t-il, fiston ? s'enquit-il avec sollicitude.
— Ce n'est rien, messire Ruff.
— Je ne suis pas aveugle, Dick. Quelque chose te tracasse.
— Ça passera.
— Est-ce à cause des autres garçons ?
Richard prit une expression réservée.
Martin Yeo était ennuyé qu'on ne lui eût pas offert

le rôle de la duchesse de Milan, mais il s'était contenté de quelques réflexions aigrelettes à l'adresse de Richard. De même, Stephen Judd et John Tallis s'étaient moqués de leur jeune compagnon, sans recourir à des mesures plus énergiques contre lui.

— Je viens de te voir répéter, reprit Ruff, préoccupé. Tu as buté sur des vers que tu connaissais parfaitement voici quelques jours.

— J'ai eu un trou.

— Laisse-moi t'aider.

— Vous ne le pouvez pas, monsieur.

— Mais je pourrais t'apprendre ton rôle.

— Ce n'est pas de cette aide-là que j'ai besoin.

— De laquelle, alors, fiston ?

Richard essaya de lui parler, mais ne trouva pas ses mots. Visiblement empli de désarroi, il se mordit les lèvres et partit en courant. Samuel était perplexe. Il soumit ce problème à Nicholas, qui se penchait sur un plan avec l'un des charpentiers. Ruff lui confia l'inquiétude que lui inspirait le jeune apprenti.

— Laissez-le se débrouiller, suggéra Nicholas.

— Que lui arrive-t-il ? Pourquoi perd-il ses moyens ?

— Ce ne sont pas les moyens qui lui font défaut, Sam. Ce gamin est terrifié. Il a perdu son sang-froid.

— Alors que se présente pour lui une occasion aussi rare ?

— C'en est justement la cause, souligna le régisseur. Il se sent dépassé. Dick est encore très jeune et inexpérimenté. Ce sera son premier rôle majeur, qu'il devra interpréter devant la reine d'Angleterre et la cour entière. C'est beaucoup demander à un novice.

— Il en est tout à fait capable.

— Espérons-le, dans notre intérêt.

— Que pouvons-nous faire pour lui ? demanda Ruff.

— Laissons-lui du temps, recommanda Nicholas. Il a besoin de patience et de compréhension. J'en ai discuté avec messire Firethorn, et je lui ai demandé de ne pas rabrouer le petit s'il commet des erreurs. Cela lui serait fatal.

— Que voulez-vous dire ?

— Vous l'avez vu, Sam. Dick est fragile et presque à bout. Si on le pousse dans ses derniers retranchements, il va s'effondrer.

La reine Élisabeth passait la Noël à Richmond, cette année-là. Depuis déjà quelques mois, elle était triste et réservée. Ébranlée par la mort en septembre de son favori, le comte de Leicester, elle répugnait à paraître en public. Au lieu de se réjouir de la défaite de l'*Armada*, elle pleurait l'homme qu'elle avait aimé.

Elle avait choisi le splendide palais de Richmond pour les festivités de Noël et l'on espérait qu'elles ramèneraient un peu de gaieté dans la vie de la cour, qui s'était considérablement assombrie au long de l'automne. On avait préparé pour la souveraine un programme complet de musique, de danse et de théâtre. *Le Fidèle Sujet*, la première pièce qu'elle verrait, serait présenté le lendemain de Noël. Son thème était d'une actualité particulière en cette année victorieuse.

La période des répétitions battait son plein.

— Place bien la tête au milieu du billot, mon garçon !

— Je m'y efforce, messire Firethorn.

— Vite, coquin, ou je m'en vais te montrer comment je manie une hache !

Lawrence Firethorn peaufinait sa propre exécution. Nicholas, qui avait imaginé le trucage, en supervisait le bon fonctionnement. Edmund Hoode observait la scène avec nervosité, dans un coin de la salle. Cette idée lui inspirait encore les plus grandes réserves.

Le Fidèle Sujet s'ouvrait sur la scène du procès, où le noble héros, Lorenzo, était condamné à mort. Conduit dans un cachot pour y attendre son destin inique, il prononçait son long monologue. Les geôliers entraient alors pour le préparer. Brave jusqu'à son heure dernière, il était escorté au-dehors.

On apportait le billot sur la scène, et le bourreau se postait à côté, les mains sur sa hache. Toutefois, quand le condamné réapparaissait, ce n'était pas Firethorn. Une astucieuse substitution avait eu lieu. John Tallis, beaucoup plus petit que l'acteur principal, arrivait vêtu d'un costume identique, à ceci près que sa tête se trouvait sous l'encolure du pourpoint. On avait fabriqué une fausse tête, couverte d'une perruque et peinte de manière à présenter une ressemblance frappante avec Lorenzo.

C'était cette tête artificielle qui, posée sur le billot, serait tranchée.

— Veux-tu te tenir tranquille, jeune vaurien !

— Cela fera-t-il mal, messire Firethorn ? pleurnicha Tallis.

— Tout dépend de l'endroit où nous décidons de couper.

— Faites attention, messieurs ! gémit le jeune garçon.

— Silence !

— N'aie pas peur, John, dit Nicholas, se penchant pour rectifier la position de l'apprenti derrière le billot. Tu ne sentiras rien du tout.

— Mais c'est une vraie hache, messire Bracewell !

— Elle est entre de bonnes mains, je te l'assure.

Il se tourna vers l'acteur robuste qui tenait l'arme prête.

— Je ne te ferai pas mal, mon garçon, promit Ruff.

— Mais si tu t'avises de bouger, gare à toi ! le menaça Firethorn.

— Il n'y a aucun danger, continua Nicholas, essayant de calmer le jeune apprenti. Sam s'entraîne à manipuler cette hache depuis plusieurs jours. Nous l'avons choisi parce qu'on peut totalement se fier à lui. Reste exactement où tu es, John, et ce sera fini en quelques secondes.

Nicholas recula et donna le signal. Ruff leva la lame haut dans les airs. Elle s'abattit en sifflant, trancha net le cou de cire et se ficha dans le billot. La fausse tête roula sur les planches, produisant un effet saisissant.

Des profondeurs du pourpoint, John Tallis demanda d'une voix tremblante :

— Suis-je encore en vie ?

Le jour de Noël commençait de bonne heure à Londres et toutes les cloches de la cité carillonnèrent leur message de joie. Margery Firethorn s'était levée bien avant l'aube pour se charger des multiples tâches qui lui incombaient, afin de trouver le temps d'accompagner sa famille à l'église pour matines. Une grande effervescence régnait dans la maison de Shoreditch. Ses enfants aussi étaient debout pour savourer l'enchantement de cette extraordinaire journée, et ils furent bientôt rejoints par Martin Yeo, John Tallis et Stephen Judd.

Margery ne comprenait pas pourquoi Richard tardait tant. C'était son premier Noël avec la troupe et elle avait tout prévu pour lui faire plaisir. Troublée par son absence, elle monta elle-même le chercher.

— Dick ! Réveille-toi, mon garçon ! C'est Noël !

Depuis que les poutres du grenier avaient été remplacées, Richard s'était réinstallé dans la mansarde. Elle monta les marches aussi vite qu'elle le put. Débordant de bienveillance comme le voulait ce jour, elle l'appela d'une voix caressante tout le long du chemin, jusqu'à sa porte.

— Ne reste pas couché, Dick ! C'est Noël ! Viens voir ce que nous avons pour toi ! Lève-toi !

Margery frappa, entra et poussa un cri d'horreur.

Au-dessus du lit désert, la lucarne était grande ouverte.

Le palais de Richmond était une somptueuse résidence de style gothique, bien placée entre un vaste parc et la Tamise. Ses tourelles et ses girouettes dorées se découpant sur le ciel lui conféraient une allure romantique, et il était flanqué de jardins et de vergers plantés de centaines d'arbres fruitiers. Le palais s'étendait au total sur quelque dix arpents, suivant un tracé harmonieux qui entourait une succession de cours spacieuses.

Lieu de naissance de son père, cette résidence n'avait pas compté parmi les favorites d'Élisabeth durant la première partie de son règne. Mais elle avait fini par apprécier le charme singulier de cet endroit, qu'elle appelait son nid d'hiver. Y descendant avec sa suite, la reine l'emplit de lumière, de bruit et de couleurs. Elle commença même à attendre avec impatience les festivités de Noël.

Lawrence Firethorn ne partageait pas cette hâte. L'interprète du grand rôle féminin ayant déserté à la veille de la représentation, il se démenait frénétiquement pour tenter de réparer les dégâts. Martin Yeo fut une fois encore promu à un statut royal à la place de son cadet, et Hugh Wegges dut retoucher les costumes sans perdre de temps pour les adapter à la carrure plus étoffée de Yeo. Une ombre était tombée sur l'événement tant attendu. L'animation insouciante du début s'était évanouie.

L'après-midi de ce 26 décembre trouva la troupe à Richmond pour la répétition générale. La disparition de Richard Honeydew et les bouleversements qu'elle avait provoqués avaient engendré beaucoup de colère. Mais une personne au moins essayait de comprendre le point de vue du jeune garçon.

— J'ai de la peine pour lui, dit tristement Ruff.

— Moi aussi, convint Nicholas.

— Il fallait qu'il soit bien malheureux pour agir ainsi.

— Sans doute.

— Pourtant, je n'aurais jamais cru qu'il s'enfuirait.

— Je ne suis pas sûr qu'il ait fui, Sam.

— Comment cela ?

— Considérons les faits. Sa chambre était vide. Dick et ses effets avaient disparu. Dehors, une échelle était collée contre la fenêtre ouverte.

— Quelle autre explication trouvez-vous ?

— Une échelle sert à monter aussi bien qu'à descendre.

— Et alors ?

— Il se peut que Dick ait pris la fuite, concéda Nicholas, mais il est également possible que quelqu'un ait pénétré par la fenêtre pour l'emmener. Je pense qu'il a été enlevé.

— Par qui ?

— Par le complice de Barberousse. L'homme qui cherche à nous nuire depuis déjà des mois. J'avais dit qu'il frapperait lorsqu'on s'y attendrait le moins. Quelle meilleure occasion avait-il de nous causer du tort qu'en enlevant Dick la veille du spectacle ?

Samuel Ruff parut abasourdi, mais il n'eut pas le temps de spéculer sur ce qui était arrivé. Lawrence Firethorn battait le rappel. Une fois de plus, en cette heure de crise, il était temps pour lui d'assumer son rôle de directeur et de remonter le moral des troupes.

— Messieurs, commença-t-il, je n'ai nul besoin de vous rappeler l'importance de cette occasion pour les Hommes de Westfield. Nous avons l'honneur de jouer devant notre reine bien-aimée, et l'opportunité de soutenir notre réputation auprès des plus grands du royaume. Ce qui se passera ici ce soir retentira sur tout notre avenir, aussi ne devons-nous pas nous laisser distraire par un contretemps mineur. La défection de Dick Honeydew est malencontreuse, mais sans plus. Ce n'est qu'une bagatelle. En travaillant avec ardeur cet après-midi, nous rattraperons tout éventuel retard et nous donnerons une représentation digne de notre nouvelle pièce !

Il leva le poing en un geste plein de fierté.

— Montrons de quel métal nous sommes faits ! Prouvons que nous avons quelque chose dans les entrailles, que nous sommes de loyaux sujets, et les meilleurs acteurs de Londres !

Dans un véritable branle-bas, tous coururent se mettre en place.

La pièce serait présentée dans le grand salon d'apparat, long de trente mètres sur quelque douze mètres de large. Son plafond de bois ciselé s'ornait de lustres immenses. Une lucarne était placée au-dessus d'un feu de charbon de bois. La partie supérieure des murs était dotée de grandes fenêtres perpendiculaires, séparées par les portraits des rois d'Angleterre qui s'étaient le plus illustrés sur le champ de bataille. Si les membres de la troupe avaient eu le loisir de les examiner, ils auraient vu que ces appartements étaient une merveille d'architecture.

En l'occurrence, ils étaient si préoccupés par la répétition qu'ils observaient peu le luxe qui les entourait. Ils jouaient sur une plate-forme montée à un bout du salon. Des sièges étaient disposés sur trois côtés et le trône royal était installé sur une estrade, devant la scène.

La répétition était un mélange de calme professionnalisme et d'improvisation frénétique. Les quelques erreurs commises étaient promptement corrigées. Martin Yeo n'incarnait pas une duchesse aussi raffinée que Richard, mais se montrait plus que compétent. Les autres comédiens adaptaient leur jeu au sien. Le moral revenait lentement. L'intrigue s'enchaînait et son rythme les entraînait.

Quand tout fut terminé, ils se reposèrent dans la salle adjacente, transformée en loge. Les tensions des dernières vingt-quatre heures les avaient sapés mentalement et physiquement, mais ils reprenaient le dessus. Avec Firethorn à la barre, ils étaient convaincus qu'ils réussiraient à se distinguer dans *Le Fidèle Sujet*. L'optimisme blessé était en voie de guérison.

John Tallis ne partageait pas cet espoir renaissant. Rien ne pouvait apaiser son extrême pessimisme. Il continuait de redouter la scène de l'exécution, bien qu'elle fût parfaitement réglée. La hache remplissait sa fonction à plusieurs centimètres du sommet de son crâne, mais l'adolescent n'était pas rassuré. Et si la main de Samuel Ruff déviait pendant la représentation, quel moyen aurait-il de se protéger ?

La décollation ne relevait pas d'une science exacte. Bull, le plus célèbre bourreau de l'époque, était bien connu pour ses fausses manœuvres. Lorsqu'il avait officié au château de Fotheringhay, il avait dû s'y reprendre à deux fois pour décapiter Marie, reine d'Écosse. Pourtant, Bull était salué comme un maître dans son art. Pourquoi Ruff aurait-il été plus digne de confiance ? On avait placé une arme meurtrière entre les mains d'un novice.

Tallis soumit une fois de plus ce problème à Firethorn.

— Trouvez quelqu'un d'autre pour doubler Lorenzo, supplia-t-il.

— Nous n'avons que toi.

— Et George Dart ? Il est assez petit.

— Assez petit, certes. Mais est-il assez courageux ? Est-il assez intelligent ? Est-il assez bon ? Jamais de la vie ! Ce n'est pas un acteur. George Dart est un idiot serviable. Il accomplit assez bien des tâches à la portée de son entendement limité. Lorenzo est un personnage héroïque, coulé dans un moule d'airain. Je ne serai pas doublé par un simple d'esprit !

— Délivrez-moi de cette épreuve ! implora Tallis.

— Cela te forgera le caractère.

— Mais j'ai peur, messire !

— Domine-toi, comme tous tes camarades.

— S'il vous plaît !

— Tu honoreras ton engagement.

— Cela me peine, messire.

— Cesse tes jérémiades.

— Mais pourquoi moi ?

Lawrence Firethorn se fendit de son sourire le plus désarmant.

— Tu le fais tellement bien, John !

Il s'éloigna avant que le jeune garçon pût protester davantage. Tallis était pris au piège. Il observa Ruff, plus calme et détendu que jamais, sans pouvoir imposer silence à ses doutes. Si la main de l'exécuteur dérapait, la carrière de John Tallis serait coupée net. C'était une idée désespérante.

Une timide excitation gagnait la troupe. Tous les autres savouraient l'expérience d'une représentation à la cour. La pièce leur permettrait, le temps de quelques heures, d'atteindre le pinacle de leur profession. *Le Fidèle Sujet* parlait de devoir, de patriotisme et d'amour. C'était le cadeau de Noël idéal pour leur reine.

John Tallis voyait la chose différemment. La scène de l'exécution l'emportait sur tout. Il ne s'intéressait nullement aux thèmes de la pièce ou aux nobles valeurs qu'elle prônait. Seule une question avait vraiment un sens : où s'abattrait la hache ?

Cette nuit-là, la reine et sa cour soupèrent avec splendeur. Revigorés par le banquet et adoucis par le vin, gentilshommes et nobles dames prirent place dans le salon d'apparat du palais de Richmond. Sous la lumière vacillante d'un millier de chandelles, ils formaient une auguste et pittoresque assemblée, où prévalait la bonne humeur. Derrière la pose et les brillantes reparties se trouvait une réelle chaleur. C'était là un public réceptif.

Tous les sièges étaient occupés, sauf le trône. Alors que ses invités attendaient le spectacle, la reine elle-même était la cause d'un retard inexplicable. Plus elle tardait, plus la spéculation grandissait. En un rien de temps, les rumeurs bruissaient de toutes parts.

Ce retard inattendu suscita une terrible agitation dans les coulisses. Tendus dans l'attente du lever de rideau, tous les acteurs étaient décontenancés et à bout de nerfs. Lawrence Firethorn faisait les cent pas, Edmund Hoode avait la bouche sèche et Barnaby Gill triturait nerveusement son costume. Il semblait à Martin Yeo que sa vessie était sur le point d'exploser, et John Tallis ressentait des picotements autour de son cou. En attendant de disposer les meubles pour la scène d'ouverture, George Dart tremblait comme une feuille.

Même Samuel était déconcerté. Son anxiété allait croissant. Ses bras et ses épaules nus luisaient de sueur. L'attente se prolongeant interminablement, il faisait glisser ses paumes moites sur le manche de la hache.

— Que fait Sa Majesté ? chuchota Gill.

— Elle exerce le privilège de la royauté, répondit Firethorn.

— Elle met ses comédiens à la torture ?

— Elle prend son temps, Barnaby.

Une sonnerie de trompettes leur apprit que la reine était enfin arrivée. Le vacarme qui régnait dans la salle s'apaisa brusquement. La tension parmi les acteurs atteignit son paroxysme. Le grand moment était tout proche.

Lawrence Firethorn appliqua un œil contre une mince fente du rideau, à l'arrière de la scène, et décrivit ce qu'il voyait d'une voix basse et révérencieuse.

Entourée par sa garde, la reine Élisabeth traversa majestueusement le grand salon et gravit l'estrade afin de prendre place sur le trône. Resplendissante dans une robe ondoyante en velours grenat, elle décerna à tous ceux qui l'entouraient un signe condescendant de la main. Sa coiffure était cerclée de perles et surmontée d'une minuscule couronne d'or incrustée de diamants. Le temps avait été plein d'égards pour sa beauté et elle avait conservé son port altier. La lueur des flammes et de l'énorme feu dansait sur ses nobles atours.

L'acteur-directeur conclut en un chuchotement de respect mêlé de crainte :

— Messieurs, nous sommes en présence de la reine !

Nicholas prit la relève. Quand la souveraine fut installée, elle adressa un geste à Sir Edmund Tilney, l'Intendant des menus plaisirs, qui à son tour fit signe au régisseur. Sur une indication de Nicholas, la représentation commandée débuta.

La musique flotta de la galerie où étaient placés Peter Digby et ses musiciens. Le Prologue fut prononcé et la scène du procès commença. Dès le premier vers, Firethorn exerça son ascendant sur les spectateurs. Il les ensorcela par sa voix, les exalta par son honnêteté et son courage, les bouleversa par son chagrin déchirant. A la fin de la scène, il avait touché tous les cœurs et fait couler les toutes premières larmes.

Quand la sentence de mort fut prononcée, le juge quitta la scène et Lorenzo fut emmené par deux geôliers. La musique reprit pendant que les autres sortaient en formant un cortège. George Dart vint poser un tabouret et enlever le banc installé plus tôt en vue du procès, puis il s'éclipsa précipitamment.

Firethorn fut ramené sur scène par ses geôliers. Tous ses traits exprimant l'intégrité bafouée et le désenchantement, il s'assit sur le tabouret de son cachot. Les deux hommes partirent, Lorenzo fixa les menottes qui enserraient ses poignets, puis il releva la tête et dit, les yeux suppliants :

— *Ô Loyauté ! Ton nom est Lorenzo !*
Vingt ans durant je suis resté fidèle
A ma belle Duchesse, ange envoyé du ciel
Pour captiver nos cœurs
Et faire de notre Milan la cité du bonheur.
Pourrais-je trahir cette beauté souveraine
Pour les deniers hideux de la conspiration ?
Plutôt finir mes jours sur une terre lointaine
Ou abréger de ma main, sans une hésitation,
Ma vie dont la fidélité fut toujours la devise
Et que n'entacha pas la moindre couardise.

Pendant que Firethorn déclamait son monologue, dans les coulisses les acteurs se préparaient à faire leur entrée. Nicholas les alignait dans l'ordre tout en gardant un œil prudent sur Samuel Ruff. Le bourreau ne pouvait dissimuler sa nervosité. Lui qui était un des acteurs les plus chevronnés de la troupe semblait en proie à une vive émotion. Il se balançait d'un pied sur l'autre, le front baigné de sueur.

— Je vous en prie, prenez garde, messire Ruff !

— Quoi ? répondit-il en tressaillant.

— Ma vie est entre vos mains.

La voix provenait des profondeurs de la silhouette debout près de lui. Équipé de sa fausse tête, John Tallis s'apprêtait à doubler Firethorn pendant l'exécution.

— Usez de moi avec bonté, dit plaintivement le jeune garçon.

— Promis, John.

— Que la hache tombe là où elle le doit.

— Oh, elle ne manquera pas son but, assura Ruff d'un air grave.

Alors que Lorenzo arrivait au terme de sa tirade, les gardiens vinrent le sortir de sa cellule. Tremblant, George Dart remplaça le tabouret par le billot. Sur un roulement de tambour, la procession s'avança solennellement sur la scène.

Edmund Hoode allait devant, conformément à son statut de juge, suivi des courtisans et des gardes. L'aumônier venait ensuite, son livre de prières à la main. Le condamné fut guidé jusqu'au centre de la scène par ses deux geôliers. Ruff, le bourreau, fermait la marche.

Quand le tableau fut formé, l'aumônier se tourna pour admonester le prisonnier :

— Faites la paix avec Jésus-Christ et confessez-vous.

Lorenzo garda le silence, mais John Tallis claquait des dents.

— Joignez-vous à moi dans la prière, poursuivit l'aumônier, pour le salut de votre âme. Retournez vers votre Créateur le cœur contrit.

Il commença à réciter les prières à l'infortuné Lorenzo.

Samuel Ruff n'écoutait qu'à moitié. Vêtu du costume noir traditionnel du bourreau, il était debout près du billot, la tête de la hache posée entre ses pieds. Par les fentes de son masque, il jeta un coup d'œil furtif à la reine d'Angleterre, sereine et majestueuse, à une dizaine de mètres de lui. Les gardes qui l'encadraient étaient totalement fascinés par le spectacle.

Ruff ferma les yeux un instant et offrit au Ciel sa propre prière. Cette occasion était un cadeau de la Providencc. Il ne tenait qu'à lui de la saisir avec zèle. Il avait conscience de sa responsabilité, qui lui imposait une tension accrue. Ses bras et ses épaules ruisselaient de sueur et ses paumes étaient humides. Il s'exhorta à attendre juste un peu plus longtemps. Pour renforcer sa détermination, il se remémora d'autres exécutions dont la reine Élisabeth avait été témoin, et le sang fit bientôt battre ses tempes.

Nicholas, à son tour, était en proie à l'anxiété. De son poste d'observation, au fond de la scène, il regardait les événements avec une préoccupation croissante. Plus que quiconque, il mesurait le danger. Alors qu'approchait le moment de vérité, il se demandait s'il avait pris la bonne décision ou s'il avait livré une vie innocente à la mort. Il résista à l'impulsion de courir sur l'avant-scène et de s'interposer. Il fallait prendre ce risque, affronter ce péril.

L'aumônier entonna les derniers mots de sa prière :

— *Et puisse Dieu prendre votre âme en pitié... Amen !*

Ayant accompli son devoir spirituel, il recula afin que la loi pût être appliquée dans toute sa rigueur. Le fidèle sujet allait être exécuté pour un crime qu'il n'avait pas commis. Sur un ordre du juge, les gardiens conduisirent Lorenzo jusqu'au billot, l'obligèrent à s'agenouiller et à poser la tête sur le bois.

Les tambours battirent plus fort. Nicholas était sur des charbons ardents.

Samuel Ruff s'avança. Il n'était pas le pseudo-exécuteur d'une pièce de théâtre, mais l'incarnation de la vengeance, avec le meurtre au cœur. Un dernier regard fugitif vers la reine lui montra que Sa Majesté était totalement captivée par la représentation. Personne ne se méfiait. Ruff avala sa salive, serra les dents et essuya ses paumes moites sur ses hanches. C'était l'instant ou jamais.

Il empoigna fermement la hache étincelante.

Nicholas réprima le nouvel élan qui le poussait à tout interrompre. Les mâchoires et les poings crispés, il rageait d'être contraint à l'impuissance. Il ne devait pas intervenir, quel qu'en fût le prix.

Les canons battirent le rappel, le juge hocha la tête et le bourreau éleva dans les airs la lame miroitante sous la lumière des chandelles. Mais l'arc qu'elle décrivit ne s'abattit pas vers John Tallis. Une autre victime avait été choisie pour l'exécution. Sautant à bas de la scène, Ruff chargea sur le trône en poussant un cri vengeur :

— Mort à tous les tyrans !

Son arme était dirigée vers la tête de la reine.

Cependant, celle-ci semblait mystérieusement s'attendre à l'attaque et esquiva la lame avec une grande agilité. Les gardes étaient prêts, eux aussi, et ils entourèrent Ruff pour se saisir de lui. Au lieu de faucher le cou d'Élisabeth, la hache s'enfonça dans le dossier du trône, qui se fendit presque en deux.

— Emparez-vous du félon !

— Tenez-le bien !

Les cris et les hurlements déchiraient l'air. Un vaste espace s'était dégagé autour du trône, les nobles, terrifiés, prenant la fuite. La cour était horrifiée que la souveraine eût frôlé d'aussi près la mort, et abasourdie par la soudaineté de tous ces événements.

Maîtrisé par les gardes, Ruff dirigeait vers la reine un regard haineux qui se mua en stupeur quand, ôtant couronne, perruque et perles, elle le contempla avec l'expression blessée d'un être trahi par un ami très proche.

Il n'avait pas devant lui la reine d'Angleterre, mais Richard Honeydew.

L'étonnement se répandit à travers le grand salon. Sir Edmund Tilney, vêtu avec un luxe ostentatoire, monta sur scène et éleva les mains pour calmer les esprits.

— Vous ne serez pas privés de votre spectacle, annonça-t-il. Après un bref intermède, Sa Majesté se joindra à nous. Ce dont vous venez d'être témoins requiert quelque explication...

On ne permit pas à Ruff de l'entendre et on l'entraîna hors de la salle sans ménagements. Richard sortit en même temps. Lawrence Firethorn et Nicholas attendaient dans le couloir.

Le régisseur, dont la préoccupation la plus immédiate concernait le jeune garçon, fut soulagé de voir que Richard s'en était tiré indemne. Firethorn considéra Ruff avec un petit rire sardonique.

— Fait comme un rat ! Vous aviez vu juste, Nick. C'était véritablement le meilleur moyen de l'inciter à agir.

Sidéré, Ruff se tourna vers Nicholas.

— Comment avez-vous deviné ?

— Grâce à de nombreux détails, qui avaient pour trait d'union la religion. Vous étiez si attaché à l'ancienne foi que vous étiez prêt à tuer en son nom.

— Et à mourir pour elle ! riposta Ruff d'un ton de défi.

— Will Fowler était lui aussi un fervent catholique, mais il avait abjuré sa foi. Et cela, Sam, vous ne pouviez le lui pardonner. Pas plus que vous ne trouviez de repos sachant que votre étoile déclinait tandis que le talent de Will s'épanouissait. Vous en éprouviez une profonde amertume.

— Will nous avait trahis !

— Par amour pour sa jeune épouse.

— J'ignorais son existence, admit Ruff avec calme.

C'est peut-être aussi bien. Susan aurait pesé sur ma conscience.

— Quelle conscience ? railla Firethorn, pointant l'index vers lui. Vous n'êtes qu'un traître, monsieur !

— Non ! Je suis loyal envers l'ancienne religion !

Richard cherchait à comprendre.

— Mais pourquoi Will Fowler a-t-il été tué ?

— Afin que Sam puisse prendre sa place, répondit Nicholas. Pour la plupart d'entre nous, la défaite de l'*Armada* était un motif de réjouissance, mais pour les papistes ce fut un coup terrible. Sam voulut répliquer de la manière la plus forte qu'il pouvait imaginer : en assassinant Sa Majesté. Sa seule chance de l'approcher d'assez près était lors d'une représentation à la cour.

— Avec les Hommes de Westfield, renchérit Firethorn. Notre troupe était la plus susceptible d'être invitée à jouer ici. Ce scélérat a voulu se servir de notre réputation.

Nicholas tapa le jeune garçon sur l'épaule avec un bon sourire.

— En l'occurrence, Dick, tu as été brillant. Non seulement tu as dupé l'assassin, mais tu as convaincu toute la cour. Un véritable acteur ne déserte jamais, ajouta-t-il à l'adresse de Ruff. Ce garçon ne s'était pas enfui, à Noël. Il s'est installé chez moi et a répété son nouveau rôle. Sa robe a été confectionnée par un chapelier hollandais. Reconnaissez qu'elle est bien digne d'une reine.

— Tu as montré un courage exemplaire, Dick, observa Firethorn.

— J'avais un peu peur, messire, avoua le jeune apprenti.

— Nous tous aussi, dit Nicholas.

Amer et abattu, Samuel Ruff comprenait qu'il s'était laissé abuser. De toute évidence, Nicholas le soupçonnait de longue date. Tandis que les gardes l'emmenaient, il résista le temps d'une ultime révélation :

— C'est moi qui ai offert le berceau à Susan.

— Elle aurait préféré que vous épargniez son mari, dit Nicholas.

— Je sais.

— Dommage que vous ne soyez pas allé dans cette ferme de Norwich, Sam. Il aurait bien mieux valu pour vous travailler aux côtés de votre frère.

Ruff secoua tristement la tête et esquissa un sourire de regret.

— Cette ferme n'a jamais existé, et je travaillais aux côtés de mon frère.

— Barberousse... murmura Nicholas, interloqué.

— C'était mon demi-frère. En dépit de ses débordements, Dominic partageait ma ferveur pour la vraie foi, ce qui lui avait valu d'être emprisonné à Bridewell. Les cicatrices sur son dos en étaient le souvenir. Une fois libéré, Dominic n'aurait reculé devant rien pour m'aider.

— Et vous l'avez remercié d'un coup de poignard entre les épaules.

— Non ! protesta Ruff avec véhémence. Je n'aurais jamais pu assassiner mon propre sang. Ce n'est pas moi.

Les traits déformés par la peine, il ajouta :

— Nous savions l'un et l'autre que nous y perdrions la vie, à la fin. Dominic devenait incontrôlable au point de compromettre la réussite du plan. Je ne voulais pas qu'il meure mais... ce fut en quelque sorte indispensable. Il avait d'ores et déjà joué son rôle.

— Qui l'a poignardé, alors ? insista Firethorn.

Samuel Ruff affronta son regard d'un air à la fois digne et provocant.

— Voilà une chose que vous ne saurez jamais.

— Quelqu'un vous a suborné et vous a inspiré cette machination ! accusa Firethorn. Le chevalet saura bien vous délier la langue. Qu'on l'emmène !

Tandis que les gardes l'entraînaient, Ruff fit appel au latin pour proclamer sa foi :

— *In manus tuas, Domine, confide spiritum meum.*

Telles avaient été les dernières paroles de Marie, reine d'Écosse, avant de poser la tête sur le billot. En tentant de décapiter une autre reine, Ruff avait signé son arrêt de mort. Il serait soumis à la question et connaîtrait une lente agonie.

Nicholas était seulement à demi surpris d'apprendre que Ruff n'était qu'un pion faisant partie d'une plus vaste conspiration. Barberousse et lui avaient agi tandis que d'autres attendaient dans l'ombre. Leurs noms seraient sans doute dévoilés dans l'intimité de la chambre de torture.

Néanmoins, une révélation avait ébranlé le régisseur.

— Je n'avais pas idée que Barberousse était son frère. J'ai deviné qu'il était lui aussi catholique lorsqu'il s'en est pris à l'enseigne du *Chapeau du cardinal*, qui tournait sa foi en dérision. Mais je ne me doutais pas que lui et Sam fussent parents.

— Deux compagnons en diablerie ! s'indigna Firethorn.

— Il n'est pas de pire folie que la religion, murmura Nicholas.

Mais Richard était triste et plein de regret.

— Messire Ruff était un homme si bon, si amical !

— Un remarquable acteur, rectifia le régisseur. Il était même prêt à recevoir une blessure pour donner de la crédibilité à son personnage. C'est sa passe d'armes avec messire Gill qui a éveillé mes soupçons.

— Pourquoi ? interrogea le garçon.

— Sam avait tenté de l'éviter pour dissimuler ses talents de bretteur. Mais il fut forcé de se battre et nous avons pu juger de sa valeur. Pour une fine lame comme lui, c'eût été un jeu d'enfant de régler le duel de *L'Ancre de l'espoir*. Le meurtre de Will Fowler n'était que la première étape du complot.

Edmund Hoode vint précipitamment les rejoindre dans le couloir. Dérouté par cette succession d'événements, il comprenait mal pourquoi sa pièce avait été interrompue de façon si dramatique.

— Puis-je savoir ce qui se passe ?

— L'heure du châtiment a sonné ! déclara Firethorn. Nous avons démasqué un assassin et nous l'avons remis entre les mains de la justice.

— Samuel Ruff ?

— La perfidie incarnée. Ce gaillard était subtil et rusé, mais il a trouvé son maître en la personne de notre régisseur. Ruff avait tout combiné si intelligemment qu'il nous a complètement bernés. Seul Nicholas s'est montré à la hauteur.

— Je me suis contenté de faire le strict nécessaire, dit Nicholas modestement.

— Vous avez été magnifique ! insista Firethorn. Vous avez gagné la confiance du traître et vous lui avez fait croire que vous redoutiez une menace extérieure. Une fois sa vigilance endormie, il ne restait qu'à le pousser à se révéler sous son vrai jour.

— Oui, en lui fournissant l'opportunité même qu'il recherchait, dit Nicholas. En attribuant à Sam le rôle du bourreau, nous savions exactement quand et où il frapperait. Avec l'aide de notre ami Dick que voici, nous lui avons tendu un piège auquel il n'a pu résister.

Un peu irrité de ne pas avoir été de mèche, Hoode les félicita néanmoins chaleureusement. Il voulut clarifier un point en particulier.

— Comment expliquez-vous le vol de *Gloriana triomphante* ?

— Cela m'a intrigué, moi aussi, dit Nicholas. Quand on m'a dérobé mon livre de régie, j'ai pensé que c'était un coup contre les Hommes de Westfield. Pourtant, pourquoi Ruff et son complice auraient-ils cherché à nuire à la compagnie ? Ils avaient tout intérêt à assurer son succès.

— Alors, quelle en était la motivation ?

— La religion. Votre pièce célébrait la victoire sur la flotte espagnole et la défaite du catholicisme romain. Elle les offensait, eux et leur foi. C'est pourquoi ils tentèrent d'empêcher la représentation.

— Nul ne peut empêcher une représentation des Hommes de Westfield, affirma Firethorn avec hauteur. Nous avons contrecarré un attentat visant notre reine bien-aimée et nous avons rendu à notre pays un signalé service. Toutefois, notre travail nous attend. Messieurs, cette nuit, nous jouerons devant notre souveraine. Préparons-nous à ce moment suprême de notre histoire. Dick Honeydew nous a montré la voie. En route vers un nouveau triomphe !

Le Fidèle Sujet fut donné à minuit et connut un succès retentissant. Ses thèmes prenaient une résonance accrue après la tentative d'assassinat, et convenaient parfaitement à la circonstance. Toute la cour s'abandonna à cette expérience unique et profondément émouvante. Le palais de Richmond bourdonnait de louanges.

La reine Élisabeth elle-même occupait son trône dans une humeur de gratitude et de joie. Elle était l'ostentation personnifiée. Elle portait une robe à la mode espagnole. Une fraise empesée surmontait son justaucorps sombre, dont les manches de satin étaient richement parées de rubans et de pierres précieuses. Les perles à son cou semblaient prêtes à cascader jusqu'à l'estrade. Comme il convenait à une souveraine, son éclat éclipsait la cour entière.

Pour pallier l'absence de Ruff — et pour apaiser les vives craintes de Tallis — Nick assura le petit rôle du bourreau. D'un coup de hache mesuré, il trancha le cou de cire et la tête roula sur le sol, produisant un effet à couper le souffle. Un silence de mort régna pendant toute une minute avant que n'éclate un tonnerre d'applaudissements. Après avoir exhibé la tête du traître, Nicholas s'en retourna près de son livre de régie.

Richard, qui avait déjà joué son rôle, resta dans la loge avec les autres, jetant un coup d'œil de temps en temps sur ce qui se passait sur scène. Les Hommes de Westfield apparaissaient sous leur meilleur jour. La musique était excellente, les costumes superbes et le jeu des acteurs remarquable en tout point. Martin Yeo suscita des bravos par sa brillante interprétation de la jeune duchesse de Milan, Barnaby Gill fournit l'élément comique sous les traits d'un vieux serviteur, et Edmund Hoode incarna un juge dont la sagacité seyait à l'occasion.

Plus charismatique que jamais, Lawrence Firethorn causa bien de l'émoi parmi les dames. Gênée par la présence de son époux, Lady Rosamund ne pouvait que l'observer en soupirant. Son admirateur d'antan ne lui dédiait plus ses tirades, qui s'adressaient désormais à de plus nobles rivales. Lorenzo jouait pour sa reine et pour sa patrie.

A la demande de Firethorn, Hoode avait composé de nouveaux vers pour clore la pièce, afin de lier la capture de Samuel Ruff à l'intrigue. Firethorn les fit sonner avec conviction en les déposant fièrement aux pieds de sa souveraine :

— *Car, seul, j'ai détourné du traître la funeste [lame.*
Qu'à jamais dans l'Hadès il traîne la souillure de [son âme !

Il fut salué par une ovation.

Lord Westfield jouissait de l'admiration générale. La troupe avait considérablement rehaussé son protecteur aux yeux de la reine. Il en eût suffi pour preuve de voir la mine déconfite du comte de Banbury applaudissant mollement. Les Hommes de Westfield étaient les héros du jour. Sa propre troupe était tombée dans l'oubli.

Après plusieurs rappels, les comédiens se retirèrent dans les loges, transportés de joie. Leur succès dépassait toutes leurs espérances et venait couronner magnifiquement l'année.

Firethorn fondit sur son régisseur.

— Ne restez pas caché dans votre coin, Nick !

— Je réfléchissais simplement aux événements, messire.

— L'heure n'est pas à la méditation, cher cœur, dit l'acteur en le prenant par le bras. Sa Majesté souhaite nous manifester sa faveur. Elle demande à rencontrer les principaux membres de la troupe.

— Qui y a-t-il à part vous ? plaisanta Nicholas.

— Quelle vérité profonde dans vos paroles ! acquiesça Firethorn sans ironie aucune. Occupez-vous-en, Nick, et promptement.

— Qui devrais-je appeler ?

— Fiez-vous à votre discernement, qui nous a toujours été salutaire.

Nicholas plaça sur une ligne les principaux artistes, et veilla à ce que Richard y occupe une place de choix. La reine Élisabeth fut conduite sur scène afin que chacun d'eux tour à tour lui fût présenté par le chef de la troupe, qui n'était plus que ronds de jambe. Elle complimenta Edmund Hoode pour sa pièce et félicita Barnaby Gill pour ses joyeuses bouffonneries.

Elle exprima personnellement à Richard toute sa gratitude, le couvrant de confusion. Se trouver si près de la souveraine le laissait pantois. Son interprétation avait contribué à la sauver, pourtant il semblait tout à coup de la plus grossière impertinence ne fût-ce que d'essayer de l'imiter.

Avec son manque absolu de modestie, Lawrence Firethorn s'arrogea quasiment tout le mérite du plan et exprima le vœu de rester à jamais considéré comme le fidèle sujet d'Élisabeth, en pensée, en parole comme en acte. Il donnait l'impression que seule son intervention avait permis à la reine de conserver la tête sur les épaules.

Nicholas Bracewell resta tranquillement dans les coulisses.

IMPRIMÉ EN FRANCE PAR BRODARD ET TAUPIN
1452X - La Flèche (Sarthe)
N° d'édition : 3091
Dépôt légal : janvier 2000